TERRAMOURS

DU MÊME AUTEUR

L'ANNÉE DE LA SÉCHERESSE, *roman*, traduit de l'espagnol par François Rosso, Grasset, 2004.

L'ÎLE AUX LÉZARDS, *roman*, traduit de l'espagnol par Alice Seelow, Grasset, 2005.

VÍCTOR ÁLAMO DE LA ROSA

TERRAMOURS

roman

Traduit de l'espagnol
par
ALICE SEELOW

BERNARD GRASSET
PARIS

ISBN 978-2-246-69711-4

A mes grands-parents Manolo, Marina Jacobina,
Chencho et Concha

Terramores : néologisme formé par l'union du préfixe latin *terra* et du mot *amor*. Il s'emploie pour désigner les amours souterraines, que ce soit celles qui se vivent sous terre pour échapper au regard d'autrui, ou celles qui existent sur un plan symbolique et s'édifient sur les ruses et les tromperies, semées de subterfuges. D'origine inconnue, on rencontre pour la première fois ce terme dans les écrits d'Anquiloto de Herritania avec le sens de « terre d'amours ».

(Dictionnaire d'usage de l'espagnol des Canaries,
volume sept, dédié à l'étude des particularités
idiomatiques de l'île Mineure).

« Or moi, je suis sensible
à la beauté féminine, tu le sais. »

Philip Roth *(La Bête qui meurt)*.

Ce qui peut arriver à un âne, pauvre bête, ce qui peut arriver à un âne dans cette île de tous les diables est difficile à imaginer. Ce jour-là, comme on le raconte, l'âne d'Inocencio s'était échappé et était devenu aveugle d'avoir mangé trop de figues blanches. Aveugle, oui, parce que le lendemain matin il n'y voyait goutte. Aveugle comme une taupe si l'on peut dire, car tout ce sucre, celui des figues blanches, lui était monté à la tête, avait tourbillonné dans ses yeux, s'était collé sur ses rétines et avait fait de lui un âne qui ne servait plus à rien, une bouche inutile.

Inocencio soupçonna quelque chose d'anormal lorsqu'il arriva dans son écurie et vit l'animal debout, parfaitement immobile. Quand il le détacha, l'âne ne bougea pas davantage, et quand il lui donna un coup de fouet sur les flancs, non plus, non plus, aucune réaction, l'animal ne savait pas où il se trouvait, il ne voyait même pas, pauvre bête, la porte de son écurie. Inocencio tira sur ses rênes : l'âne avança une patte, puis une autre. Puis plus rien. Plus moyen de le faire marcher, pétrifié qu'il devait être par la peur des ténèbres qui l'enveloppaient. Terrifié, le pauvre animal resta figé sur place, et toutes les forces qu'employa Inocencio à le rassurer ne suffirent pas à lui faire retrouver courage ni à le faire avancer d'un pas. Rien à faire.

Mais Inocencio ne se découragea pas : il décida de rattacher son âne et de le laisser à l'écurie, pour voir si le lendemain matin, après une nuit de repos pour l'un et de digestion pour l'autre, ils auraient une vision plus claire du monde. Inocencio, qui était veuf, n'en dit rien à ses enfants, car il gardait espoir, bien qu'il fût peu enclin à croire aux miracles. Il préféra attendre en fumant sa pipe, n'ayant rien d'urgent à faire si ce n'est cueillir les raisins qu'il cultivait dans les fermes des plaines d'Azofa, dans la région de la Curva del Viento. Il pouvait bien attendre au moins un jour de plus, se disait-il, parce que sur cette île, appelée l'île Mineure ou l'île de Fer (tout dépendait de la carte que l'on consultait), le temps passait autrement, comme prisonnier, pris au piège du paysage volcanique tourmenté et de la douceur de la mer de Las Calmas.

Mais il n'y eut rien à faire.

Et la chose tourna mal.

Car Inocencio se leva ce jour-là plein d'énergie et de détermination ; il avait dormi à poings fermés, et, sans même prendre le temps de déjeuner, il fila comme une flèche vers l'écurie qui jouxtait la maison pour voir Pandero – c'était le nom du bourricot. Or l'âne resta figé comme une souche et muet comme une carpe, autrement dit, pas le moindre braiment de bienvenue, comme si, tout d'un coup et par-dessus le marché, il était devenu sourd. N'eût été le mouvement rythmé de ses côtes prouvant qu'il respirait, l'âne aurait semblé mort. Mort tout comme ses yeux noirs, emportés dans le vertige du néant. Inocencio passa une main devant, une fois, puis l'autre, de droite à gauche, de gauche à droite, dans l'attente d'une réaction, même infime, mais rien. Même en faisant cela, rien de rien. Contrarié, il frappa le flanc du petit âne du plat de la main. Pandero, surpris et apeuré, sursauta en poussant un braiment de douleur, puis resta sagement immobile, aux aguets, balançant alternativement ses longues oreilles. Tout en ajustant les rênes, Inocencio lui cria : Bouge-toi, espèce d'idiot. Puis les prenant en main, il tira sur l'animal pour le faire sortir de son étable. Une lueur d'espoir s'alluma alors dans l'esprit d'Inocencio lorsque Pandero avança lentement de quelques pas, le cou et le museau étirés par les rênes. Tranquillement, il se laissa mettre le bât. Rassuré, Inocencio monta l'animal et lui caressa la nuque en disant : Gentil petit âne, gentil petit âne, avant de presser ses flancs entre ses jambes, signe sans équivoque qu'il lui intimait l'ordre d'avancer. Et Pandero se mit en marche, comme toujours depuis ces sept dernières années, sortit de l'écurie et s'élança même au petit trot pour s'engager sur le chemin. Mais là, ses pattes commencèrent à faiblir parce que ce qu'on appelait chemin, loin d'être une surface plate, était un sol rocailleux et en pente raide. Dans la descente, le petit âne accéléra, et Inocencio, qui voyait les choses prendre une mauvaise tournure, tira sur la bride pour freiner l'animal. Mais au lieu de s'arrêter, Pandero continua tout au contraire à filer dans la descente, trébuchant sur chaque pierre, ignorant les cris de son maître comme s'il était vraiment devenu sourd. Inocencio hurlait : Espèce d'âne, bougre d'âne, foutu bourricot, pour que Pandero s'arrête enfin. Pour ce qui est de s'arrêter, l'âne s'arrêta en effet, au premier virage du chemin, en rentrant dans le mur de pierre de l'enclos. Et comme il ne voyait pas ce qu'il faisait, il essaya de grimper sur le mur, tenta de l'escalader tout en se blessant, se meurtrissant, s'égratignant. Inocencio, éjecté de sa monture, fit un vol plané. Pendant ce temps Pandero, brayant de plus belle, se plantait des pierres volcaniques pointues dans le ventre, dans son ventre si tendre ; ses pattes avant pédalaient dans le vide, et comme il ne voyait ni ciel ni terre, il continuait de vouloir escalader le mur sans le voir, aveugle, sans se rendre compte qu'Inocencio était tombé, et que les pierres qui roulaient sous ses pattes croulaient sur le corps de son maître et le blessaient ; et il ne pouvait rien faire d'autre que continuer à pousser sur ses pattes arrière en s'ensanglantant le ventre sans cesser de braire, pris d'une telle panique et submergé d'une telle douleur qu'il ne pouvait entendre les cris d'Inocencio enfoui sous les pierres. Pandero ne s'arrêta qu'une fois qu'il eut démoli le pan de mur entier tandis que les pierres pleuvaient tant et plus sur le pauvre Inocencio tailladé et écorché de partout.

Et Pandero de passer finalement le mur, piétinant sans le voir et sans le vouloir Inocencio qui hurlait : Maudit âne de tous les diables, qui hurlait tellement fort que ses fils Policarpo et Cesarín, alarmés, stupéfaits, effrayés, arrivèrent aussitôt en criant : Que se passe-t-il, père, que se passe-t-il ? Et Cesarín de voler au secours de son père pendant que Policarpo faisait de même avec l'âne Pandero qui, gravement blessé, s'était évanoui au pied d'un figuier.

Inocencio se redressa, lacéré, les bras et le visage ensanglantés, aidé par Cesarín qui l'observait de ses yeux interrogateurs, attendant une explication.

— L'âne est devenu aveugle. Il faut le tuer, déclara Inocencio, fou de colère.

Cesarín réfléchit quelques secondes sans parler, attendant les ordres de son père.

— Nous allons tous trois le pousser dans le ravin, déclara catégoriquement Inocencio en léchant le sang qui coulait des commissures de ses lèvres.

Policarpo, quelques mètres plus bas, avait réussi à relever l'animal. Le ventre rond de Pandero saignait et de gros filets brunâtres et sanguinolents coulaient le long de ses quatre pattes. Pandero, je crains que nous soyons obligés d'en finir avec toi, murmura tristement Policarpio en caressant son âne.

Pandero, le regard perdu dans les ténèbres, essayait de calmer sa respiration agitée. Inocencio enleva sa selle et attacha ses rênes. Policarpo et Cesarín se placèrent de chaque côté de l'âne pour pouvoir le diriger, aidés par Inocencio. Pandero marchait très lentement, tâtant le terrain de ses sabots antérieurs, enfin rassuré par la présence de ces trois odeurs familières.

Au bout d'un peu moins d'une demi-heure, ils arrivèrent devant le précipice qui s'ouvrait sur la grande plage de Los Moles. En bas, les vagues se brisaient avec fracas sur les galets. C'est là que Pandero serait précipité et, après une chute d'au moins mille mètres, mourrait éventré. Inocencio lui enleva sa bride. Maintenant, l'âne se trouvait à deux mètres du précipice dont la profondeur était vertigineuse. Inocencio regarda son âne dans les yeux : rien dans ce noir néant. Il lui caressa le museau, faisant fuir quatre mouches. Les trois hommes se placèrent derrière l'animal, caressèrent le doux pelage de ses flancs gris. Pandero agita la queue en signe de reconnaissance.

— Allez, l'âne, allez ! crièrent-ils tous trois, à l'unisson.

Le vent butait contre la falaise, en léchait la paroi, exhalant des odeurs marines. Pandero ne bougeait pas, apeuré. Peut-être pressentait-il sans le voir l'abîme profond.

— Allez, mon brave, allez, insistèrent-ils.

Pandero, figé, cessa même d'agiter la queue. Il ne chassa même pas les mouches, la dizaine de mouches vertes qui avaient fondu sur lui à l'appel de son sang encore chaud. Elles bruissaient nerveusement, inaugurant le festin qui s'annonçait, et seul le bruit de leurs ailes troublait cette matinée par ailleurs paisible.

— Allez, mon brave, allez ! répétèrent Cesarín et Policarpo, comme une litanie.

Cette fois, Inocencio s'était tu. Il chercha quelque chose dans la poche arrière de son pantalon, et ordonna à ses fils de s'écarter. Le soleil, caché derrière une dense frondaison de nuages, darda un rayon qui fit étinceler le couteau d'Inocencio, ce couteau qu'il brandissait pour le planter dans l'arrière-train de Pandero, ce couteau qui perçait maintenant la chair de l'âne qui bondit, trotta et plongea finalement vers son funeste destin.

Pauvre bête. Il avait suffi de ce réflexe au contact de la lame.

Pandero bascula dans l'autre monde.

Il tomba dans le vide.

Vers le fond de l'abîme.

Il agita ses quatre pattes.

Il les agita à la recherche d'un appui, comme si une telle chose était possible, comme s'il pouvait reprendre pied dans le vide ou comme si, ayant des ailes, il pouvait planer, voler à la recherche d'une terre sur laquelle poser ses sabots. Policarpo et Cesarín avaient rampé jusqu'au bord du ravin et s'étaient penchés pour le voir tomber comme une pierre, disparaître dans l'abîme avant de s'écraser, exubérante explosion de viscères, sur les galets de la grande plage. L'animal ne poussa pas le moindre braiment de peur. Ils pensèrent que, comme il était aveugle, il n'avait pas pu avoir peur, ignorant qu'il volait vers la mort. Inocencio préféra ne pas regarder. Quand ses enfants lui demandèrent de se pencher, il fit non de la tête et rebroussa chemin. Il ramassa la selle et prit le chemin de sa maison : il projetait déjà de discuter avec Santiago le Boulanger pour convenir de l'achat d'un nouvel âne.

Cesarín et Policarpo demeurèrent au bord du précipice, à regarder ce qu'était devenu Pandero, le corps métamorphosé de Pandero : sa petite tête aux grandes oreilles, décapitée, posée sur un rocher mais toujours attachée à son corps; son ventre, déchiré, étripé; ses pattes tellement déchiquetées, brisées, qu'elles ne ressemblaient plus à rien. Déjà les mouettes et les hirondelles de mer fondaient sur le corps de l'animal. Elles plongeaient leurs becs, toutes maculées de sang, dans les viscères de Pandero, se les disputant, se les arrachant. Les chats sauvages se battaient eux aussi pour obtenir les meilleurs morceaux, sans oublier les lézards et les corbeaux, et tous plongeaient leurs têtes de charognards dans le ventre béant de Pandero. Ils le dévoraient sans pitié : il fallait se presser parce que bientôt la marée allait monter. La mer, elle aussi, viendrait réclamer son dû. Elle sortirait sa langue bleue de rapace pour engloutir, à son tour, les restes de Pandero.

Une nuit noire tomba et le pauvre Pandero ressuscita, façon de parler, dans les propos des jeunes gens du village de Masilva, que d'autres appellent aussi El Pinar, où vivaient Inocencio et ses enfants sur la minuscule île del Hierro ou île de Fer. Et comme le voulait la coutume à la mort d'un animal, ce soir aurait lieu le *malgareo,* étrange tradition encore fortement enracinée dans l'île.

Lorsque les cris retentirent, lorsque les mains frappèrent aux heurtoirs de toutes les portes pour dire que l'âne Pandero était mort, les jeunes filles bonnes à marier se mirent déjà à trembler et à prier, pour demander dans leurs prières ceci, seulement ceci, à savoir, mon Dieu, de ne pas être la cible des faiseurs de *malgareo,* ces jeunes garçons qui mangeaient du piment pour s'éclaircir la voix et hurler aux quatre vents, depuis la colline voisine de Tanajara, les secrets les moins avouables des habitants de la localité.

Le piment altérait la voix des jeunes gens, elle devenait méconnaissable, personne n'aurait pu attribuer à quiconque tel ou tel cri et, cachés dans la brume du petit matin, ils s'égosillaient, sachant que les habitants du village prêtaient l'oreille, à raconter les histoires, les commérages qui circulaient à El Pinar. Chaque victime du *malgareo* se voyait attribuée une partie de l'animal ; dans le cas précis c'étaient celles du pauvre âne Pandero. Le plus souvent cette coutume était impitoyable et humiliante, même si parfois elle ne provoquait que des rires, et ceux que la langue cocasse et avisée du *malgareo* n'avait pas touchés souriaient, recroquevillés sous les couvertures grossières de leurs lits, parce que, cette fois, ils y avaient échappé et que leurs secrets étaient restés en lieu sûr. Cette nuit-là, le *malgareo* débuta par le récit de la mort de Pandero :

— Pandero s'est abîmé dans le précipice, lança une voix lointaine, transportée par l'écho jusqu'à Masilva, ce petit village d'à peine quatre-vingts pauvres maisons dont certaines étaient de maigres paillotes parce que la vie à la campagne est souvent misérable, à la merci des caprices du climat, des dégâts provoqués par les rongeurs et de la qualité des récoltes, qui, comme tout le monde le sait, sont tantôt bonnes tantôt mauvaises.

— L'âne Pandero est mort, tombé au fond du précipice.

— Inocencio l'a poussé dans le ravin parce qu'il était devenu aveugle comme une taupe.

Puis les voix se turent, et on entendit un bruit de tambour, boum, boum, deux coups secs, suivi du son d'un *bucio*, coquillage en forme de trompe dans lequel on souffle pour faire entendre la rumeur sourde des profondeurs de la mer. Et à nouveau :

— Et à la Claudina... (long silence), à la Claudina, nous allons lui donner... nous allons lui donner... la langue et la bouche de l'âne.

— Nous allons donner à la Claudina la langue et la bouche de l'âne pour que sa bouche soit moins laide.

— Sa bouche laide, laide... aide... aide... aide, répéta une autre voix, puis une autre pour prolonger l'écho.

Et Claudina, la fille de Paco Inerbelio, entendit le *malgareo* et pleura un peu, blottie contre son oreiller, parce qu'elle n'était pas sotte et savait qu'elle avait la bouche tordue, complètement de travers, affaissée comme si sa mâchoire était décrochée, allez savoir pourquoi. Son père se leva de son lit pour aller la consoler, mais il s'aperçut qu'elle faisait semblant de dormir et par conséquent préféra ne rien lui dire. Il monta sur la terrasse pour mieux entendre la suite du *malgareo*. La sœur de Claudina, Celedonia Jesús, quant à elle, dormait profondément, en pleine digestion. On ne la réveillerait pas avec de telles stupidités.

— Et à la Nicasia, nous allons lui donner le derrière de Pandero.

— Le derrière de Pandero.

— Le derrière de Pandero parce qu'elle a le cul sec – sec, sec, sec, sec, sembla corroborer l'écho, rebondissant de ravin en ravin jusqu'à Nicasia, une femme sèche comme un hareng, tellement chétive, tellement maigre, décharnée parce qu'elle ne mangeait pas, et si elle ne mangeait pas c'était parce qu'elle se trouvait grosse. Nicasia aussi pleura, comme Claudina, mais elle se sentit tellement offensée qu'elle se leva de son lit et se mit à manger du fromage et du pain, du pain et des figues, des figues et du lait, à s'étouffer.

— Et maintenant la quéquette de Pandero, la grosse quéquette de Pandero.

Et maintenant, tout le monde, oui, tout le monde dans le village tremble de concert et demande à la Vierge des Rois, patronne des habitants de l'île de Fer, que le gros membre de l'âne ne soit attribué à personne, tout au moins à personne de la famille.

— Et la quéquette de Pandero va... va... va... à Baldomera.

— A Baldomera.

— A Baldomera.

Et tandis que tout le village respirait, soulagé, Baldomera se sentait tomber dans un abîme, sombrer dans un néant sans nom, et son sang bouillonnait de rage. Baldomera était une jeune orpheline recueillie par sa tante Eliana, célibataire impénitente et seul membre encore vivant de la famille de la jeune fille. Eliana avait dû partir se réfugier très jeune, vers l'âge de quinze ans, sur l'île Majeure, pour cacher, disaient les mauvaises langues, son gros ventre, parce qu'elle était tombée enceinte d'un homme qui ne l'aimait pas. Quand elle était retournée sur son île natale, l'île de Fer, elle était déjà une vraie femme, accompagnée de Baldomera, sa nièce – bien qu'il y eût toujours quelqu'un pour laisser entendre que cette belle jeune fille était en réalité sa propre fille. Mais on ne peut faire crédit à toutes les rumeurs, le mieux étant de les laisser courir jusqu'à ce qu'elles s'éteignent.

— Ne t'inquiète pas, ma petite. Les chiens aboient, la caravane passe. Les mauvaises langues vont bon train dans les petits villages. Nous, nous devons nous occuper de nos affaires, c'est pour cela que nous sommes revenues, lui disait Eliana pour la consoler, intérieurement folle de rage. Baldomera, consciente que les faiseurs de *malgareo* insinuaient qu'elle aimait trop les hommes, ne se laissa pas abattre et murmura tout bas, pour que personne ne l'entende :

— Jaloux, jaloux, jaloux ! On verra bien qui rira le dernier...

Le *malgareo* se poursuivit encore quelques minutes. Il restait à attribuer les pattes de l'animal : ce fut Juan Piloto qui en écopa, un villageois qui était resté à moitié estropié à la suite d'un accident. Piloto sourit en écoutant les voix, puis il pensa à la Vierge qu'il priait tous les jours pour lui demander de lui redonner ses jambes, car il avait très envie de pouvoir marcher de nouveau normalement. Maudit soit le jour où, en bas sur la côte, alors qu'il était en train de ramasser des berniques, il avait glissé sur une orseille, était tombé de tout son long et s'était fracturé le tibia.

Les timbres primitifs du tambour et du *bucio* annoncèrent la fin du *malgareo*, auquel demain, dans la clarté du jour, personne ne ferait allusion. On n'en parlera qu'entre proches ou à des gens de grande confiance à qui l'on peut tout dire, on n'est jamais trop prudent. Telle était la coutume et ainsi le voulait la tradition. Cela se passait ainsi depuis la nuit des temps. C'était ainsi, et cela devait rester ainsi.

Ce mardi d'août, quand le jour se leva, il faisait déjà chaud, bien qu'un rideau de brume cachât encore le soleil : le ciel était chargé de la poussière apportée par les vents brûlants du Sahara, d'où la somnolence qui s'était emparée du village dès les premières heures du matin. Et cette chaleur rendait encore plus incompréhensible le fait que Baldomera ait décidé d'étrenner aujourd'hui ses nouvelles bottes.

Elle avait tenté pourtant d'être plus discrète, plus réservée, elle s'y était efforcée jusqu'à la veille au soir, celui du *malgareo* où on lui avait accordé l'honneur douteux d'hériter symboliquement du membre de l'âne Pandero. Elle avait essayé de ne pas exhiber ses nouveaux atours, de ne pas se pavaner à côté des autres jeunes filles pour ne pas leur faire davantage sentir leur misérable condition. Il n'en demeurait pas moins qu'elle, elle possédait plusieurs robes dans lesquelles elle pouvait se montrer, au moins sept, une pour chaque jour de la semaine ; elle avait trois paires de chaussures, deux pour l'été et une paire de bottes pour l'hiver, sans compter des boucles d'oreilles gitanes et des bracelets ; une fois même elle avait reçu des chocolats enrobés dans de la cellophane décorée de petits nœuds rouges, qu'elle avait partagés par solidarité avec ses amies. Mais maintenant, le *malgareo* lui avait attribué le membre de l'âne, et cela signifiait que dans le village il était évident, incontestable que c'était elle qui devait recevoir le membre de l'animal, comme par hasard, alors qu'on ne lui connaissait pas de fiancé officiel. Et qu'elle en eût ou pas, de fiancé, cela revenait au même, l'offense était la même, tout aussi grave. C'est pour cela qu'elle avait décidé de se donner de grands airs, pour laisser clairement entendre que bien qu'elle n'ait pas de travail, elle n'était pas pauvre, du moins pas misérable. Se voir assimilée à la médiocrité rampante était ce qui lui faisait le plus peur. Elle se regarda, coquette, dans le miroir, et peigna longuement ses cheveux lisses et noirs comme l'ébène, pour en tirer de nouvelles splendeurs. Quel éclat ! Sa tante Eliana l'observait sans mot dire, contemplant avec complaisance la beauté de la jeune fille, qui lui rappelait la sienne quand elle était jeune. Elle s'approcha dans le dos de Baldomera et souleva sa chemise. Deux seins blancs jaillirent, deux collines dans le miroir. De vrais obus. Eliana divisa la masse des cheveux de la jeune fille en deux et les laissa retomber sur ses épaules pour qu'ils se répandent sur sa poitrine. Ultime précision de la beauté, digne d'un tableau. La jeune fille sourit et se dirigea vers l'armoire.

— Donne-moi la bleue, dit-elle.

Sa tante décrocha du cintre une robe bleu ciel aux manches ajustées. Baldomera la passa. On aurait dit que la robe, qui lui arrivait juste au-dessus du genou, n'était soutenue que par ses deux seins tendus. Tandis que Baldomera enfilait ses bottes noires et lustrées, Eliana alla à la cuisine remplir une cuvette d'eau froide. En revenant dans la pièce, elle observa sa nièce : le petit talon de ses bottines qui recouvraient le haut de ses chevilles rehaussait la silhouette de la jeune fille, tandis que sa robe enveloppait avec délicatesse les rondeurs de son corps tout juste sorti de la puberté, explosant déjà de féminité. Baldomera se lava le visage et alors ses yeux noirs, aiguisés, se réveillèrent tout à fait.

On frappa à la porte.

— Laisse, ma tante, je vais ouvrir.

Le premier à la voir dans cette tenue élégante fut Santiago le Boulanger, celui qui, comme chaque jour, distribuait le pain chez les habitants du Pinar, accompagné de son âne.

— Bonjour !

— Bonjour Santiago, répondit Baldomera, amusée des diverses expressions de surprise qui se dessinaient sur le visage de l'homme, réjouie de l'effet que produisait sur lui sa beauté si soignée, et ses atours qui mettaient en valeur ses belles formes. Donne-m'en deux.

— Avec plaisir, ma jolie.

Le boulanger, après avoir reçu son argent, dirigea

ses pas vers la maison voisine en traînant son âne et en pensant à Baldomera : malgré l'heure matinale, l'éclat de cette femme avait réveillé sa libido en même temps que le souvenir de Lorenza : encore une fois, à peine arriverait-il à la maison qu'elle lui donnerait son pain d'amour, et lui ses meilleures miches. Le boulanger de Masilva formait avec sa femme un couple fidèle et inséparable.

A cette même heure, Inocencio avait déjà choisi trois de ses meilleures chèvres et se préparait à se rendre chez Santiago, sachant que le boulanger terminerait sa tournée aux environs de dix heures et que, une fois avalée la première gorgée de ce vin fort et artisanal qu'on servait au bar du Gurugu, entre Las Casas et Taibique, il le trouverait dans l'étable en train de panser son âne et de lui donner du repos.

— Bonjour, Santiago, comment vas-tu ?

— Tiens, Inocencio, ça va ? Qu'est-ce qui t'amène ici ?

Les deux hommes se saluèrent aimablement.

— Je viens pour affaires, lui annonça Inocencio.

— Eh bien voyons, de quoi s'agit-il ?

Inocencio proposa à Santiago un échange honnête : trois de ses meilleures chèvres, qui se trouvaient là-bas, les mamelles gonflées, gage de sa bonne foi, contre un de ses ânes.

— Tu sais que Pandero s'est retrouvé aveugle, lui rappela Inocencio, depuis toujours le meilleur éleveur de chèvres de l'île de Fer à la tête d'un gros cheptel, dont le lait lui procurait l'opulence de même qu'une bonne renommée de ladrerie.

— Tu es bien radin, hein, pour qui gardes-tu cet argent, Inocencio ? Tu vas le dépenser chez les femmes, à Tenerife, n'est-ce pas? lui lança le vieux Santiago, narquois et médisant.

— Ne sois pas stupide, Santiago. Ne remets pas ça.

La négociation ne fut pas facile : Santiago exigea une chèvre de plus en échange de la vieille mule – vieille mais gentille, précisa le boulanger.

— D'accord, Santiago, mais on peut vraiment dire que tu ne perds jamais une occasion, tu les attrapes au vol, se plaignit le veuf.

Santiago devait approcher de la cinquantaine. Il était petit et trapu, portait toujours un béret noir et avait la lèvre supérieure bien plus épaisse que la lèvre inférieure. Il disait, quand il avait trop bu, qu'elle était enflée à force de trop sucer la chose de sa femme, Lorenza, qui le dépassait de plusieurs têtes. Santiago, en dépit de son aspect ridicule, avait la réputation d'être bagarreur car, dans sa jeunesse, il avait été l'un des meilleurs lutteurs de l'île, figure incontournable du sport national. Inocencio quant à lui, outre qu'il était plus jeune que Santiago (il venait d'avoir quarante-cinq ans), préférait sa petite vie tranquille ; il aimait passer inaperçu et ne fréquentait pas les tavernes, bien que cette prétention, dans une île aussi petite, fût vaine. C'est pourquoi il accepta ce pacte injuste, nullement équitable a fortiori : la vieille mule en question était très vieille, nettement plus vieille que ce que Santiago lui avait annoncé, et peureuse de surcroît, parce qu'elle n'était plus habituée au travail ; il avait suffi qu'il essaie de la charger pour qu'elle devienne tire-au-flanc, râleuse et rétive au bât.

Il faut reconnaître cependant qu'elle lui servit au moins à se tirer d'affaire quelque temps, jusqu'au jour où ses fils se rendirent à pied, par un chemin long et difficile, à El Tamaduste, petit village de pêcheurs de l'autre côté de l'île, qui avait au moins l'intérêt de compter Juan Camila parmi ses habitants.

Car Juan Camila élevait des ânes. Il se consacrait à cette activité depuis qu'il avait l'âge de raison, et comme Inocencio lui avait offert un très bon prix, Policarpo et Cesarín revinrent ce jour-là avec deux jeunes ânes, prêts à affronter les durs travaux des champs. Ils ramenèrent deux ânons alors qu'Inocencio n'en avait demandé qu'un. Allez savoir ce qui s'était passé.

— Que s'est-il passé ? demanda naturellement Inocencio en voyant ses fils arriver avec les deux montures.

Policarpo, celui qui avait le plus de facilité à s'exprimer, prit la parole et expliqua, en montrant du doigt les deux bêtes :

— Le vieux Juan Camila, qui vous envoie d'ailleurs le bonjour, nous a vendu celui-ci et nous a offert en plus celui-là. Celui-ci s'appelle Negrito et celui-là Barbuzano, précisa-t-il. Le vieux dit que Negrito est très gentil et en très bonne santé, père, mais que Barbuzano, c'est de la mauvaise graine, qu'il descend d'une lignée maudite. C'est ce qu'il a dit. Le vieux Juan Camila a précisé qu'il te l'offrait pour que tu le dresses, car s'il y a quelqu'un sur l'île qui peut le remettre dans le droit chemin, c'est bien toi. Il souhaite que tu l'éduques, comme tu l'as fait pour nous. Voilà ce que nous a dit Juan Camila, père.

Là-dessus, les deux garçons se regardèrent et éclatèrent de rire, s'observant malicieusement du coin de l'œil, parce que durant le trajet (quatre jours aller-retour de marche lente en passant par le sommet de l'île), ils avaient eu l'idée de faire une bonne blague à Santiago, de causer une petite peur au boulanger qui s'était cru malin en leur vendant sa vieille mule, sacrée canaille, petit malin, car la pauvre bête était déjà au bout du rouleau.

Ce matin-là, allez savoir pourquoi, Inocencio le Veuf et Santiago le Boulanger firent le même rêve : un rêve d'ânes. Inocencio voyait Pandero voler : de part et d'autre de ses flancs se déployaient deux ailes blanches, et il planait tel un aigle au-dessus des parois escarpées du précipice avant de se poser gracieusement sur une saillie de la falaise, libéré de la peur du vide, partageant le nid des mouettes, des aiglons et des buses, étirant démesurément le cou et le museau pour déposer de la nourriture dans les becs avides de ses nombreux oisillons. Tel était le rêve d'Inocencio. Il rêvait d'ânes volants, sans plus se soucier de la dure réalité.

Santiago, quant à lui, rêvait de sa vieille mule en train d'accoucher. Il l'assistait, dans l'étable. La mule écartait les pattes à s'en déboîter les hanches, et il introduisait son bras dans son ventre enflé jusqu'à sentir soudain, au fond, quelque chose de dur, de dur comme une pierre, quelque chose qu'il tirait alors vers lui de toutes ses forces, mais vraiment de toutes ses forces, transpirant tant et plus, et ce jusqu'à extraire enfin la chose, qui, lorsqu'elle émergea, se révéla être ni plus ni moins qu'une chèvre adulte dotée de deux grandes cornes massives. La vieille mule accouchait de chèvres, d'abord d'une, puis de deux, puis de trois, et ainsi de suite jusqu'à son réveil qui se produisit à la septième mise bas, quel soulagement, cœur battant, bouche palpitante, dégoulinant, poisseux de sueur, souffle oppressé, heureusement que l'aube approchait. Il se leva de son lit, alla inspirer une grande bouffée d'air frais dans la cour, avant d'allumer un feu de bois pour faire cuire le pain que Lorenza avait préparé la veille. Puis il tira deux seaux d'eau froide de la citerne. Il s'en aspergea le corps après s'être débarrassé de son caleçon, se lavant des derniers soubresauts de son cauchemar. Puis il se rendit dans l'écurie où il découvrit son âne, dans l'ombre du jour naissant, en train de mastiquer son fourrage avec parcimonie. Il scruta chaque recoin de l'écurie, puis respira plus tranquillement quand il eut constaté l'absence totale de chèvres. Pas de chèvres en liberté, pas de chèvres nouveau-nées. Il retourna chez lui, apaisé, mit du café sur le feu pour se réconforter tout à fait, courut s'habiller et revint à la cuisine en finissant d'attacher sa ceinture. Il avait l'impression que son ventre prenait de jour en jour plus d'ampleur, ce qui ne l'empêcha pas de déjeuner d'une tasse de farine de maïs grillé pétrie et mélangée à du lait adouci de miel, accompagnée d'une demi-douzaine de galettes de blé. Il attendit que le café refroidisse, car il l'aimait ainsi, et en but une tasse. Son pain était déjà prêt, et la journée commençait, fidèle au train-train habituel. Santiago était loin de penser qu'aujourd'hui il deviendrait borgne, et que tel il resterait jusqu'à la tombe.

Car à peine se fut-il approché de l'écurie pour prendre le bât dont il sellait son âne comme tous les matins, qu'il reçut, contre toute attente, une violente ruade. Coup de sabot qui lui détruisit l'œil droit, lui explosa le globe oculaire, lequel resta suspendu quelques secondes à un mince fil visqueux, le temps que Santiago porte sa main dessous pour le soutenir et voie, de son œil valide, son œil mort dans sa main droite. Ce ne fut qu'une minute plus tard que l'on entendit ses cris, une minute, le temps pour lui de s'apercevoir de ce qui lui arrivait. N'était-il pas encore dans son cauchemar ? Il lui fallut en effet ce laps de temps pour réaliser ce qui s'était vraiment passé, la ruade féroce de Barbuzano l'ayant sérieusement assommé et laissé stupéfait : à savoir que lui, Santiago, gisait dans l'écurie, son œil droit dans la main, l'orbite qui l'avait contenu vide et ensanglantée, tandis que l'âne rétif ruminait tranquillement, conscient que le bât était maintenant bien à sa place, c'est-à-dire par terre et surtout pas sur son dos, car, lui, Barbuzano, personne ne réussirait jamais à le seller, pas même un gaillard plus grand que Santiago, mais qu'est-ce qu'ils croyaient donc !

Et, pour dire les choses telles qu'elles sont, il faut préciser que cet accident ne faisait pas partie de la plaisanterie qu'avaient manigancée Policarpo et Cesarín. Ils n'avaient pas prévu cela. Non, lecteur, non. Loin d'avoir imaginé une chose pareille, ils avaient seulement voulu lui faire une bonne petite frayeur qui servirait de leçon à ce vieil imbécile de pinailleur ; ils avaient pensé que l'âne Barbuzano ferait quelque chose comme le jeter au sol, au risque de lui casser tout au plus quelques côtes, mais sûrement pas qu'il allait lui décocher une ruade si vicieuse qu'elle allait lui arracher un œil, et que la totalité du village n'aurait pas de pain ce matin-là. Car toute la fournée brûla de façon irréparable. Lorenza, affolée, avait été brusquement tirée de son lit par les cris terribles de son époux. Elle avait volé comme une âme emportée par le diable pour découvrir Santiago avec un œil en moins, exactement, enfin plus précisément avec un œil en main, car il imaginait que le médecin allait pouvoir le lui recoller ou le lui recoudre. Ce fut un sacré ramdam à cette heure matinale. Lorenza, hystérique, emmena à toutes jambes son mari chez le médecin Ramón, afin que celui-ci lui remette les yeux en face des trous, au sens propre bien entendu. Mais non, impossible, comment faire, ah ! que la vie est difficile dans cette île isolée, Ramón possédait bien peu de remèdes, lui qui venait d'ailleurs tout juste de se coucher et de s'endormir après avoir bu quelques verres de trop comme d'habitude, quoique l'alcool ait heureusement quelque chose de bon et se révèle d'une grande utilité pour la cautérisation des plaies. Dans cette cavité orbiculaire vide, Ramón répandit son souffle vineux qui dégageait de terribles vapeurs, tout en cousant avec le fil et l'aiguille que lui avait préparés Lorenza parce que lui n'y parvenait pas, ivre comme il l'était, les yeux encore bouffis de sommeil. La femme l'avait en effet sorti du lit à cor et à cri, Réveillez-vous Ramón, réveillez-vous ! C'est ainsi que Ramón l'opéra, dans un demi-sommeil, lâchant son souffle répugnant dans son orbite et murmurant : Ne te plains pas Santiago, ne te plains pas, le sang s'arrête déjà de couler et te voilà redevenu beau – il disait cela bien sûr pour dire quelque chose – tu verras, tu vas récupérer en un rien de temps, en un clin d'œil ! Et Ramón dit cela sans aucune mauvaise intention, cela s'entend, parce que bon, ce sont des choses que l'on dit, c'est une façon de parler, mais à l'instant même il se rendit compte de sa maladresse et comprit que ces mots, précisément ces mots, il n'aurait pas dû les prononcer, non, car cela ressemblait à une plaisanterie cruelle et de mauvais goût. Et Lorenza de redoubler alors ses gémissements, ce qui mit Santiago au bord des larmes. Ramón, tout en continuant à le raccommoder, lui recommanda : Surtout qu'il ne te vienne pas à l'idée de pleurer, car le sel de tes larmes te ferait encore plus souffrir. Ramón pria Lorenza de lui faire passer l'eau-de-vie, à quoi celle-ci lui répondit : Jamais de la vie. Ramón lui expliqua alors que c'était pour Santiago, pour lui en faire boire afin d'atténuer sa douleur, et pour en verser également quelques gouttes dans la cavité de l'œil, histoire de cautériser la plaie. Dans ce cas je suis d'accord, répondit la femme qui, méfiante, approcha elle-même la bouteille des lèvres de Santiago. Le boulanger en but tant qu'il put dans l'espoir, après avoir entendu le discours du médecin, que l'alcool anesthésierait ses nerfs irrités par la douleur et l'engourdirait pendant que Ramón terminerait son intervention, plus exactement qu'il refermerait son orbite, sinon bientôt ce ne serait plus son œil, mais sa cervelle qui en jaillirait.

Après avoir contemplé de leurs propres yeux le drame que le sauvage Barbuzano avait provoqué, Policarpo et Cesarín assez peu fiers par ailleurs profitèrent de la confusion pour reconduire la bonne mule, celle du boulanger, dans l'étable, et emmener de là cette putain de sale bête, cette brute, cet animal de tous les diables qu'était Barbuzano. Leur rapidité, mais également la chance qui les accompagna, firent que personne n'eut de soupçon, et qu'aucun habitant du village ne se rendit compte de la manœuvre ; c'est ainsi que nul ne sut que c'était à cause de ces deux idiots que Santiago le Boulanger portait désormais, à la façon des pirates, un morceau de chiffon noir sur son orbite vide. Personne ne le sut, parce que lorsqu'ils reconduisirent Barbuzano à l'étable de leur père, Inocencio venait à peine de se réveiller d'un sommeil réparateur où il avait voyagé sur le dos de Pandero au-dessus de nuages doux comme de la barbe à papa, dans un rêve qui l'avait fait voler, à travers les nuées mousseuses, dans un ciel bleu où il avait même pu voir des anges, des anges aux ailes semblables à celles de Pandero. Il se réveilla, heureux, sûr et certain que son âne était monté au ciel.

Heureusement que Santiago le Boulanger était un homme solide et qui en avait là où il faut, car il supporta stoïquement l'opération que lui fit subir Ramón le médecin. Dans cette île-prison et en ce temps-là, les choses étaient ainsi, les moyens mis à la disposition du médecin n'étant autres qu'une aiguille, de l'alcool et du fil à coudre. L'orbite vide de Santiago, par chance, s'assainit, et ce morceau de chiffon noir servit à merveille à occulter la cicatrice, une marque que Lorenza, son épouse, finit par trouver charmante. Elle prit l'habitude d'embrasser cette cicatrice juste avant de passer à l'acte, c'est-à-dire juste avant le coït, parce que ça suscitait en elle un intérêt malsain insolite, c'était subitement comme coucher avec un autre homme et tromper son boulanger de mari avec un pirate qui avait dix canons à chaque bord et que l'on appelait pour sa bravoure le Redoutable, comme dans les vieilles chansons qu'on chantait à l'école. Et avec le temps, Lorenza finit par y croire vraiment, elle s'imaginait que Santiago, au lit, n'était plus boulanger mais un intrépide loup de mer grand et fort, doté même d'une jambe de bois, car, quand son membre, dur et massif, se raidissait pour la pénétrer et défoncer ses profondeurs intimes, elle imaginait cette jambe de bois et non le simple sexe de Santiago. Eh oui, ce sont des choses qui passent par la tête. Et Santiago, pourquoi le cacher, se persuada que c'était mieux ainsi, bien mieux qu'avant, quoique ce n'était pas si mal que cela avant non plus, mais c'était tout simplement mieux, parce qu'à présent, elle jouissait plus fort : elle lui enlevait son bandeau noir, cela l'affolait, l'excitait, elle le rejetait en arrière, ultime dénuement, et baisait avidement sa cicatrice, s'amusant à en lécher la courbe. Ainsi échangeaient-ils d'agréables caresses qui amplifiaient leurs plaisirs respectifs et les menaient à un orgasme mutuel et vivifiant. Ainsi leurs ébats s'en trouvèrent-ils bonifiés et dynamisés. C'est pour cela, secret bien caché, que Santiago le Boulanger surmonta très vite son accident, arborant presque joyeusement son bandeau noir. Sa situation était, par-dessus le marché, toujours florissante, car il ne cessait d'avoir l'œil, façon de parler, pour les affaires. Les gens du village, étonnés et admiratifs, fêtèrent son prompt rétablissement, mais les blagues des gamins et des jeunes n'en fusèrent pas moins :

— Où as-tu laissé ton vaisseau de pirate, Santiago ?

Il vivait si bien les conséquences de son accident qu'il semblait n'avoir jamais possédé qu'un seul œil.

— Ouvre l'œil, Santiago, ouvre bien l'œil ! le plaisantaient-ils parfois. Mais lui ne se fâchait pas, non, parce qu'il se rappelait Lorenza, la nuit, chaude, sauvage et excitée, étendue sur les peaux de chèvres ou sur la paille de l'écurie, lieux qu'ils préféraient à leur lit lorsque les forces de la nature les soulevaient et qu'ils avaient envie de se faire l'amour comme autrefois, comme lorsqu'ils étaient jeunes, si je t'attrape, je te tue, les choses prennent souvent cette teneur curieuse. C'est le sel de la vie, comme on dit pour faire court.

Quant à Policarpo et Cesarín, incorrigibles petites crapules pleines de mauvais desseins, toujours en train d'inventer n'importe quoi pour tuer l'ennui qui pesait sur l'île, ils sévissaient toujours. Inocencio leur père, homme bon et sans histoires au dire de tous, mesuré jusque dans son allure, était convaincu que ses vauriens de fils avaient hérité du caractère aventurier de leur mère, Casilda, morte quand ils étaient encore tout jeunes, qu'elle repose en paix. Et depuis que la malheureuse avait disparu, le curé don Nicasio de Jesús Moreno avait proposé à Inocencio son soutien dans l'éducation de ses enfants à demi orphelins. C'est dans ce sens que l'homme d'Eglise lui avait demandé de les envoyer très tôt à l'école et de les y laisser du matin au soir, étant donné que là-bas, il y avait toujours quelque chose à faire. Ils pourraient l'aider lui, le curé, et travailler sans relâche, car être gardien des âmes était beaucoup plus difficile qu'être gardien de chèvres. Je pense donc je broute, tel était le dicton qui régissait les animaux herbivores ; je pense donc je suis, était la philosophie qui gouvernait le reste.

Mais là commença la dérive : les garçons passèrent trop de temps auprès de ce curé tout-puissant et pédantesque. Ils reçurent une éducation rude, celle qui s'incruste dans le cerveau à coups de meurtrissure dans la chair. Inocencio, reconnaissant, répondit à don Nicasio de Jesús qu'il était tout à fait d'accord pour qu'il les prenne avec lui dès le matin. Avec un peu de chance ils pourraient même faire des études pour devenir curé et redorer le blason familial. Le problème est qu'ils tournèrent mal tous les deux, ils n'auraient pu devenir plus canailles, question de survie dans ce monde sans pitié. La faute à qui ? Il serait trop facile de mettre en cause la morte, Casilda, car le véritable fautif, le grand responsable c'était le curé don Nicasio de Jesús, ce bigot ventripotent qui ne cessa de les traiter dès le début comme des esclaves : ils devaient laver la maison et la laisser propre comme un sou neuf, nettoyer l'église et l'école, faire étinceler les sols comme des rivières d'or, l'aider dans les affaires ecclésiastiques car dire la messe donnait bien du souci ; ils devaient aussi s'occuper de ses commissions, qui étaient nombreuses et consistaient à se rendre chez les villageois pour échanger fromages, fruits, poissons, poules et poulets, bref toutes victuailles contre rédemption et salut, car dans cette vie, rien n'est gratuit. En résumé, les deux garçons devaient être à l'entière et sainte disposition de l'excellent curé de l'île de Fer, qui les accablait de travail tout au long de la sainte journée, même les jours de fête et les dimanches.

Car don Nicasio de Jesús Moreno officiait dans les

deux églises de l'île, la principale, celle d'El Pinar, et l'autre, celle de Valverde. Dans ses sermons, allez savoir quelle mouche le piquait, il s'employait à critiquer les habitants de chaque village. Ainsi, lorsqu'il parlait de ceux du Pinar à Valverde, il les traitait d'idiots et de fainéants, et lorsqu'il parlait de ceux de Valverde – ces fils à papa, ces tire-au-flanc – à ceux d'El Pinar, il ne cessait de répéter que si l'île évoluait si peu, c'était essentiellement à cause de la flemmardise et de la nonchalance de ces gens-là. Par cette habitude déconcertante, dont personne ne devinait la raison secrète, il n'avait d'autre but que d'amener les habitants de l'île à se quereller. Certains disaient que son intention n'était autre que de provoquer la brouille des habitants pour qu'ils n'aient plus qu'à s'en remettre au pouvoir établi, sans que l'idée de s'unir pour se rebeller leur passât par la tête : la désunion d'une population assurait le gouvernement contre tout événement fâcheux, et personne ne doutait que l'Église, personnifiée par don Nicasio de Jesús, fût l'un des bras les plus importants du pouvoir politique de l'île de Fer.

Policarpo et Cesarín durent rapidement apprendre à survivre entre les mains de Nicasio de Jesús, et Dieu sait qu'il n'y allait jamais de main morte. L'île Mineure ne connaîtra sans doute jamais d'autre maître aussi illustre : ses méthodes pédagogiques firent en effet école et conquirent ses acolytes. Pour dire la vérité toute la vérité, tous les habitants de l'île qui étaient passés derrière ses pupitres savaient au moins gribouiller ses nom et prénom, faire des calculs rudimentaires mais non moins utiles, additionner, soustraire, diviser, multiplier, et même baragouiner quelques mots de latin et quelques rudiments de français – qui à ce propos était la langue de la culture, de l'art et de la poésie, comme il ne cessait jamais de le répéter. Le curé Nicaso de Jesús allait même jusqu'à donner, dans son école, des cours de français, la langue de Napoléon. On leur apprenait aussi des petites chansons françaises à fredonner, à ces ânes du pays, conditionnés, en plus de cela, par le caractère impitoyable de leur insularité, cette insularité qui, selon certains, assujettissait l'esprit de l'homme en le limitant, en rétrécissant son horizon, en lui imposant ce mur de mer azur, désespérante fatalité de sa condamnation.

C'est ainsi que le savoir non seulement entrait par le sang, mais aussi, authentique innovation pédagogique, par le feu, rien d'autre que le feu – qui le faisait pénétrer encore mieux. A savoir : les tables de multiplication, 2 × 2 = 4, 4 × 2 = 8, 8 × 2 = 16 ; la conjugaison des verbes ; le présent du subjonctif du verbe être, *que je sois, que tu sois, qu'il soit, que nous soyons, que vous soyez, qu'ils soient*, sans oublier quelques vers impénétrables de la *Chanson de Roland* ou les déclinaisons latines, ou encore... Et les élèves ne pouvaient même pas se pisser dessus de peur, parce qu'alors c'était pire. S'ils se pissaient dessus, parce que la panique leur avait embrumé l'esprit, il leur faisait lécher leur urine jusqu'à ce qu'il n'en reste pas une seule goutte par terre. Il ne fallait quand même pas qu'ils croient que Policarpo et Cesarín allaient passer toute la sainte journée à faire le ménage ! C'est ainsi que les fils d'Inocencio apprirent rapidement à être de bons élèves, et que leur esprit s'éveilla sous la férule impitoyable dudit curé. Car tel était son règne, une succession de beignes, et pardon pour la pauvreté de la rime.

Mais quand don Nicasio de Jesús allumait un cigare, il fallait s'attendre au pire. Car il aimait jouer avec le feu.

— Voyons, Policarpo, où en sommes-nous avec les mathématiques ? Dis-moi combien font trois fois huit, et pendant qu'on y est, explique-moi ce que c'est que le gérondif.

Et Policarpo se mettait debout, droit comme un « i », les genoux tremblants, contractant son sphincter de toutes ses forces, les yeux du curé dans sa terrible soutane noire et poussiéreuse fixés sur lui, inquisiteurs – adjectif on ne peut mieux choisi.

— Et dépêche-toi de trouver la solution, car l'opération est facile.

L'école de Masilva était fréquentée par des enfants de presque tous les âges, de sept à dix-sept ans. Comme il n'y avait pas assez de pupitres, la majorité des élèves s'asseyaient par terre, en particulier les plus jeunes et les plus âgés, les uns parce qu'ils n'arrivaient pas à la hauteur des pupitres et les autres parce que leurs genoux avaient du mal à passer dessous et restaient coincés sous la partie basse, au point qu'ils soulevaient le meuble malgré eux.

— Vingt-huit, don Nicasio, répondit Policarpo pour dire quelque chose, les mathématiques n'était pas son fort. Il se considérait comme un littéraire.

L'erreur devenait de plus en plus évidente à mesure que don Nicasio de Jesús tirait sur son cigare avec une infâme délectation. Dans la fumée, comme surgi de l'enfer, le curé s'approchait lentement. Et il fallait s'efforcer de ne pas bouger d'un pouce malgré la peur, ne pas cligner des yeux ni respirer, ni même exister tandis que le cigare continuait inlassablement d'expulser sa chaleur, son feu incandescent avant de frôler le lobe de la tendre oreille de Policarpo, lequel ne criait pas, ne bougeait pas, ne respirait pas, ne fermait pas les yeux sinon ç'aurait été pire, pire, bien qu'on sentît déjà l'odeur du cartilage brûlé.

— Ça fait vingt-quatre, Policarpo, vingt-quatre ! C'est difficile, hein ! Eh bien moi, je vous vois bien nettoyer les étages et les escaliers toute votre vie. L'ignorance, c'est le diable. Hors de ma vue ! hurlait alors furieusement don Nicasio de Jesús. Et il fallait sortir à toute allure sur le chemin pierreux qui passait devant l'école, et se mettre à genoux, telle était la pénitence des cancres, les bras en croix, qu'il pleuve ou qu'il fasse chaud, qu'il vente ou qu'il grêle, pour que tous ceux qui passent par là puissent te voir, bougre d'âne, tu vas payer ta nullité en devenant la risée du village, que personne n'en doute et que tout le monde le sache.

Mais malgré le soleil de plomb qui frappait leurs têtes et les petites pierres coupantes qui meurtrissaient leurs genoux, les garçons trouvaient là soulagement, consolation, refuge. Ils en profitaient pour cracher sur leurs doigts, les imprégnant ainsi de salive pour apaiser la brûlure de leur oreille qui se recroquevillait sur elle-même comme pour se protéger d'une nouvelle agression. Ce jour-là, Policarpo fut le premier, parmi ceux qui assistaient aux cours obligatoires de don Nicasio de Jesús, à être expulsé de la classe, sûr qu'au bout d'une demi-heure il se verrait rejoint par une bonne douzaine d'ânes bâtés. Ce salaud de curé se débrouillerait bien pour les mettre tous à la porte, les uns après les autres, tous sauf José Francisco, l'arriéré mental, le simple d'esprit : en effet ce dernier, bien qu'il n'apprît pas grand-chose, avait toutes les chances de ne pas être puni, le curé estimant que, la nature ayant déjà été assez impitoyable comme cela avec lui, ce n'était pas la peine d'en rajouter. Don Nicasio semblait même en avoir fait son chouchou : il allait jusqu'à le faire venir chez lui le soir (José Francisco était orphelin et vivait avec sa sœur Pastora, jolie fille qui, loin d'être attardée, était très en avance, car elle avait grandi au Venezuela). Oui, il le faisait venir le soir pour lui donner des cours particuliers, mais de là à savoir ce qu'ils faisaient vraiment, il y avait de la marge. Quel genre d'éducation le garçon recevait, quelle matière le curé lui faisait travailler, seuls les intéressés auraient pu le dire.

Policarpo restait donc là à attendre sous le soleil, observant pour passer le temps le vol d'une bande de corbeaux au plumage noir étincelant. Dans les murs de l'école le cours de français avait commencé, et c'était au tour de Cesarín, qui n'allait pas tarder lui non plus à venir faire pénitence à genoux sur le chemin à côté de son frère après avoir subi la fameuse séance de torture : car se tromper au cours de français était pire encore, si une telle chose était possible. Le curé s'était planté devant lui en disant : Voyons donc, tu vas m'énoncer l'un après l'autre tous les jours de la semaine, alors que lui n'avait appris que les chiffres, *un, deux, trois, quatre,* qu'est-ce qu'il va prendre, *cinq, six, sept, huit, neuf, dix,* pauvre petit.

— Mais tu ne sais même pas prononcer correctement, cette langue ne te sert à rien de bon, allez sors-la, montre-la-moi! ordonne don Nicasio de Jesús à Cesarín, désespéré, qui se lève et sort sa langue, sa petite langue rouge en même temps qu'il se met à loucher, à loucher de plus en plus en voyant trembler sous son nez la lueur rougeâtre, incandescente du cigare qui s'approche, qui s'approche lentement vers la pointe tendue de sa langue, de sa langue nigaude incapable de prononcer le français, d'articuler des sons ouverts et fermés.

Et maintenant le garçon sent la chaleur du feu et voit de biais le petit coup énergique de l'index de don Nicasio sur le cigare, le petit coup qui fait tomber la cendre sur sa langue cendrier, cette cendre qui brûle maintenant sa langue sèche, sa langue blanche d'angoisse et de peur. Et des larmes lui montent aux yeux, ses yeux qui louchent, mais Cesarín ne bronche pas, ne tressaille même pas, en homme capable d'endurer un tel châtiment; il suffit de supporter la brûlure, brève pointe douloureuse, et d'attendre l'ordre libérateur, l'ordre qui lui permettra de courir vers la liberté, à l'air pur, pour aller s'agenouiller sur le chemin, sous le soleil, les bras en croix, à côté de son frère Policarpo, présence réconfortante :

— Hors de ma vue, va tenir compagnie à ton frère! déclare enfin le pervers, et Cesarín de s'enfuir sans demander son reste. Il essuie sa langue à vif du revers de la main et laisse couler ses larmes librement, heureux au fond de lui parce qu'aujourd'hui il a survécu, c'est toujours ça, un jour de gagné qui va pouvoir rejoindre le cortège des jours malheureux.

Les deux frères se regardent et sourient comme toujours – l'habitude y est pour beaucoup. Ce sont des frères qui s'entendent bien, et ont beaucoup d'affection l'un pour l'autre. Il suffit de les observer : Cesarín lui montre le bout de sa langue et Policarpo y voit une tache rouge. Policarpo à son tour se penche vers Cesarín, qui observe le lobe racorni de son frère, la chair à vif. Policarpo demande à son frère de cracher sur son oreille à l'endroit précis de la brûlure et Cesarín recueille suffisamment de salive dans sa bouche : la fraîcheur du crachat soulage Policarpo. Après quoi ils reprennent leur position initiale, les bras en croix, l'un à côté de l'autre, leurs doigts se touchant à peine mais suffisamment pour qu'ils se sentent plus en sécurité. Ce contact leur suffit pour savoir que s'ils restent ensemble, ils survivront, tout ira bien, parce que rien ne peut être pire. Le jour de leur vengeance sonnera bientôt, quand les feuilles apparaîtront sur les figuiers, toutes hérissées de pointes. Quelle bonne idée, ce sera un grand jour, qui ira grossir non le ruisseau des infortunes, mais l'océan des joies, une journée où ils pourront enfin rire à leur aise.

Baldomera, quant à elle, n'allait pas à l'école. D'une part elle avait plus de dix-huit ans, d'autre part les jeunes filles échappaient à cette torture, grand bien leur fasse. Leurs mères leur apprenaient comment trouver un fiancé pour se marier le plus vite possible. Très jeunes, elles apprenaient facilement le reste : cuisiner, laver, raccommoder, faire les courses, s'occuper des poules et élever les enfants. Rien d'autre.

Or Baldomera rompait avec les traditions. Elle n'était pas orpheline pour rien.

Toute fière et élégante, elle marchait aujourd'hui sur le chemin qui reliait Taibique à Las Casas, deux quartiers d'un même village qui s'appelle El Pinar ou Masilva, comme on veut, des goûts et des couleurs on ne discute point. Elle marchait au soleil, habillée de bleu et chaussée de ses bottines neuves, tandis que ses amies, à côté d'elle, marchaient à l'ombre. Et ce n'était pas du tout la même chose. Un petit mètre les divisait, entre l'étroite lisière d'ombre et la large bande de soleil. Ce n'était pas sans importance, cependant, parce que cette ligne séparait un peu plus que le soleil de l'ombre, elle matérialisait l'infranchissable barrière qui sépare la misère de la richesse, qui met une large distance entre la belle porteuse de bottines dont les semelles ne chauffent pas quand elle marche, et les pauvres misérables qui vont pieds nus ou chaussées d'espadrilles en toile aux semelles de caoutchouc qui leur brûleraient la plante des pieds si elles ne marchaient pas ainsi à l'ombre et à pas légers. Tant et si bien que cet équilibre précaire n'était pas seulement fait de soleil et d'ombre, mais de bottines et d'espadrilles quand ce n'était pas de pieds nus couverts de callosités. C'est ainsi que Baldomera cheminait fièrement sous le soleil et que ses amies marchaient plongées dans l'ombre. Car enfin, pourquoi devrait-elle dissimuler, pourquoi ne pourrait-elle pas arborer une toilette différente même si l'on n'était pas dimanche, pourquoi devrait-elle ranger dans ses placards ses robes et ses bottines pour être comme les autres, pour se confondre dans la grisaille de cette médiocrité rampante, de cette pauvreté qui n'embellit personne ? Eh bien ! non, non et non, se disait-elle, sûre d'elle et pleine d'orgueil, quand bien même les gens passeraient leurs soirées à lui témoigner leur réprobation et à la huer. Que toutes les envies se gravent sur son visage, que toutes les rumeurs et les médisances s'impriment sur sa détermination satisfaite ! Oh oui ! C'est ce qu'exprimaient sa façon d'agir et ses origines. Car elle, Baldomera, même si sa famille était originaire de l'île de Fer, elle venait quand même de l'île Majeure, d'un petit village paisible, soit, mais c'était quand même l'île Majeure, et il n'y avait aucune raison pour qu'elle ait une vie ordinaire. En quoi était-elle en effet coupable d'être mieux servie que les autres ?

Cela étant, la nature de son bonheur était un secret bien gardé. Personne ne savait de source sûre d'où sortaient ces cadeaux qu'elle recevait de Tenerife, l'île Majeure. Même Policarpo et Cesarín l'ignoraient, même eux, toujours au fait des commérages, des histoires, des intrigues et des embrouilles, d'une façon ou d'une autre, directe ou indirecte. Et, quand ils la virent passer, de loin, parce qu'elle marchait en bas dans le vallon, ils ne purent s'empêcher de se dire l'un à l'autre, de s'exclamer tout bas, presqu'en leur for intérieur, pour corroborer une évidence, rien d'autre :

— Baldomera est somptueuse !

Et somptueuse était le mot juste, car elle était vraiment princière, dans sa robe bleue toute fraîche et ses bottines reluisantes, et avec cela exquise, d'une telle beauté, appétissante au possible, avec sa peau qui devait être si douce, son port de tête majestueux, provoquant, son long cou, et ces deux obus qu'elle avait à la place des seins, figures de proue dans le vent, sans compter ses cheveux de jais brillants, ondulant sous le soleil. Le regard audacieux, elle se pavanait comme un coq de basse-cour qui exhibe son plumage – à ceci près que les coqs étaient plutôt Policarpo et Cesarín, âgés respectivement de seize et quinze ans, car à cet âge, le corps est un démon, les embrasements du sang et les envies de femmes sont infinis. Sauf que tous deux savaient pertinemment qu'avec Baldomera ils n'avaient pas la moindre chance, même pas la plus infime; qu'avaient-ils en effet à lui offrir, eux qui ne pouvaient se targuer que de la prospérité de leur père Inocencio? Leur seule consolation était qu'ils hériteraient de lui, c'était sûr, mais ce jour-là Baldomera serait déjà mariée et bien mariée, peut-être même enceinte. C'est pourquoi ils se dirent qu'il valait mieux descendre de leur nuage et se remettre au travail, il ne fallait pas rêver, car c'était pour travailler, c'était pour cela qu'ils étaient descendus dans le ravin, sur les bords escarpés duquel poussaient d'innombrables figuiers de Barbarie, et dont le lit était tapissé de pierres polies par l'érosion qui brillaient sous le soleil, comme fourbies, lissées par les langues de l'eau.

A l'abri du courant poussaient donc ces luxuriants figuiers de Barbarie aux feuilles en forme de raquettes pourvues de pics aiguisés, de piquants bien durs, et c'était justement ces feuilles que recherchaient Policarpo et Cesarín. Ils saisirent leurs machettes et commencèrent à trancher des raquettes de figuiers dont ils remplirent leurs sacs. Ils en avaient besoin d'une bonne dizaine pour mener à bien leur idée géniale, leur plan macabre. Assurément ils n'avaient pas retenu la leçon, ces garçons mal élevés, il faut le dire – au risque que Casilda ne se retourne dans sa tombe – ils ne l'avaient pas retenue, et pourtant c'était bien à cause de leurs blagues stupides et de leurs plans absurdes que le boulanger était resté borgne. Ce n'était qu'une petite ruade que l'âne Barbuzano lui avait décochée, mais il avait si bien visé que Santiago le Boulanger s'était vu désormais rebaptisé du surnom fort approprié de Santiago le Pirate. Des sauvages, ils n'étaient rien d'autre que des sauvages sans pitié. Après avoir coupé les raquettes et les avoir mises dans leurs sacs, les deux frères revinrent avec maintes précautions jusqu'à l'étable pour les y déposer, en attendant le moment propice.

Et le moment propice se produirait à la fin de la nuit de samedi, quand l'air froid du matin soufflerait de la montagne de Tembargena vers la montagne de Masilva, que les chauves-souris reviendraient se suspendre à leurs figuiers, et que tout le monde dormirait, étranger à ce nouveau mal qui guettait : deux garçons chargeant un sac de raquettes, enveloppés dans les profondes ténèbres de la nuit et s'insinuant dans l'église de Masilva par une petite fenêtre à l'arrière de l'édifice. Car pour la connaître, l'église, ça, ils la connaissaient, et dans tous ses recoins.

Le réservoir, le vieux puits, s'était asséché au fur et à mesure que son épouse Casilda s'éteignait, comme si l'eau et la maladie de celle-ci avaient un quelconque rapport, comme si elles étaient les deux extrémités du fil qui tissait son linceul. Ce ne fut rien d'autre qu'un hasard mystérieux, mais Cesarín et Policarpo pensèrent que leur père avait voulu laisser le puits dans cet état justement pour cela, parce qu'il lui rappelait Casilda. Or ils étaient loin du compte. D'ailleurs ils se trompaient tous, et lui le savait mieux que personne. A quoi bon fourrer son nez dans les affaires des autres ?

Parce qu'elle était pleine de lui et que lui se répandait partout en elle, sur ses cimes et dans la douceur de ses voûtes. Parce qu'il leur suffisait de se voir, au cœur de la pénombre, pour que ce soit déjà une façon de perdre tout contrôle, de s'élancer l'un vers l'autre, comme si c'était la dernière fois et comme si c'était la première, et toutes leurs rencontres étaient aussi amoureusement passionnées, ils avaient cette façon débridée, frénétique de s'aimer qui fait lâcher les amarres du désir, où l'on se dit tout bas je t'aime, j'ai besoin de toi, je te veux, je t'aime dans ce puits clair-obscur dont les murs laissaient encore passer l'humidité d'autrefois.

Et c'était ainsi parce qu'il ne pouvait en être autrement : l'humidité du puits et celle du corps, comme si lui était l'enfant qu'elle était encore, comme si elle était ce qu'il y avait de plus doux sur la face du monde et dans les entrailles de la terre. Hors du temps, hors du temps, parce que les heures s'évanouissaient dans de telles caresses, de telles étreintes, de tels glissements, baise-moi encore, et leurs baisers étaient comme une pluie et une musique qui tambourinait à leurs oreilles, va-et-vient de cette vague de passion inouïe, d'un corps à l'autre.

Parce que ses bras à lui l'entouraient, la faisant se sentir toute petite et c'était comme si elle était dans une maison, dans le foyer âpre et chaud de ces bras de paysan, ces bras forts, ces bras brunis. Comme s'il était en fait le père qu'elle n'avait jamais eu et qui la serrait contre lui, comme si elle retrouvait une odeur familière qu'elle n'avait jamais connue. Me sentir, me savoir protégée, le sentiment que rien ne peut plus m'arriver après tant de peur et de solitude, qu'il ne peut plus rien m'arriver, que je suis bien là, en toi comme dans ma maison, libérée de mes craintes, en toute confiance et totalement à toi. C'est pour cela que la nuit est plus appropriée, la nuit t'accueille toi et personne d'autre, la nuit ce sont tes visites, tes lèvres, ta chaleur bienveillante, ta vigueur juvénile qui palpite entre mes cuisses, en dépit de ta maturité, tes étreintes affectueuses, tes caresses attentives, mais également tes faims, ta fièvre, tes énormes envies d'homme.

Or le jour est autre, il est moins pur que la nuit, plus perfide. Je ne suis plus la même. Ce n'est plus moi parce que je suis autre, je mens, je dissimule, je laisse paraître ce que je ne suis pas, ce que je ne veux pas être, ce que les circonstances m'obligent à être. Le jour, la lumière du jour ternit tout, elle ne me permet pas d'être ce que je suis, de l'aimer, de me laisser étreindre par lui. Et pour lui aussi le jour est médiocre, néfaste, parce qu'elle est loin tout en étant proche, presque à côté de lui, il la voit, mais elle est loin de lui, bien qu'il anticipe son odeur. Sauver les apparences dit-on, les sauver parce que nous sommes des démons les uns pour les autres, enfermés dans une si petite île. Le jour les sépare mais la nuit les unit, vaste, lumineuse, langoureuse, parce que la lumière du jour point dans ses pupilles et brille sur sa peau quand il la monte et la chevauche, quand elle se fait jument et que la fougue, la passion lui sortent par les yeux et par les pores, innombrables perles de cristal, aussi nombreuses que les étoiles piquetées au ciel de la nuit. Encore la nuit, toujours la nuit, encore sa voix, sa voix qui dit aime-moi, aime-moi très fort, qui ordonne à l'homme affamé de l'honorer, de la prendre dans ses bras, de la caresser, de la dompter, de la remplir et de la baiser maintes et maintes fois, de la baiser sauvagement, de la limer, qu'il entre en elle, qu'il l'éreinte, qu'il enfonce son membre gorgé d'amour dans l'étroitesse de ses abîmes, qu'il plonge au fond de son ventre où chantent les soupirs, la musique, la pluie, et les couleurs.

Dis-moi que tu m'aimes. Et les caresses recommencent de plus belle, au point qu'on dirait du vice, mais ce que ces deux amants échangent jusqu'au bout de la nuit ressemble à un amour très profond, au plus grand des amours. Et ils s'en donnent, corps et âme, leur impatience afflue et se propage dans tout leur corps, comme si c'était la dernière fois, mais aussi, bien que leur amour ne date pas d'hier, comme si c'était la première, la toute première fois, cette fameuse fois où ce qui devait arriver arriva, ce jour magique où ils se parlèrent franchement et commença ce qui dure depuis maintenant presque un an, un an d'amours coupables, d'amours clandestines et souterraines, un an déjà. Il aurait mieux valu que cela se passe autrement, il aurait mieux valu, et tous deux auraient bien voulu que les choses se passent autrement, tout au moins aujourd'hui, avec tout ce temps derrière eux, maintenant qu'ils se connaissent un peu. Mais les choses ne se passent jamais comme on le souhaite, jamais.

Jusqu'à quel point pourrait-il l'aimer, se demandait-il parfois, jusqu'où pourrait-il aller ainsi, avec tout ce qu'il avait sur le dos, maison, enfants, fermes, animaux, honneur, considération, réputation, jusqu'à quel point. La nuit invitait les rêves les plus fous ; le jour faisait entrer la pudeur, la peur, la honte, la vieillesse qui guettait derrière la porte, les enfants, la maison, le travail, les responsabilités. La nuit, il n'y avait rien d'autre que la nuit, rien d'autre que cette lumière qui lui appartient, cette renaissance au monde, nu et libre, sans chaînes, sans attaches.

Mais elle, elle nourrissait d'autres projets, d'autres espoirs, peut-être un jour, quand elle serait un peu plus âgée, ou peut-être un jour quand elle n'en pourrait plus. Mais alors, que deviendraient-ils ? Que dirait-on d'eux ? Que murmurerait-on derrière leur dos ? Quels secrets les feraient ployer, sombrer ? Qu'inventeraient les oisifs, les médisants, quelles messes basses feraient-ils ?

Les chiens aboieraient furieusement sur leur passage ; les corbeaux tournoieraient autour d'eux, accusateurs et moqueurs ; les troupeaux bêleraient et les lézards au ventre bombé se mêleraient au scandale. Quand ils lèveraient la tête, si jamais ils osaient le faire, ils ne verraient que des doigts accusateurs, les pièges tendus et les éclats de rire des enfants qui auraient entendu de la bouche de leurs parents l'histoire de la petite fille et du veuf, leur histoire à tous deux, l'histoire de ces deux-là qui se promènent impudemment au grand jour.

Mieux valait pour l'instant se cacher sous terre, peut-être qu'un jour ils pourraient partir loin, les rêves aussi font vivre, un jour pas si lointain peut-être, fuir jusqu'à l'île Majeure, et de Tenerife fuir au

Venezuela, fuir à Cuba ou au Brésil. Fuir en pensée consolait parfois, cela suffisait.

Elle songea parfois à le quitter.

A se tirer de là.

Et pourtant elle reste.

Le quitter, comme si elle pouvait vraiment s'en convaincre. Mais maintenant elle ne pouvait plus le faire et ne le voulait pas vraiment non plus. Il fallait aussi être réaliste, ne pas se laisser obnubiler, réfléchir parce qu'un tiens vaut mieux que deux tu l'auras. Peut-être qu'un jour, un de ces jours, peut-être pourrait-elle réunir assez de forces et manifester assez de volonté, assez d'envie pour résister à son cœur entêté, son cœur ancré au délicieux vertige du premier amour.

Parce que lui aussi l'aime dans la moindre parcelle de sa chair, mais il l'aime avec le regard d'un homme mûr, déchiré entre les reproches qu'il se fait et la folie de l'amour auquel il s'abandonne. Dès les premières lueurs du jour émerge la conscience de ses devoirs, de son âge, de ses responsabilités, qui lui rappelle qu'elle, elle est encore une enfant, une jeune fille fragile qui pourrait bien être sa fille.

Toutes ces réserves le bridaient dans l'élan de son amour.

Et bien qu'il l'aime comme un fou, il en convient, il hoche la tête comme s'il dialoguait avec quelqu'un alors qu'il se parle à lui-même, parce qu'il sait qu'il devrait la laisser partir vers un autre destin que celui qu'il peut lui offrir. Il n'en doute pas, il y pense souvent, mais la nuit, il lui suffit de la voir, simplement de la voir, pour qu'il se ravise, il lui suffit d'une minute pour que tout ce qu'il a décidé tombe en ruine. Loin de lui toutes les pensées négatives qui lui ont traversé la tête durant la journée, tout ce qu'il désire c'est s'abandonner à elle, courir vers elle, vivre avec elle. Et en effet, c'est la vérité, la pure vérité : il reste muet, incapable de lui parler, parce que sa bouche à elle s'ouvre pour l'embrasser, pour l'embrasser sur les lèvres, pour embrasser sa peau, son corps, pour qu'ils se pénètrent dans l'ivresse de leur amour.

Et l'homme glissait sur ses courbes parfumées, buvant à la source de son miel, suçant ses seins ruches et ses mamelons groseille, parce qu'il ne pouvait plus parler ni penser mais seulement la dévorer, plus insatiable que quand il était jeune, à nouveau déferlaient la pluie et la musique de l'amour, de l'amour fou, de l'amour comme jamais, aime-moi plus fort, encore plus fort, aime-moi, aime-moi, disait-elle, dans le tourbillon vertigineux du désir, et elle se défendait tout en l'excitant, se mordait elle-même, léchait et reléchait son corps trempé, folie que cet amour.

C'était vendredi et le début du mois. La messe aurait donc lieu dans l'église de Masilva. C'est là qu'allaient se rassembler aujourd'hui tous les habitants d'El Pinar, pour voir quel petit malin oserait faire affront à don Nicasio de Jesús Moreno, le curé de l'île Mineure, en manquant l'un des multiples sermons qu'il dispensait habituellement du haut de sa chaire.

Le jour se leva, obscur : le ciel était brouillé du sable qu'avaient emporté les vents qui soufflaient dans le désert du Sahara, là-bas, à seulement une heure de navigation par mer calme. C'est de là aussi qu'arrivaient les Noirs et les Maures à bord de leurs petites embarcations, pour troubler, de leur couleur et de leur odeur différentes, la molle placidité dans laquelle languissaient les jours de l'île de Fer.

La brume de chaleur flottait dans l'atmosphère, elle rendait la respiration difficile, provoquait des éternuements et mêlait, entre les murs de l'église, les odeurs et les souffles nauséabonds intensifiés par cette touffeur d'orage. L'air, immobile, ne faisait pas vaciller la moindre flamme de la trentaine de cierges qui décoraient la paisible église. Il brûlait les narines. Les paroissiens attendaient patiemment l'apparition de don Nicasio de Jesús. C'est à peine s'ils échangeaient à toute vitesse quelque bref commentaire entre leurs dents. Dans ces moments-là, il vaut toujours mieux ne pas trop parler; il vaut bien mieux penser, discourir dans sa tête pour se soulager.

Car tu vas en chier putain de Dieu, espèce de fils de pute, tu vas en chier à crever, ton heure arrive, salaud, fumier, oui elle arrive, tu y es presque, tu n'avais qu'à pas nous brûler, connard, nous brûler la langue et les oreilles, salopard, mais maintenant ça va être ton tour, espèce de grande charogne de l'enfer, même tes grosses couilles vont se crisper de douleur, et le pauvre Policarpo regarde son frère Cesarín de biais et avant même le clin d'œil que celui-ci lui jette en signe de réponse, il remarque de nouveau la petite oreille roussie de son frère, plus brûlée que l'intérieur d'une pipe, son cartilage racorni, et alors l'assaillent à nouveau des pensées pleines de rage : Espèce d'animal tu vas en chier putain de Dieu, aujourd'hui même, car la vengeance est douce, c'est un plat qui se mange froid, qui se savoure encore mieux quand il est froid.

Et maintenant Cesarín regarde son frère et sourit jusqu'au moment où il reçoit un coup de coude de la part de son père qui lui signifie ça suffit, reste sagement assis sur ton banc, parce que l'apparition de don Nicasio Jesús Moreno se pressent déjà dans l'atmosphère, dans le silence de l'attente. Cesarín recompose alors son visage et ne sourit plus qu'en son for intérieur : il pense à la même chose que Policarpo (ils ne sont pas frères pour rien), lequel est en train de s'imaginer avec ravissement leur vengeance, et cela lui donne envie de se passer la langue sur les lèvres comme s'il dégustait un plat savoureux. Comme il est vrai qu'il faut savoir attendre pour se venger, plus on attend mieux c'est. Parce que Bon Dieu de merde tu vas en chier, espèce de fils de porc de la grande pute fumeuse de cigares, qu'est-ce que ça va être jouissif que tu goûtes un peu à ton traitement, ton châtiment, ton saint remède, hein, salopard, aujourd'hui tu vas t'arracher la peau, te gratter à mort, espèce de porc, parce que j'ai encore mal à la langue et même au palais, sauf que le goût tu n'as pas pu me l'enlever, je le possède encore, et il me servira à savourer la plus froide des vengeances.

Soudain, tombe un silence de mort, troublé précisément par les pas pesants de don Nicasio de Jesús drapé dans ses habits liturgiques, le visage bouffi d'orgueil et de vin (salaud de merde tu vas en chier), prêt à commencer son sermon :

— Parmi les nombreuses bénédictions imméritées dont notre Seigneur tout-puissant nous fait cependant grâce, il en est une dont nous avons peu coutume de parler, peu pour ne pas dire très peu. C'est à cette divine bénédiction que je pense consacrer mon sermon, une sainte prière qui sera, je crois, digne de l'approbation de notre Dieu de Miséricorde et de Majesté, et pour laquelle je vous demande la plus grande attention et le plus grand respect. Or sachez que cette bénédiction est un bienfait dont les fainéants, les glandeurs, cette race impie de désœuvrés, de nécessiteux, se plaignent souvent. Et que font-ils d'autre, en se plaignant, que de pécher comme des diables, que d'être eux-mêmes des diables, pures avant-gardes du mal ? Car ce cadeau béni, ce présent inouï, cette bénédiction entre toutes, n'est autre que le travail, le travail rude et sain que nous devons accomplir pour gagner notre pain quotidien.

La chaleur rendait les paroles du curé encore plus poisseuses. Mais don Nicasio était sans pitié : après avoir bu une gorgée d'eau il continua son bla-bla tout en transpirant à grosses gouttes.

— Vous tous, habitants du village d'El Pinar, êtes majoritairement un peuple travailleur et dévoué, même s'il reste encore, éparpillés par-ci par-là, certains moutons noirs que, je suis sûr, nous ne tarderons pas à passer à la tonte. Ici, à Masilva, on travaille, oui monsieur, on travaille, ce n'est pas comme dans d'autres villages de l'île, comme à Valverte, où il semble que les fainéants se transmettent les uns aux autres leur paresse diabolique et leur sens perverti du divin devoir de travailler. El Hierro, notre île de Fer, cette île privilégiée sur laquelle nous nous trouvons, s'efforce de sortir du sous-développement qui la paralyse grâce au dur labeur des bonnes gens. Et ces bonnes gens, qui sont nos paysans aussi bien que nos pêcheurs, car il est aussi difficile d'extraire les produits de la terre que ceux de la mer, ces bons travailleurs, dis-je, comme cela doit être et comme les lois le dictent, paient un tribut à leurs seigneurs, aux seigneurs de l'île, les seuls qui puissent autant compter sur la bénédiction de notre Dieu dans sa grande et infinie bonté que sur celle de notre généralissime, gouverneur de toutes les terres d'Espagne, s'enflamma-t-il avec des accents patriotiques.

Les vitraux de l'église semblaient sur le point de fondre. Le temps du Sud s'était définitivement installé, et il ne soufflait pas le moindre brin d'air pour alléger cette touffeur. Don Nicasio de Jesús but à nouveau une gorgée d'eau, celle-là même qui allait s'écouler dans peu de temps le long de ses tempes pour inonder le Livre saint, qu'il tenait ouvert sur son pupitre. Mais pour l'heure il improvisait, jetant de temps à autre un coup œil à son opuscule.

C'est ton cul qui va te faire le plus mal, espèce de brute ingrate, tortionnaire, bourreau d'enfant, tu vas avoir le cul picoré comme l'auget d'un oiseau, enculé, animal sans pitié, bouffe ta merde, sale porc.

— N'imputez pas la cause de vos misères et de vos pénuries à Dieu ou au Caudillo, mais plutôt à ces propres à rien qui se cachent encore dans les villages de l'île, et qui attendent, les mains dans les poches, que les alouettes leur tombent toutes rôties dans le bec, qui ne pêchent ni ne labourent mais mangent et boivent à l'envi et sans remords. C'est à eux, à ceux qui ne travaillent pas comme ils devraient, à ceux qui ne produisent rien, qu'il faut jeter la pierre, parce qu'ils ne sont pas solidaires, parce qu'ils ne travaillent pas du matin au soir avec zèle, parce qu'ils ne sont pas des hommes accomplis, mais des fardeaux, des poids pour notre économie. Notre gouvernement espagnol, je le dis haut et fort, notre gouvernement espagnol est un exemple de dévouement et de travail : après que des hordes de rouges, ces criminels, ces pécheurs endurcis, eurent dévasté le pays, brûlant les églises et provoquant même la colère divine, nos hommes illustres, patriotes entre tous, se consacrèrent à la difficile tâche de relever l'Espagne en dépit des ruines qu'avaient semées partout ces assassins, ces vandales. Il est certain que les progrès et les améliorations tardent à arriver dans notre petite île, c'est un fait, mais c'est bien à cause de cette troupe de rustres paresseux qui pèsent sur notre avenir, qui ralentissent notre pas. Luttons, chers amis, contre ces fatigués de naissance, obéissons aux ordres de nos chefs qui sont toujours sages et que, de ce fait, Dieu lui-même dispense parfois de venir à l'appel de notre Sainte Mère l'Église. S'ils ont gagné la guerre, ne l'oublions pas, c'est parce qu'ils avaient la raison et Dieu de leur côté, même si parfois leur cause pouvait paraître, aux yeux des ignorants, injuste.

Encore quelques gorgées d'eau. Dans le silence on entendait la pomme d'Adam de don Nicasio de Jesús monter et descendre. Il continua :

— Ainsi, donc, mes chers paroissiens, travail, travail et encore travail. Le travail rachète les péchés, le travail nous sauve et n'est jamais un châtiment, comme je l'ai entendu dire trop souvent par certains bons à rien. Il faut se lever tôt, être prêts avant que le soleil dispense sa lumière, il faut observer une routine de travail qui règle nos journées, le contraire nous fait perdre notre temps en des futilités et des pensées qui nous entraînent directement dans le mauvais chemin, comme il arrive à ces nécessiteux que sont les artistes ou à tous ces jeunes qui, parce qu'ils sont désœuvrés, tombent dans la subversion ; il faut savoir accepter, en fin de compte, les chefs, tout comme il faut savoir endurer les caprices climatiques, oui, personne n'a jamais dit qu'il était facile de vivre en ce monde. Je le répète, cette organisation routinière des obligations nous délivre des plus grands péchés, elle nous empêche de penser à des sujets néfastes comme le sexe ou la politique, elle nous fatigue le corps et l'esprit pour que nous ne nous perdions pas dans des réflexions alambiquées et soi-disant philosophiques comme le sens de la vie et de la mort. Car la vie, c'est le bonheur dans le travail, et la mort, c'est le repos final, après des journées de labeur et de sueur, dans les doux bras du Seigneur. Oui, c'est cela : un repos, un repos infini et agréable duquel nous ne voudrons jamais nous réveiller : voilà ce qu'est la mort, rien d'autre, la dernière récompense d'une vie féconde. Mes très chers travailleurs et concitoyens, j'insisterai sur ces exemples d'oisiveté malsaine : ce sont ceux qui s'appellent eux-mêmes artistes, cette engeance qui sévit heureusement ailleurs que dans notre île de Fer où elle est pratiquement inexistante, à l'exception de ce malheureux Victoriano Alameda del Rosario, ce présumé écrivailleur et de surcroît très mauvais gardien de but, dernier inscrit sur la liste de l'Atlética Pinar, voyons, que quelqu'un me dise ce que les poèmes ont à voir avec les cages d'un but ! On ne connaît pas d'occupation digne à Victoriano, vous le savez tous, tout lui tombe des mains, et tel une sangsue il pompe le sang de sa famille. Or je vous le dis, cette même oisiveté qui le gouverne lui, est celle qui finira par détourner notre jeunesse du droit chemin et la dévergondera. Mais j'allais vous parler des artistes. L'art, hormis l'art religieux, qui lui, est au service de notre Sainte Mère l'Église, est tout à fait vain. En conséquence les artistes sont eux-mêmes parfaitement inutiles, voire dangereux, étant donné qu'ils pensent ne devoir servir personne d'autre qu'eux-mêmes et leur art. Ils assimilent leurs futilités artistiques à Dieu, ces imbéciles sacrilèges, comme si l'on pouvait mesurer la grandeur de notre Seigneur à la même aune. Et, vanité des vanités, ces prétendus artistes, comme si ce n'était pas suffisant, se croient supérieurs au reste des hommes, au-delà du bien et du mal, grisés par l'univers fallacieux qu'ils se sont fabriqué. Heureusement que Dieu vient en aide à notre Caudillo, cet homme si noble, lui prête main-forte, une main experte et de nombreuses années de vie, pour qu'il se charge de mettre cette pléiade de fainéants crève-la-faim hors d'Espagne, qu'il les condamne à un exil mérité, parce qu'en plus d'être inutilisables ils gênent continuellement ceux qui, comme nous, accomplissent leurs services envers la communauté, en devenant des agitateurs et parfois même des terroristes. Qu'il les expulse, et seuls resteront, glorieux, les artistes travailleurs, ceux qui, comme il se doit, mettent leur écriture, leur peinture ou leur sculpture au service d'une mission didactique envers leur prochain. Vous n'avez qu'à regarder les poètes, tous chassés du pays par notre Généralissime parce qu'ils ne voulaient se consacrer à rien d'autre qu'à écrire des vers, enfermés dans leurs tours d'ivoire, à contempler « les cygnes blancs glissant sans bruit sur le miroir des lacs profonds et calmes », sans faire même l'effort de tirer leur inspiration du peuple, ou mieux, des saintes images, ou encore de la Bible. Et en effet, il reste encore tant à poétiser sur les Saintes Écritures : il y a de la poésie à revendre dans l'eau qui se transforme en vin, dans la multiplication des pains et des poissons, de la poésie quand Jésus soigne la fille du centurion romain et quand il ressuscite Lazare et, surtout, quand le fils de Dieu marche sur l'eau, quand son sang se transforme en vin et son corps en pain, vous ferez cela en mémoire de moi, cette poétique n'est-elle pas plus imaginative que celle que prétend créer cette poignée d'ignorants ? Voilà comment nous devons œuvrer dans notre île Mineure. Il faut repérer les nécessiteux, tous ceux qui ne s'intègrent pas dans notre lutte et qui vivent de notre sueur, et les chasser, qu'ils aillent vivre sur le dos des autres, ailleurs, loin de notre vue, au-delà de nos frontières. Enfin, mes chers fidèles, nombreuses sont les vertus du travail. Très nombreuses. Une de mes préoccupations majeures, je le répète, est cette jeunesse livrée à une vie désordonnée, oisive, sans travail pour structurer son existence. Ces jeunes finiront par devenir de mauvaises graines, ils passeront leur temps à imaginer des tours pendables et des méchancetés, et se laisseront entraîner dans des organisations aussi dangereuses que les communistes. Et bien qu'il y ait encore beaucoup de pain sur la planche, je ne vais pas prétendre vous fatiguer davantage aujourd'hui, parce qu'il nous reste encore à réciter l'Ave Maria dont nous régalera Crisanto, avant de communier. Mais permettez-moi maintenant, mes chers paroissiens, de me reposer un peu et de m'asseoir, souvenez-vous toujours que la tâche du curé est l'une des plus difficiles, surtout spirituellement, n'allez pas croire que prendre en charge les péchés des autres est une chose sans importance.

Là-dessus don Nicasio de Jesús se retourna, tournant le dos à l'assemblée pour s'asseoir, tandis que Crisanto, l'enfant de chœur, éclaircissait sa voix d'ange et s'apprêtait à chanter la prière :

— Ave Maria, gratia plena, Dominus tecum. Benedicta tu in mulieribus, et benedictus tuus ventris tui Jesús. Sancta Maria, Mater Dei, ora pro nobis peccatoribus, nunc, et in hora mortis nostrae. Ave Maria...

L'assemblée des fidèles écoutait avec ravissement la belle voix de Crisanto, qui semblait monter, ailée, vers les voûtes de l'église. Victoriano, à côté de Policarpo et Cesarín, sentait encore le rouge de la honte lui colorer le visage, mais il se consola en pensant qu'un jour prochain il serait utile : il parviendrait à écrire des poèmes et même des romans ; ne serait-ce que pour prouver au curé qu'il avait tort. De l'extérieur Victoriano semblait être un jeune homme oisif, mais à l'intérieur il était un nid effervescent de projets artistiques qui se heurtaient à l'ignorance générale. Dans cette fosse à purin, Victoriano glissait. Inocencio, de son côté, pensait à Baldomera, sourd au discours de l'ecclésiastique, et Baldomera pensait à Inocencio. Quant à Eliana elle suivait la vieille procession de sa haine, Policarpo et Cesarín le fil de leurs pensées, en passant par les chemins de la rage :

Et maintenant, voici l'heure, espèce de fumier, assieds-toi dégueulasse, elle est arrivée, elle est arrivée cette putain d'heure et maintenant, tout de suite, on va rire, mais rire, on n'arrêtera pas de rire, car tu t'es fait baiser, baiser par cette langue que tu m'as brûlée, par ces oreilles que tu m'as cramées, baiser, ah ah ah, baiser, fumier...

— Bon Dieu de merde !

Et le cri retentit, se répercutant d'un bout à l'autre de l'église, amplifié par l'écho, un cri de colère sorti du tréfonds de l'âme de don Nicasio de Jesús.

Puis, sur un ton implorant, un hurlement de douleur :

— Aïe ! Seigneur, que m'ont-ils fait, ces scélérats ?

Mais avant cela, il avait dit très distinctement et d'une voix tonitruante :

— Bon Dieu de merde !

Et tout le monde avait entendu très clairement le blasphème jailli de l'âme retorse de ce fumeur de cigares.

Et tous restèrent les bras croisés, interdits, brusquement arrachés à leurs pensées. Inocencio, Baldomera, Eliana et Victoriano se rendirent soudain compte de ce qui venait de se passer, Policarpo et Cesarín se mirent à frétiller d'excitation, et le pauvre enfant de chœur Crisanto en avala son Ave Maria de cuisine. Pendant ce temps don Nicasio de Jesús, après s'être assis et avoir sur-le-champ rebondi, projeté en l'air par la douleur, poussait des hurlements, et des larmes jaillissaient de ses yeux.

Ah ah je t'ai bien baisé espèce de saligaud, hein, la douleur te fait pleurer, toi aussi, espèce de sadique, tu n'es pas insensible à la douleur, c'est ça, pleure espèce de fils de pute, toi aussi tu la sens, hein, la brûlure de douleur !

Et la douleur se faisait de plus en plus cuisante, la souffrance était de plus en plus atroce. Deux hommes voulurent aider le curé quand ils le virent essayer d'enlever désespérément ses habits, comme s'ils le brûlaient, comme si plus exactement ils lui enflammaient le derrière.

Seigneur, je vais me vider de tout mon sang! Terroristes, espèce de terroristes!

Oui c'était comme si ses habits lui incendiaient le postérieur, car il se plaignait du croupion, le misérable, c'était son arrière-train qui le faisait pleurer, il ne pouvait même pas bouger, chaque mouvement provoquant à l'évidence de nouvelles souffrances.

Crisanto fut le premier à découvrir l'outrage. Il regarda le siège sur lequel don Nicasio de Jesús s'était laissé tomber comme une masse, et souleva le fin tissu blanc qui le recouvrait. Ses yeux s'écarquillèrent de surprise à la vue des raquettes de figuier de Barbarie dont la plupart des aiguillons durs et pointus, coupés net à la racine, s'étaient cloués dans les fesses et les cuisses grassouillettes de don Nicasio de Jesús quand il s'était laissé tomber dans son fauteuil de tout le misérable poids de son obésité.

Enfin je t'ai eu, salopard, ça fait mal, hein, super mal, à ton tour, maintenant, sale brute, tiens, que chaque épine te fasse souffrir et saigner comme les clous qui ont transpercé la chair de Jésus-Christ, espèce de porc, puisses-tu souffrir un peu, au moins, pour toutes ces années de supplices, de tortures, de brûlures, souffre, tortionnaire de mes deux.

Et don Nicasio de Jesús geignait, entouré d'une demi-douzaine de pieux villageois qui essayaient de lui enlever les piquants et les nombreux éclats qui le mettaient au supplice, qui lui brûlaient la peau des fesses. Et chaque fois qu'on en arrachait un, il hurlait de douleur. Quant aux autres, ceux qui restaient impassibles dans l'église, pas un murmure ne s'échappait de leurs lèvres, tant ils étaient terrorisés. Terrifiés à l'idée que cet outrage à l'intégrité physique de don Nicasio de Jesús pût avoir des conséquences imprévisibles. Le fait est que les gardes civils étaient déjà arrivés avec leur équipement, menaçants, brandissant leurs pistolets et ordonnant impérativement qu'on évacue la maison du Seigneur. Les curieux se poussaient, se serraient en masse compacte et chaotique. La brume de chaleur pénétrait dans les yeux. La chaleur suintait.

Il fallut six hommes pour transporter don Nicasio de Jesús dans la maison voisine. Il ne cessait de pousser des cris de douleur et de hurler : Terroristes, il faut s'emparer de ces terroristes – le terrorisme étant précisément l'une de ses obsessions. Les six hommes essayaient de reprendre leur souffle, et l'on pouvait voir, à la crispation de leurs traits, à la rougeur qui envahissait leur visage, les forces surhumaines qu'ils rassemblaient. Car le poids du curé était énorme, et sa propension pour les fromages à pâte molle persillée, suivez mon regard, pour les saucisses et pour le vin, consacré ou pas, avait fait de lui une masse informe, graisseuse et ventripotente. Don Nicasio de Jesús gémissait et ses larmes tombaient sur le sol. Il voyageait en effet face contre terre et les dalles de l'église défilaient sous son nez, afin que la pression des nombreux bras qui le soutenaient n'exacerbe pas la douleur dont il ressentait cruellement les affres.

Policarpo et Cesarín, malgré le bonheur qui les enivrait, ne laissaient rien paraître sur leur visage de peur d'éveiller les soupçons. Ils restèrent impavides, comme tous les autres fidèles, affichant néanmoins une expression d'inquiétude factice, jusqu'au moment où les gardes civils ordonnèrent d'évacuer la maison du Seigneur. Même leur propre père n'aurait pas pu se rendre compte qu'ils étaient les auteurs de cette farce cruelle. Le cortège s'avançait, et cette procession était pleine de joie de fanfares de fusées de pétards qui explosaient au fond d'eux-mêmes, ivres de bonheur. Ils savouraient le fruit délicieux de leur vengeance.

On t'a baisé salaud, souffre, c'est si bon de te voir souffrir, ça valait vraiment la peine, quelle envie on en avait, ah oui, putain, souffre, souffre bien, parce que la vengeance, quel plaisir !

Et si cet éclat froid, ce vertige dans le regard des deux frères venait à les trahir ? Mais non. Non, parce que tous les habitants avaient également un frémissement dans les yeux, un trouble produit par l'événement scabreux qui venait d'avoir lieu et par l'appréhension de ses conséquences imprévisibles. Qui pouvait avoir fait cela, qui, se demandaient-ils tous, hormis les deux coupables, lesquels, sitôt arrivés chez eux, se laissèrent enfin aller et se relâchèrent complètement, se mirent à courir dans tous les sens, à sauter et à dévaler le ravin en direction de la mer, en criant comme des fous :

— On est les meilleurs.

Ils criaient aux quatre vents :

— On forme une sacrée équipe.

Et ils transpiraient, libérant ainsi toute l'adrénaline et la colère qu'ils avaient accumulées.

— On a des couilles, frangin.

— On en a même quatre.

Heureux, fous de joie, ils sautaient sur le basalte pour soulager leurs nerfs, pour donner libre cours au plaisir de la vengeance, à cette revanche sur la douleur et la souffrance.

Mais tout dépend de la perspective qu'on adopte, car tandis que Policarpo et Cesarín éclataient d'une joie bien méritée, dans la demeure adjacente à l'église, deux saintes, deux authentiques béates passaient de l'alcool sur l'arrière-train de don Nicasio de Jesús, selon les indications du médecin Ramón, pour soigner ses blessures. On lui avait déjà enlevé vingt-sept épines, ce qui provoqua vingt-sept élancements et vingt-sept cris de douleur. Il en restait encore six, comme pour accomplir un chiffre symbolique, l'âge du Christ, par le plus grand des hasards (si l'on veut), trente-trois, il s'en passe des choses : si Policarpo et Cesarín l'avaient su, ils auraient eu une nouvelle raison de fêter l'événement.

— Et maintenant on va pouvoir te crucifier, lança d'un ton amusé le médecin Ramón, de nouveau trahi par la boisson – car sa plaisanterie ne fut pas appréciée.

Et don Nicasio lui lança un long et terrible regard qui l'obligea à s'excuser :

— Je regrette, don Nicasio, ce n'était qu'une mauvaise plaisanterie.

Don Nicasio de Jesús ne pleurait plus, et heureusement, parce que ses pleurs étaient insupportables. Il avait appelé à son chevet le brigadier de la garde civile qui répondait au nom de Tejera, pour qu'il lui rende justice. Il ne parlait pas de justice divine, non, mais de la justice palpable, de la justice de cette terre, de celle des hommes, une justice qui frapperait tout de suite le terroriste ou sa bande, les auteurs de cette sinistre et macabre plaisanterie, qu'on agisse promptement, qu'on les interroge tout de suite, pour que quelqu'un lâche le morceau et parle, vous verrez, brigadier, c'est la justice que je veux, que je demande, que j'exige, vous savez que j'ai de nombreux contacts dans les hautes instances. Il parlait maintenant avec volubilité (mais comme dit le proverbe trop parler nuit, trop gratter cuit), réclamant des exécutions exemplaires. Si l'on ne combattait pas à la racine le terrorisme contre les institutions de l'État – et là il s'agissait quand même de l'Église –, un jour prochain le monde tournerait à l'envers, et les bonnes gens actives et courageuses finiraient en prison. Ainsi pensait don Nicasio de Jesús, qui, en dépit de ses douleurs, était déjà en train d'ébaucher ses prochains sermons.

Ainsi implorait don Nicasio de Jesús, accablé, son gros derrière et ses cuisses grassouillettes à l'air, le dos recouvert d'un drap plié taché de sang au niveau de son postérieur. Le tableau était si plaisant et si ridicule que le brigadier Tejera ne cessa de rire durant tout le chemin de retour à la caserne de l'honorable garde civile. Et pourtant ce chemin était en pente, en pente si raide qu'il fallait se pencher en arrière pour freiner, ralentir son pas et empêcher ainsi une dangereuse accélération. Justice, justice contre les terroristes, contre cette barbarie des figuiers de Barbarie, exigeait le curé.

Baldomera et sa tante Eliana avaient toutes deux été par le passé la cible des colères du curé, qui ne leur connaissait ni occupation ni travaux dignes. Quand elles arrivèrent à la maison, elles se remémorèrent, d'abord sérieusement, l'épisode malheureux. Mais quand elles revirent, en parlant, le moment où don Nicasio de Jesús avait bondi de sa chaise en touchant son arrière-train transformé en pelote d'épingles et en criant Bon Dieu de merde, elles ne purent se retenir et se mirent à rire aux larmes. Baldomera avait commencé à sourire légèrement, à ébaucher un sourire qui s'épanouit malgré elle sur tout son visage, avant de se figer pour ne pas éclater, l'empêchant même de parler. Sa tante, en face d'elle, essaya de ne pas rire, de peur du châtiment de Dieu, mais rien n'y fit, non, parce que c'était trop drôle de revoir cet homme corpulent faire des bonds comme un gamin, la main sur son postérieur outragé. Mais qui ça pouvait bien être, qui avait fait cela, se demandaient-elles entre deux éclats de rire, éclats de rire qui montaient en stridence chaque fois que l'une d'elles essayait de recomposer son visage. Rien ne put les arrêter, et cela dura un bon moment, jusqu'à ce que les larmes leur viennent aux yeux et qu'elles aient mal au ventre.

De son côté, Victoriano ne put pas non plus s'empêcher de rire quand, arrivé chez lui, il se mit à écrire, vindicativement, l'épisode des raquettes de figuier de Barbarie : le fait d'écrire le soulageait, découvrit-il avec plaisir.

Mais si pour lui le rire était sain, pour d'autres la haine était comme une tumeur enfermée dans un kyste. Elle nichait, dévastatrice, dans les cœurs de Policarpo et Cesarín, qui, comme les autres garçons de l'école de don Nicasio de Jesús à laquelle n'échappaient ni les justes ni les pécheurs, avaient souffert dans leur propre chair de la violente pédagogie du curé. Et pourquoi la haine était-elle si savoureuse, les deux frères ne se posaient même pas la question. Non. Ils se bornaient à en jouir furieusement : c'était, à l'intérieur, une sensation de répugnance extrême envers la personne haïe, une nausée qui ne faisait pas souffrir mais procurait du plaisir, quelle joie de contempler le mal qu'on infligeait à l'autre. C'était une récompense pour Policarpo et Cesarín. Ils avaient éprouvé ce sentiment plusieurs fois. De fait, alimenter cet ignoble brasier de la haine faisait partie de leurs intentions. La règle était simple : faire ce qui était probablement le mal les rendait d'un seul coup beaucoup plus heureux, exubérants et forts, leur dilatait les couilles et leur donnait envie de dévorer le petit monde de l'île de Fer.

La raison pour laquelle le chien de Juan Palomo aboyait contre eux à s'en décrocher la mâchoire était un vrai mystère pour son propriétaire. Le cabot, d'une race indiscernable compte tenu des multiples et anarchiques croisements dont il était le produit insolite et bigarré, devenait comme enragé chaque fois qu'il voyait Policarpo et Cesarín, avant d'aller se planquer à toute vitesse, la queue entre les jambes, sourd aux appels furieux de son maître. C'était comme s'il sentait, derrière la silhouette des deux garçons, la présence du prince des enfers à l'affût. Cette scène se répétait souvent, au moins une fois par semaine, chaque fois que les deux garnements croisaient dans les ruelles d'El Pinar Juan Palomo et son chien. La panique du chien était telle qu'un jour, Juan Palomo avait demandé à Inocencio s'il en connaissait la raison. Inocencio lui avait répondu de ne pas y prêter attention, que cela faisait partie des comportements animaux inexplicables. Du moins est-ce ce qu'il lui avait dit. En fait il mentait, il cachait quelque chose.

Il y a quelque temps, quelques années déjà, environ trois (le temps n'est pas mesurable dans cette île), Inocencio, Policarpo et Cesarín possédaient une chienne appelée Trapisonda. Elle était jolie, douce, avait le poil couleur terre et de grandes oreilles encadrant sa tête fine et pointue. Un certain Campiro, pêcheur de La Restinga, leur en avait un jour fait cadeau, parce que sa mère, Cecilia, avait pris l'animal en grippe. La dame disait qu'il salissait trop la maison, qu'il laissait des poils partout et qu'il lui rappelait Isidel, son mari, mort ou émigré, on ne le saura jamais – il y a des années de cela il était allé pêcher en mer comme d'habitude, par une nuit calme, et avait disparu, la laissant veuve. Le fait est qu'il ne revint jamais, et bien qu'on l'ait cherché avec tout le zèle possible, on ne le retrouva pas, pas même ses restes. Trapisonda fut bien reçue par la famille d'Inocencio, lequel constata en plus que la chienne était une bonne gardeuse de chèvres et, par-dessus le marché, câline, agréable, aimable.

Le problème commença quand, une fois la chienne installée à El Pinar, le chien de Juan Palomo, qui s'appelait Titan – petite chose au demeurant maigrichonne peu impressionnante – s'amouracha follement de Trapisonda, nouveauté canine femelle dans le voisinage. Dès qu'il était dehors, Titan la cherchait et se glissait furtivement dans la maison d'Inocencio où, emporté par la fièvre de sa passion, il causait maints dégâts, poursuivant comme un satyre la chienne qui le fuyait. Il ne devait pas être son type, elle devait mépriser un tel amas de bâtardise. En effet Trapisonda faisait un si grand tapage et déployait une telle batterie d'aboiements qu'elle importunait toute la communauté arrachée brutalement à sa béatitude bucolique. Dès la fin de la nuit, devançant les premières lueurs du jour, le chien, insoucieux de l'inopportunité de l'heure, n'obéissait qu'à l'horloge de son désir échevelé qui lui dictait ces actes impertinents. Tel un faune aux oreilles pointues, Titan suivait le chemin de ses instincts dépravés, pénétrait dans la maison comme un voleur pour y chercher la chienne, faisait des acrobaties dignes d'un chien saltimbanque, escaladait les murs, entrait par les fenêtres, fouillait partout du regard, bref il ne la laissait pas en paix ; il levait son museau, affûtait son flair et la cherchait encore et encore, obstinément, tandis qu'elle aboyait et grognait de plus belle. C'était une histoire d'amour impossible. A toute heure il harcelait Trapisonda, et la pauvre chienne n'en pouvait plus. Quand il ne la voyait pas, Titan se mettait à pleurer, donnant libre cours à sa détresse de chien, aboyant lamentablement et sans fin, gémissant à fendre l'âme, mais avec tant de couacs et de canards, qu'il empêchait de dormir tant les êtres humains que les animaux de toutes conditions. Ses plaintes, au lieu de se calmer avec le temps, devinrent régulières. Inocencio jugea inutile et vain de parler à Juan Palomo de cette situation délicate. Même si le vieux l'enchaînait, Titan ne pourrait passer sa vie attaché à une corde, cruelle torture, et le quadrupède, esclave de sa nature, remonté et excité comme il l'était par sa passion, profiterait de la moindre occasion pour se libérer et déguerpir, toutes queues dressées, direction la belle Trapisonda.

Arriva donc ce qui devait arriver ce jour-là, comme c'est triste, quelle sauvagerie inqualifiable. Inocencio, exaspéré, excédé, à bout, poursuivait, fou de colère, Titan dans toute la maison, brûlant d'envie de le tuer. Titan n'étant pas un molosse, comme il a été dit plus haut, il en était d'autant plus agile et courait à fond de train – c'est le cas de le dire – d'une pièce à l'autre, de long en large, de droite et de gauche et de coin en coin. Titan et Inocencio comme chien et chat : Inocencio essayant de le chasser, à cor et à cri, dehors, dehors, sale cabot, loin de moi, hors de ma maison, saleté de clebs ; et le chien Titan de bondir, ici et là, partout, dans tous les coins, follement, obstinément, encore et encore, sacré chien attends que je t'attrape, jusqu'à ce qu'enfin, le hasard voulût que Titan, dans sa fuite éperdue, enfilât un petit couloir qui débouchait sur la rue à l'instant précis où apparaissaient de l'autre côté Policarpo et Cesarín. Douche froide, qui éteignit aussi sec le feu qui le dévorait.

Il était coincé. Pas difficile d'arriver à cette conclusion, même pour son petit cerveau de chien. Derrière lui, Inocencio. Devant, Policarpo et Cesarín. Au milieu du passage, Titan. Titan terrifié tournant la tête d'un côté et de l'autre, réfléchissant à quoi faire, faisant de rapides et primitifs calculs. A présent tu es fait, chien galeux. Les murs l'emprisonnent de chaque côté, ils sont trop hauts. Il n'y a pas d'autre issue, il doit choisir entre Inocencio et ses fils. Prier, s'il avait su le faire, ne lui aurait non plus pas servi à grand-chose. Titan se mord la langue, et la peur lui fait prendre la mauvaise décision : comme il a vraiment très peur d'Inocencio, il décide d'essayer de lui échapper et de sortir de l'autre côté, celui que gardent Policarpo et Cesarín.

Grave erreur, appréciation erronée, produit d'un cerveau dérangé, déglingué par l'amour. Il le paiera cher, il aurait dû être meilleur élève.

Si Inocencio en avait jusque-là, comme il a été dit plus haut, ses fils, eux, en avaient plus que marre, mais alors par-dessus la tête, ras-le-bol, de ce chien insupportable, têtu, complètement cinglé, culotté et obsédé sexuel. Ils n'en pouvaient plus de cette infernale bestiole. Et si le sort voulut que Cesarín tînt maintenant un bâton dans la main, c'est parce que l'ange du hasard, qui s'ennuyait un peu depuis quelque temps, avait maintenant une sérieuse envie de jouer ; un gros bâton, une massue, un assommoir, c'est cela que Cesarín tenait dans la main, son père ayant besoin de lui pour les travaux qu'il menait depuis quelque temps dans le puits asséché ; une massue que les deux frères venaient d'aller chercher chez Mazo le Menuisier, spécialiste des cercueils en bois de sapin ; un bâton que Titan ne vit que lorsqu'il l'eut à quelques centimètres de son museau, une seconde avant qu'il ne s'abattît furieusement sur sa brave tête de chien, et le laissât étendu raide mort.

La scène se passa en un clin d'œil. Titan fuyait de la maison par le passage, poursuivi par Inocencio qui s'apprêtait à le bourrer de coups de pied. Il s'arrêta net, ses pattes aux griffes acérées dérapant sur les dalles, quand il vit, lui barrant la sortie, Policarpo et Cesarín, deux armoires à glace, comme deux tours, comme deux gratte-ciel. Il s'arrêta une seconde et essaya de sauter entre eux deux pour leur échapper, mais Cesarín, brandissant son gourdin, n'y réfléchit pas à deux fois, et obtempéra sur-le-champ à l'ordre que son père lui avait crié : Vas-y !

Et il y alla.

Et comment.

Avec quel entrain.

Le chien bondit entre les deux garçons, effectua un saut athlétique – la peur est un puissant propulseur. Cesarín, tel un joueur de cricket ou de tennis, saisit des deux mains la matraque, comme s'il tenait une batte ou une raquette, et déchargea toute sa mauvaise énergie sur le museau du chien. Il frappa de toutes ses forces, s'en donnant à cœur joie. Si Cesarín avait pratiqué ces sports pour de bon, s'il s'était trouvé sur un court de tennis ou dans un stade, il y aurait excellé, il serait monté à la tribune pour recevoir le trophée du vainqueur. Policarpo, à côté de lui, entendit nettement le sifflement du gourdin qui déchira l'air, le bruit sec, mat, mutilant, et le hurlement douloureux de Titan qui s'interrompit brusquement, de Titan qui tomba lourdement, comme une masse. Et l'animal resta étendu par terre, raide mort.

La confusion régna quelques secondes. Inocencio, Policarpo et Cesarín se penchèrent, touchèrent son pelage noir. Sans pour autant être vétérinaires, ils auraient juré qu'il était mort, ils en auraient donné leur main à couper. Trapisonda, toujours en arrière-plan, s'approcha en trottinant du cadavre et jeta un regard sur son prétendant, qui à ce moment-là présentait un aspect assez laid, en vérité, bouche entrouverte, mâchoire relâchée, langue pendant comiquement vers le sol. Elle le flaira, mais sans manifester la moindre émotion, sans émettre le moindre aboiement, qu'il fût de reconnaissance ou de chagrin. Elle poursuivit, satisfaite et altière, son chemin en direction de la rue, en quête d'un savoureux ossuaire de chat : son odorat subtil lui avait permis de découvrir en effet, dans un terrain vague poussiéreux, l'endroit précis où les enfants enterraient les chats qu'ils avaient brûlés ou éventrés au cours de leurs jeux, car les os des félins étaient immanquablement un mets choisi, et succulent à n'importe quelle heure de la journée ou de la nuit.

Dans ce même terrain vague arrivèrent Policarpo et Cesarín pour enterrer Titan à la nuit tombée : il ne fallait surtout pas que Juan Palomo, son maître, découvre ce massacre, cet homicide canin. Il fallait agir vite et se défaire du cadavre incriminant. Juan Palomo, au bout de quelques jours sans le voir, le considérerait comme perdu, et la vie recouvrerait la quiétude d'autrefois, la tranquillité enviée du bon vieux temps.

— Et maintenant qu'est-ce qu'on fait, père ? demanda Policarpo.

— Eh bien l'enterrer, fils, on ne va quand même pas le manger ! Devant Juan Palomo on fera les idiots, on ne sait rien et basta, déclara Inocencio, soulagé, qui voulait en finir avec cette histoire.

— Et où est-ce qu'on l'enterre, papa ? interrogea maintenant Cesarín, ce grand sportif au visé si sûr. Il vaut mieux classer l'affaire avant qu'on ne le découvre.

— Eh bien ici même, dans le terrain vague. Cette nuit, quand tout le monde dormira, on ira l'enterrer. On lui creusera un trou et on y jettera dessus quelques cailloux.

Telles furent les instructions élémentaires qu'ils reçurent de la part du chef de famille.

Ils enveloppèrent soigneusement Titan dans un sac et attendirent la tombée de la nuit. Le chien avait déjà une raideur cadavérique, ce qui ne facilita pas la manœuvre. Enfin la nuit tomba, dense, ténébreuse. Elle s'était fait attendre plus que d'habitude parce qu'ils étaient pressés. Munis d'une bêche, Policarpo et Cesarín enterrèrent le cadavre du chien, ce qui leur prit à peine dix minutes, neuf exactement. Policarpo creusa un trou peu profond, Titan n'étant pas un grand chien. Cesarín déposa de ses propres mains le cadavre enveloppé dans son sac et aida à le mettre en terre. En un clin d'œil, ils achevèrent la besogne. Puis ils allèrent chercher des pierres pour les poser sur la sépulture, mais ils ne trouvèrent que des cailloux dont ils se contentèrent, cela suffisait à signaler la tombe. En sortant du terrain vague ils décidèrent de fumer une cigarette, ce qu'ils faisaient encore en cachette de leur père, se méfiant de sa réaction. Quelques étoiles brillaient dans le ciel parsemé de nuages et la mer mugissait au loin, roulait, grondait comme un tambour. La marée avait inondé la terre, et les mares qu'elle avait formées sur la côte allaient bientôt se transformer en plaques de sel. L'obscurité qui descendait du ciel enveloppait sereinement les deux frères, quelques insectes nocturnes s'affairaient à chercher encore la lumière, et le vent avait disparu, comme aspiré dans les grottes. Les pierres de lave respiraient le calme après la tempête. Sans le chant des grillons, le silence aurait été total. Policarpo et Cesarín parlaient à voix basse, très basse, susurrant parce qu'ils ne voulaient pas qu'on les entende et parce que cette harmonie sidérale invitait à la douceur, à la même sérénité que celle qui se dégageait des constellations, là-haut, dans l'infini du ciel. Ils bavardaient, plaisantaient au sujet de Baldomera, ah, Baldomera, ils louaient comme toujours les formes pleines et gracieuses de la jeune fille, dont la demeure, en outre, était toute proche. Et s'ils entraient?

— En ce moment même elle doit être dans son lit, toute nue. Oulala... rêvait onomatopéiquement Cesarín. Chaleur de la femme, corps du désir.

Ils aspiraient les dernières bouffées de leurs cigarettes, ne voulant pas perdre une seconde du plaisir de cette fumée bleue, lorsqu'un bruit dans leur dos, un bruit insolite, anormal dans cette ambiance paisible, rompit le silence et les fit sursauter. Ils se retournèrent en direction du terrain vague. Ils regardèrent, fouillèrent l'obscurité des yeux. Quelqu'un creusait. Ils se mirent à trembler. Soudain la peur devint une sensation corporelle, physique, elle leur monta à la nuque, leurs poils se hérissèrent, leurs pores suintèrent.

Les pierres remuaient.

Les petites pierres qu'ils avaient déposées il y a un instant sur la tombe de Titan bougeaient. Policarpo et Cesarín se regardèrent, la fumée de leurs cigarettes qui irritait leur gorge étranglée par la peur, les fit tousser. Titan émergea, se retournant sauvagement, secouant la terre, sans aboyer. Ses yeux verdâtres brillèrent dans les ténèbres, et il sortit de sa tombe, vivant et frétillant. Son pelage noir se fondit dans la nuit, était-ce une hallucination. Plantant ses griffes dans la terre, il bondit et passa à une vitesse endiablée devant ses exécuteurs atterrés, pétrifiés d'effroi, en leur jetant un regard que Policarpo et Cesarín ressentirent comme diabolique.

Et eux aussi de filer, muets de terreur, comme deux flèches à la maison, laquelle heureusement n'était pas loin, suant la peur, l'estomac retourné, le cœur soulevé.

— Père, père, Titan est vivant ! débita Cesarín à toute allure, la gorge nouée.

— Ne dis pas de bêtises, répliqua Inocencio qui était sur le point de s'endormir.

— Il est sorti de son trou comme si rien ne s'était passé, vivant ! Oui, cinq minutes après qu'on l'a enterré il a gratté la terre, il en est sorti, il s'est ébroué, et il a disparu.

— Ne sois pas stupide, c'est impossible. Tu te rends compte de ce que tu es en train de raconter ? lui rétorqua Inocencio.

— C'est pourtant vrai, père, c'est exactement comme on te le dit. S'il n'est pas vivant, alors ce qu'on a vu c'était son esprit, insista Policarpo.

— Son esprit ? quelles sottises ! Mais tu es devenu complètement idiot, mon fils. Bon, ça suffit comme ça, demain matin j'irai me promener discrètement autour de la maison de Juan Palomo pour voir si le clebs est là. S'il est vivant c'est que le coup ne l'a pas tué, mais qu'il est tombé dans les pommes et s'est ensuite réveillé. Mais ce qui m'étonne, si c'est le cas, c'est que ce coquin de chien soit resté inanimé pendant quatre heures, dit Inocencio en se parlant à lui-même, essayant de trouver une explication.

Il alla se coucher, mais ses fils restèrent éveillés, étreints par les tentacules de la peur.

Le lendemain, effectivement, il s'avéra que Titan était vivant. Sans aucune ambiguïté. Ressuscité. A peine Inocencio s'était-il approché des alentours de la maison de Juan Palomo, dans le hameau de Las Casas, non loin de celui de Taibique, qu'il entendit, impossible de les confondre avec d'autres, les aboiements du chien qui avait déjà détecté dans les vibrations de l'air la présence ennemie qui était à l'origine des douleurs qu'il avait endurées. Il était attaché, heureusement, car l'animal aurait pu l'attaquer pour se venger. Mais non, apparemment point. Inocencio et Titan échangèrent un regard désapprobateur et hostile, après quoi l'animal ignora l'homme qui l'observait, comme s'il ne le reconnaissait pas, et se mit à laper de sa langue rouge, à nouveau agile, l'eau d'une écuelle métallique insolite qui ne portait pas son nom.

Une fois revenu à son doux foyer, Inocencio attendit, Trapisonda à ses pieds, toute la journée du lendemain du pseudo-assassinat, que Titan se décide à réapparaître, à exprimer de nouveau ses envies effrénées. Or rien du tout. L'après-midi, ses fils vinrent lui raconter qu'ils avaient rencontré Juan Palomo, et que Titan, dès qu'il les avait aperçus et reconnus, leur avait aboyé dessus comme un fou, la gueule largement ouverte, découvrant toutes ses dents, ce qui ne l'avait pas empêché de prendre aussitôt ses pattes à son cou sans demander son reste.

— Quelle mouche l'aura piqué! se contenta de déclarer Juan Palomo d'un ton étonné, ne comprenant pas le comportement effrayé du chien, qui avait disparu dans un nuage de poussière.

Le chagrin, cependant, vint après. Une tristesse profonde. Trapisonda changea. Elle n'aboyait plus, cessa de manger, tomba malade, oublia les os de chats. Ses yeux étaient ternes, humides, comme au bord des larmes. Peut-être regrettait-elle les hommages insistants et importuns de Titan, peut-être, maintenant qu'elle l'avait définitivement perdu, s'apercevait-elle de la valeur de son amour. Le jour où Trapisonda mourut, Policarpo et Cesarín étaient descendus à La Restinga à la recherche de Campiro, en ultime remède, au cas où le pêcheur, l'homme qui connaissait le mieux la chienne, pourrait comprendre ce qui était en train de la tuer.

Campiro, sous le choc, les accompagna jusqu'à El Pinar. La tristesse avait creusé des rides sur son visage, comme le sillage d'un serpent dans le sable. Ils entrèrent dans l'étable, où Inocencio avait arrangé un endroit confortable pour la chienne. Trapisonda, allongée sur le flanc, ne fit pas un mouvement, ne manifesta pas le moindre signe de joie, ne fit même pas l'effort de saluer son ancien maître. Campiro s'accroupit à côté d'elle et la posa sur ses cuisses. Il lui caressa le dos, puis le ventre, qui était enflé. Il passa sa grande main sur la peau rosée, tendue, en dessinant des cercles concentriques, en la massant. Ses tétons pendaient lamentablement. Campiro leva la tête et regarda Inocencio, Policarpo et Cesarín, qui l'observaient attentivement, pleins d'espoir.

— Elle est pleine, mais ça se passe mal.

— Merde alors, s'exclama Cesarín.

— Qu'est-ce qu'on peut faire ? demanda Inocencio.

— Rien, plus rien, elle va mourir, déclara Campiro.

De la gueule de Trapisonda ne sortait qu'un souffle faible et confus. Elle savait qu'elle était à un doigt de la mort. Elle avait accompli son destin : la nature ne lui permettait pas d'être mère, d'élever sa portée.

Inocencio ressentit une rage impuissante. Il tourna le dos pour ne pas la voir mourir, et s'en alla en marmonnant entre ses dents :

— Finalement Titan a eu ce qu'il voulait, sale cabot, graine de potence, pourriture.

Non loin de là, se laissant aller au sain engourdissement d'une copieuse digestion, à l'abri du soleil dans sa niche, Titan ouvrait les mâchoires. Était-ce un bâillement de sommeil ou un sourire malicieux ? Impossible de le lui demander non plus. C'est bien ce qu'il y a de pire chez le meilleur ami de l'homme.

Et l'amour, peut-être, se réalisait enfin. Et la beauté, enfin, pouvait être cette image émerveillée : elle, volatil battement d'aile, sur ses chaussures à talons qu'il venait de lui offrir, les premiers de sa vie. Elle semblait être née pour marcher, princesse, dans ces souliers gracieux fabriqués au Brésil et importés via le Venezuela à Tenerife pour arriver finalement ici, dans l'île Mineure, dans cette grotte illuminée par la chaude lumière des lampes à huile et celle de sa nudité, pure, légère et immaculée, sublimée sur le socle de ses talons hauts.

C'était cela la beauté, seulement cela, bien qu'on n'ait pas encore cité tous les présents qu'elle avait reçus tout au long de cette nuit. Parce qu'avant les souliers d'argent, il y avait eu la peinture rouge de ses ongles, la laque, exactement, apogée de cette composition. Comme si elle était née ainsi, déesse, comtesse ou marquise, seigneuriale et altière. Sourire coquin quand il lui donne le petit pot rouge, rouge comme un œillet rouge, elle se tait, en extase, tourne le bouchon de plastique blanc qui émet un petit bruit particulier, et le parfum se dégage du flacon. Elle sort le petit pinceau et peint d'abord les ongles de ses mains, un à un, lentement, pour qu'il la contemple, exténué d'amour, puis les ongles de ses pieds, un à un, pour l'envelopper dans ce voile de beauté rouge sur la blancheur rosée de sa peau. Et il va tout lui donner, il veut tout lui donner, rien que pour la dimension colossale de ces heures de beauté, il lui donnerait tout, dans cet instant où, flamboyante sur ses talons, elle est soudain nue, plus nue que le jour où elle est venue au monde, parce que seuls l'habillent ses souliers et le vernis rouge de ses ongles, vraiment, c'est étrange, elle est au summum de la nudité, c'est du moins ce qu'il lui semble, comme si soudain c'était la première fois qu'il la voyait nue, au-delà de la nudité, mais cette sensation est indicible, inexplicable. Et que ce moment soit ainsi, qu'il soit ainsi à jamais, que rien ni personne ne l'altère ni ne le détruise, peu importe le monde, à dire vrai il n'a pas d'importance, parce que c'est cette apparition, elle, nue au fond de la grotte, glissant sur ses talons comme sur des rails, traçant de ses ongles rouges d'infimes, éloquents et admirables arcs dans l'espace, au bout de cette main qu'elle met devant sa bouche pour rire tout bas, quelle enfant, de ces mains qu'elle pose sur ses hanches pour en sublimer le balancement, ces mains comme deux oiseaux qui dégrafent sa chemise et son pantalon, délacent son amour gigantesque, soumission, pur bonheur ; ces mains velours qui caressent sa poitrine velue d'homme mûr et semblent se multiplier en parcourant son torse, car il les sent aussi sur son cou, sur son dos, sur ses vertèbres, sur ses fesses et sur sa queue dressée et frémissante, reconnaissante de tant de grâces, elle le touche partout, elle aime cela, il lui plaît, elle le caresse dehors et dedans, dehors et dedans au plus profond. Sur les peaux de chèvre couvrant le sol de la grotte creusée au flanc du cratère qui se trouve entre leurs maisons respectives, comme si les caprices géographiques de la nature eux-mêmes avaient conspiré pour les unir et les accueillir ; sur les peaux de chèvres qui tapissent le sol ils roulent s'enroulent s'agrippent l'un à l'autre dans une interminable étreinte d'amour ; leurs langues s'étirent, tracent de folâtres sentiers de salive, on dirait qu'elles ne sortent pas de leur bouche mais de leur estomac, qu'elles s'allongent pour lécher les extrêmes impossibles, encore, encore un peu, jusqu'à ne plus pouvoir. Incroyable, cette magie du sous-sol, ces jeux d'ombres et de lumières, cette chaude pénombre, les pièges de ces amours souterraines. La lave pétrifiée recouvre la terre et la surface de la grotte, sol abrupt de sa fougue, qu'il a tapissé de peaux de chèvre. Et le fait de se retrouver ici ne fut pas le fruit du hasard, non, parce que déjà, sur la terre et à la lumière du jour ils se regardaient, s'observaient avec circonspection en se demandant ce qu'il pouvait y avoir entre deux êtres apparemment si lointains, qui les attirait tant. Et maintenant ils le savent, ils savent que cette envie furieuse qu'ils ressentaient était tout cela, rien que cela, cette faim douce et permanente, ce désir fou d'être emmêlés l'un à l'autre.

Les corbeaux ont coutume de picorer les yeux des chevreaux nouveau-nés pour s'en repaître, provoquant la colère des mères qui se réjouissent quand elles réussissent à encorner l'un d'eux, ou à faire fuir leur bande infernale à force de bêlements, de cabrioles et de mouvements de cornes frénétiques. Si elles tuent l'un de ces volatiles, elles ressentent quelque chose comme du bonheur, sinon la satisfaction du devoir accompli.

Ce chevreau nouveau-né, lui, n'a pas eu de chance. Sa mère, folle de désespoir et de colère, n'a pas pu le sauver, bien qu'elle y ait engagé toutes ses forces. Dans quelques instants Inocencio le trouvera. Mais trop tard. Déjà mort.

Voici une heure qu'il est venu au monde, une heure à peine. L'existence n'a duré que cela, pour lui. Presque rien. Sa mère s'est éloignée de l'enclos pour mettre bas et les corbeaux ont senti, du haut des collines, l'odeur du sang et des viscères, l'imminence de la naissance. Ils sont descendus à tire d'aile et ont voleté, rusés, sournois, dans les arbustes, de vipérines en dragonniers, de dragonniers en canneliers. Par des voies mystérieuses et discrètes, ces oiseaux noirs se sont communiqué la nouvelle du festin proche. Et la maman chèvre a mis bas ce joli petit chevreau qui peut à peine se tenir sur ses pattes pour voir le monde, le décor brut de l'île Mineure qui l'entoure.

Il est donc né, à l'ombre de ce figuier, et avant de se débarrasser des membranes sanguinolentes qui le recouvrent, il se redresse maladroitement sur ses pattes tremblantes, et l'on devine, sur son pelage blanc et fin comme un duvet, les petites taches noires qui parsèmeront bientôt son dos. Il tremble sur ses pattes mais il commence à bêler, comme pour annoncer, content, dirait-on, sa venue au monde. Ses yeux noirs s'apprêtent à distinguer la lumière, les pierres, les broussailles et les feuilles qu'il broutera bientôt. Étonné, il contemple le paysage alentour, bucolique et aride, mais non moins riche en savoureuses feuilles de figuier. Ce qu'il y a en haut, bleu, c'est le ciel. Ce qu'il y a en haut, blanc, ce sont des nuages. Ce qu'il y a en haut, noir, c'est un point qui descend lentement puis soudain, à une vitesse vertigineuse, grandit, grandit de plus en plus, devient un long bec pointu, un long bec brillant jaillissant d'une masse de plumes noires comme le jais, un bec qui s'approche, devient de plus en plus grand, et d'un coup précis, rapide, fond dans la douceur de l'orbite. Bêlements de douleur, cris de terreur. Parce que l'œil qui voyait, qui contemplait le paysage, ne voit plus, et parce que l'autre, qui voit encore, ne voit plus que des ombres noirâtres sautillant comme des saltimbanques, corbeaux tournoyant pour transpercer l'autre œil qui ne voit plus à son tour, se succédant, l'un plus sauvage que l'autre, pour l'énucléer à coups de bec. Car maintenant c'est fait, quelle pitié, le chevreau désemparé, étourdi par la douleur, aveugle, vacille et tombe. Et la chèvre épuisée par la mise bas, qui ne peut chasser tous ces corbeaux affamés, et le petit chevreau qui regarde maintenant, sans yeux, quelle horreur, c'est un monstre, il bouge la tête comme un pantin disloqué, il ne regarde rien parce qu'il ne peut rien voir avec ses yeux de chevreau qui se trouvent maintenant dans les becs de deux corbeaux satisfaits, ses yeux tout neufs arrachés de leur orbite et transpercés de part en part, oui comme ça, à peine né et accablé déjà de toute la haine et la voracité du monde. Le sang coule de ses orbites vides et le petit chevreau n'est plus que terreur, il s'éloigne dans le paysage en se cognant aux arbres comme s'il était soûl, il se prend les pattes dans les vipérines et trébuche sur les pierres tandis que six ou sept corbeaux le transpercent impitoyablement de leurs becs, sachant que bientôt ils le vaincront, que dans un moment le nouveau-né tombera pour ne plus se relever et mourir, mourir traversé mille fois par ces becs prédateurs et charognards. Sa mère, anéantie par l'épuisement, ne peut plus rien faire. Elle pleure, lançant des bêlements impuissants. Elle a vu de ses propres yeux écarquillés les corbeaux voler les yeux tout frais de son rejeton, elle a su qu'il était condamné et a préféré fuir pour ne pas voir la bande déchiqueter sa douce et succulente chair de nouveau-né, petit à petit, à coups de becs voraces. Poussée par la haine et la rage, au comble du désespoir, la chèvre a fui.

Policarpo et Cesarín eux aussi connaissent la haine. Depuis leur enfance, les énergies du mal se sont immiscées en eux, formant des abcès où le fiel de la haine s'est amassé. Ils se sont mis à appréhender l'existence comme une lutte dévastatrice. Le mal les sert mieux : Dieu ne leur a rien donné si ce n'est un curé qui les maltraite et une maladie obscène, celle dont souffre depuis quelques années leur mère Casilda, qui se trouve aujourd'hui au bord de la tombe. Depuis quelque temps, la pauvre femme exhale une puanteur abominable. De ce malheur se réjouit, cependant, Eliana, la tante de Baldomera. Eliana clame que c'est un châtiment divin, qu'elle l'a bien mérité, que toute cette souffrance est peu de chose pour cette bâtarde. Elle a plus de quarante ans, mais cela fait au moins vingt-cinq ans, un quart de siècle comme on dit, qu'elle alimente sa propre haine, l'attise en déposant jour après jour une bûche de plus dans ce foyer malsain. Non seulement Casilda, mais aussi, par ricochet, Inocencio, Policarpo et Cesarín, sont la proie de ce vieil incendie de rancœur et de rage. Eliana ne vit que pour les haïr, attendant le jour béni où elle pourra savourer les douceurs visqueuses de la vengeance. A ce moment de son existence, elle ne peut pas les voir en peinture. Elle les déteste. Pardessus le marché, ils sont voisins. Parfois, lors de ses promenades solitaires, elle se cache sous un figuier pour y ruminer sa colère latente.

Inocencio a observé de loin la scène cruelle. Pas le temps d'intervenir. Les corbeaux, comme les rats, peuvent s'infiltrer dans les rêves. C'est ce que lui a expliqué sa grand-mère, Marina Jacobina, elle aussi devenue aveugle. Les rats entrent dans les rêves pour les manger, parce que les rats rongent tout, et les corbeaux s'introduisent dans les rêves pour les picorer, leur faire des trous par où s'échappent ensuite le sommeil, le repos réparateur, et les rêves eux-mêmes. C'est cela qui s'est produit lorsque nous nous réveillons fatigués, comme si nous n'avions pas dormi. C'est pour cela que les corbeaux sont des oiseaux de l'enfer, parce qu'ils peuvent entrer dans les rêves.

Inocencio est arrivé dix minutes après sur les lieux du massacre et a trouvé le cadavre du chevreau. Quelle horreur ! Ce n'étaient que peaux, poils, petits os, sabots encore blancs, tout ce dont ces bêtes infernales n'avaient pas voulu. Il a pris de la terre dans ses mains et a enterré les restes du chevreau pour éviter la puanteur. Quand il s'est baissé pour prendre la dernière poignée de terre, apercevant un œil crevé et sanguinolent au milieu des branches d'un dragonnier-vérode, il l'a ramassé, l'a saisi entre le pouce et l'index et l'a levé vers le soleil pour mieux le voir. Être ou ne pas être : c'était Hamlet méditant sur son destin. Soudain, il se souvint de Santiago le Boulanger, de Santiago le Borgne, de Santiago le Pirate, et pensa ironiquement que cet œil siérait bien à celui-ci, qu'il s'adapterait peut-être parfaitement à son orbite, ne serait-ce que pour boucher le trou que lui avait fait la ruade de l'âne. Il deviendrait alors Santiago le Chevreau, et peut-être verrait-il alors le monde comme le voient les chèvres. Peut-être bien qu'un jour d'ailleurs, les viscères des animaux serviraient à remplacer ceux de l'homme. Un tel aurait un cœur de porc, mais l'idée lui vint aussitôt que cette race de vermines existait déjà, à savoir que le monde regorgeait déjà d'hommes aux cœurs de pourceaux. Il se souvint des femmes qui souffraient d'avoir une poitrine plate et se dit qu'on pourrait peut-être leur implanter un jour les mamelles d'une chèvre. Celles d'une vache non, car ce serait une mesure excessive. Peut-être donneraient-elles même du lait toute l'année, contrairement à maintenant où elles n'en produisent que durant quelques mois et lorsqu'elles sont enceintes. Aux boiteux, on pourrait donner la patte de quelque animal, par exemple celle d'un âne, au lieu d'utiliser ces jambes de bois, tellement laides, sans peau ni poils. Si ça se trouve ces idées-là ne sont pas que le fruit d'une folie passagère, qui sait. On dit que la médecine progresse à pas de géant ; il se peut que les manchots aient un jour une vie plus agréable grâce aux bras agiles et aux mains préhensiles d'un singe... A cette pensée Inocencio rit à gorge déployée et laissa tomber sur le sol l'objet de ses élucubrations. Et, alors qu'il se reprochait ces pensées impies, pauvre Santiago le Chevreau borgne, se disant que c'était mal de se moquer des disgrâces des autres, il rit de plus belle en se tenant les côtes, se demandant pourquoi changer en animaux Santiago et les autres qui lui étaient venus à l'esprit puisqu'ils l'étaient déjà, bien plus frustes que les bêtes, toutes ces brutes dont regorgeait cette île ingrate. Putain de vie, se dit-il, en même temps qu'il se dirigeait vers l'enclos pour voir comment se portait la maman chèvre : tôt ou tard elle mettrait bas de nouveau. Les corbeaux, gavés, étaient loin maintenant, dans les anfractuosités de la falaise, en train de nourrir leurs petits, volatiles sans cesse affamés orchestrant une puissante symphonie de croassements en hommage à ce jour heureux et finissant.

Les gardes civils enquêtèrent deux mois sur les faits regrettables qui s'étaient produits le jour de la messe, lorsqu'un dévergondé (ou plusieurs), des terroristes selon le curé, parce qu'on n'avait aucune certitude, avaient posé sur la chaise de don Nicasio de Jesús une bonne poignée de feuilles de figuier aussi piquantes que le bec d'un corbeau.

Le curé, qui s'était plus ou moins remis des inconfortables séquelles de sa mésaventure, n'en continuait pas moins à demander justice aux autorités. Ce forfait ne pouvait rester impuni. Aussi les gardes civils, sans grand enthousiasme à vrai dire, rendaient de temps en temps visite aux villageois ayant de préférence des enfants en âge d'être susceptibles de se dévergonder ou, pour adopter la terminologie de don Nicasio, en âge de former des cellules ou des commandos terroristes. Le jour où Tejera le brigadier et l'adjudant Ferinto passèrent chez Inocencio pour interroger ses fils, Policarpo et Cesarín, deux authentiques tours jumelles, à en juger par leur corpulence et leur ressemblance physique, leur père était en train de creuser le puits à sec qui communiquait déjà avec le tunnel volcanique ouvert dans la roche qui traversait souterrainement une partie du village.

Il entendit la voix de Tejera qui le réclamait. Il remonta, en sueur : il avait déjà beaucoup creusé, car du travail, il en abattait, ce n'était pas comme don Nicasio.

— Nous venons interroger tes fils à propos de ce qui s'est passé, l'autre jour dans l'église, avec le curé, histoire de voir s'ils savent quelque chose, lui dit Tejera en guise d'introduction pour expliquer le motif de leur visite inopinée.

— Je ne sais même pas où ils sont. Ces deux-là sont comme le vent, ils vont et viennent, et disparaissent quand on a le plus besoin d'eux. Je n'en suis pas sûr, mais je crois qu'ils sont allés pêcher des coquillages sur les plages de la mer de Las Calmas. Des berniques : ils en mangent à en crever, ils se gavent comme des chancres. Vous prendrez bien un petit verre de vin et goûterez bien de mon fromage tout frais en les attendant ? ajouta-t-il habilement.

Après quoi, la visite ne se passa pas comme l'avait prévu Inocencio : elle dura plus longtemps qu'il ne l'aurait souhaité. En effet, midi arriva, avec l'appétit des deux policiers. Le vin aidant, ils entamèrent une conversation des plus assommantes : quand le sujet de la pêche fut épuisé, ils passèrent à celui du bétail, puis au temps qui ne tournait pas rond, avec ses chaleurs en décembre et ses pluies en août, comme si l'on était dans l'hémisphère sud, et le soleil qui tapait ici et la pluie qui tombait non loin, et un peu plus loin ce vent de tous les diables qui soufflait, sans compter tous ces Noirs et tous ces Maures qui arrivaient de plus en plus nombreux, ces pauvres bougres capables de ramer depuis le Maroc et le Sahara dans leurs coquilles de noix jusqu'en Amérique, et patati et patata, et encore un petit verre de vin avec une portion de fromage accompagnée de quelques piments piquants à souhait, putain que c'est bon, avec une pointe de sel, et là-dessus quelques morceaux de chevreau grillé. La conversation était si animée que lorsque Policarpo et Cesarín arrivèrent avec un sac de berniques qu'ils avaient pêchées sur la plage de Los Moles, il n'y eut pas de place pour la moindre question. La frayeur initiale des garçons passa complètement inaperçue aux yeux des gardes civils Tejera et Ferinto, qui après les avoir salués s'apprêtèrent à prendre congé. Sur ce Inocencio les retint, Restez, mais restez donc, vous n'allez pas vous en aller maintenant, allez, encore une petite gorgée, allez, vous allez bien prendre ces quelques berniques qu'il fit sauter sur le gril en deux temps trois mouvements avec de l'ail pilé, elles étaient si fraîches quel dommage de ne pas les préparer maintenant, elles agitaient encore leurs petites cornes juste avant de rôtir, vous allez vous en lécher les doigts. Hum, ça vaut la peine de rester un petit moment de plus, pensèrent les deux policiers de la garde civile.

Policarpo et Cesarín s'assirent également à table pour déguster cet appétissant repas. Quel délice vraiment, et de concert ils louèrent les bontés de cette splendeur gastronomique. Aussi, lorsque Policarpo se risqua même, intrépide, à interroger Tejera à propos de l'enquête, le brigadier, en portant la énième bernique à ses lèvres goulues, lui répondit qu'il n'avait aucune piste, aucune, vraiment aucune, aucune idée non plus, car les terroristes avaient fait les choses en professionnels, en tout cas le ou les coupables, qui pouvaient-ils être, il n'en avait aucune idée, et, ajouta-t-il non sans audace, tant pis, car le temps passant, le petit curé bedonnant finira par se lasser, bien fait pour lui, ça Tejera ne voulait pas le dire, il n'aurait pas osé, mais cela s'entendait. Les deux frères soulagés au plus profond d'eux-mêmes pensèrent alors en leur for intérieur : On l'a eu le curé, on l'a bien eu.

Inocencio alla chercher deux fromages de chèvre qu'il faisait précieusement sécher dans la pièce au fond de l'étable et les enveloppa dans un chiffon pour les offrir aux forces de l'ordre, dans l'espoir et l'intention qu'ils lèvent l'ancre et prennent le large une fois pour toutes. Ça faisait trois heures qu'ils étaient là, et s'ils n'avaient rien de mieux à faire, lui, en revanche, était un homme très occupé qui avait laissé en plan son travail de creusement et de revêtement de l'une de ses plus belles pièces souterraines. Tejera et Ferinto, par bonheur, se levèrent et remercièrent Inocencio, ah si tous les villageois étaient faits de cette pâte-là, dirent-ils en lui serrant la main. Et quand Policarpo et Cesarín à leur tour lui tendirent la leur, Tejera sourit en leur déclarant : Un jour vous serez des hommes à la hauteur de votre père, et ce disant il saisit la joue de Policarpo et la pinça à le faire hurler de douleur, puis tira deux fois sur la pauvre oreille blessée de Cesarín. Il n'aurait pu être plus adroit, quand bien même il n'aurait pas eu de mauvaise intention.

Ces gestes amicaux, curieusement, provoquèrent chez les deux frères l'effet contraire, un afflux de ressentiment, de rage et de haine, toutes ces choses qu'ils contenaient à l'intérieur d'eux-mêmes, cette saleté qui lestait leur existence. Et tout en souriant à contrecœur au brigadier de la garde civile del Pinar, ils le traitaient intérieurement de sacré connard à galons, et c'est pourquoi l'idée de lui faire une belle peur, une surprise bien méritée, les ravit. Un plan comme celui qu'ils avaient ourdi contre Santiago le Boulanger le Borgne et don Nicasio de Jesús Moreno. Tels étaient ces garçons, dans leurs veines coulait le fiel brûlant de la haine ; ils étaient prêts à tout sacrifier sur l'autel de la vengeance, même si à l'extérieur, loin de laisser quoi que ce soit deviner de leurs mauvaises ardeurs, ils affichaient au contraire un air convenable de braves garçons obéissants privés de mère.

Car la maladie dévorait leur mère Casilda, en

même temps que l'un des deux puits de la maison s'asséchait inexplicablement. Comme si cette aridité témoignait de la sécheresse qui martyrisait la chair, le corps de Casilda, un corps de plus en plus squelettique, elle n'avait au sens propre que la peau sur les os, ses petits os si fins, au point que l'évaporation des dernières gouttes d'humidité du puits coïncida avec le dernier soupir de sa triste mort. Les remèdes du docteur Ramón ne servirent à rien, comme d'habitude, et, au long de ces trois années, Inocencio, Policarpo et Cesarín assistèrent, impuissants, à l'irrémédiable dégradation, au pourrissement des chairs de Casilda.

Car la maladie verte l'avait envahie. Sa peau, autrefois ferme et d'une blancheur rosée, devint peu à peu pareille à celle d'un lézard, de plus en plus glauque, de jour en jour plus sombre. Là où palpitaient autrefois d'éclatantes chairs épanouies, apparurent ses os et ses articulations décharnées et noueuses ; à la place de ses beaux yeux jaillirent de grands et rebutants globes oculaires, sur le point de sortir de leurs orbites ; sa voix, autrefois douce et chaleureuse, n'était plus que gémissements rauques, soupirs étouffés par lesquels elle ne faisait que murmurer : c'est comme si des couteaux me transperçaient et me broyaient les os. Morsures de douleur si intense que rien d'autre ne pouvait la soulager la pauvre que du vin et de l'eau-de-vie. Elle se laissait alors emporter par l'ivresse pour calmer ses nerfs, pour neutraliser l'acuité insupportable de sa douleur. Ce fut également trop de souffrance pour la famille, surtout à partir du jour où Casilda fut incapable de reconnaître qui que ce soit, pas même son propre époux, pas même ses fils. Quelque chose avait dû se rompre dans son cerveau et dans sa mémoire, elle ne pouvait presque plus ouvrir les yeux. Dès lors elle oublia jusqu'au simple et mécanique mouvement de la déglutition. Inocencio lui faisait boire une gorgée de vin et lui refermait la bouche. Avale, avale donc !

Il désespérait. C'était comme si elle n'entendait pas. Si elle réussissait à ouvrir les yeux, elle le regardait sans comprendre, qui est cet homme, quelle langue parle-t-il. Elle avait oublié l'action même d'avaler, elle ne savait plus faire franchir l'isthme de son gosier à l'aliment ou au liquide pour qu'il descende dans son estomac. Elle était dans un autre monde, elle était déjà dans l'au-delà, parce qu'elle ne bougeait pas, si ce n'est de quelque soudain battement de paupières spasmodique, l'une des deux paupières restant fermée, la droite et non la gauche. Et c'était terrible de sentir sa respiration encombrée qui faisait laborieusement monter et descendre son thorax, terrible parce que soudain tout s'arrêtait, on aurait dit qu'elle était morte, mais après un instant d'incompréhension il se trouvait que non : ce vacarme, ce rugissement exténué reprenait brusquement, plus ou moins rythmé, jusqu'au moment où, de nouveau, son cerveau oubliait de commander à son organisme de respirer. C'est si facile, si facile pourtant, comment l'expliquer. Respirer.

Ses yeux, quand elle réussissait à les ouvrir, étaient comme emplis de brume et, en dépit du battement spasmodique de ses paupières, ce rideau grisâtre demeurait. Au fond, tout au fond, ses yeux étaient noirs, noirs comme des catacombes, mais à la surface ils étaient recouverts d'une sorte de fine pellicule de poussière. Quant à son cerveau il était en train de rendre l'âme : la membrane mère était détruite, le thalamus, l'hypothalamus et l'hippocampe ne fonctionnaient plus, et les stimuli visuels, olfactifs, tactiles et auditifs ne lui délivraient plus que des messages énigmatiques et incongrus. Policarpo et Cesarín, lorsqu'ils comprirent qu'elle les avait oubliés, qu'elle ne les reconnaissait plus même quand ils lui prenaient la main et la serraient de toute la force de leur amour filial, préférèrent ne plus la voir, ne plus venir dans sa chambre-tombe au fond de la maison, jusqu'à ce qu'elle meure pour de bon. Jusqu'à ce que, de mort en mort, elle meure enfin.

Ce jour-là, ce fut comme s'ils avaient signé un pacte avec le diable, avec le Seigneur des Enfers lui-même. Tu vas en chier, Dieu, putain de Dieu, pensèrent-ils, et pour cause, parce que selon eux ce salaud avait fait endurer l'insupportable et l'indicible à la plus sainte de toutes les mères, lui avait envoyé par son seul caprice céleste une maladie incurable qui l'avait fait se tordre de douleurs infectes, sanglantes et suppurantes et avait desséché son cerveau, une maladie macabre et impitoyable, oui ce fumier lui avait fait subir une injustice irréparable qui ne pouvait nourrir qu'un sentiment : la vengeance, la colère, la haine, la furie, la rage, contre ce monde trop cruel pour deux enfants, pour deux garçons en train de devenir, par à-coups, des hommes.

Le diable leur apportait de plus grandes joies. Le mal leur offrait tellement plus de plaisir. Cela, c'est la vie qui le leur avait appris, la vie qui s'était résumée pour eux à la mort de Casilda, dont le cadavre empestait tant, dégageait une telle puanteur méphitique qu'ils avaient dû s'empêcher de respirer pour ne pas s'évanouir et pouvoir la laver et l'habiller avant la mise en bière ; ils avaient dû la manipuler, verte et gelée, forcer son squelette désarticulé à passer dans une robe pourtant trop grande pour elle. Verte, froide et rigide, comme si son sang s'était pétrifié.

La vie-pierre, la vie dure comme une pierre les met devant leur mère Casilda, dont la pestilence les condamne à ressentir du dégoût, de la répugnance pour leur propre génitrice, leur propre sang, un tel écœurement qu'ils ne peuvent s'empêcher de vomir, d'avoir des haut-le-cœur, et ça leur fait mal parce que la vie leur fait du mal et qu'ils pleurent de douleur, mais d'une douleur indicible que la mort leur a infligée, ils pleurent de douleur mais d'une douleur poignante à cause de ce que la vie leur a fait subir, nausées et vomissements de rage rauque, ils pleurent de douleur mais d'une douleur profonde et pénétrante, les yeux au ciel ils n'implorent plus Dieu, ça, c'est fini, mais l'apostrophent et le vomissent, le vomissent absolument jusqu'à ce que le ciel s'embourbe et cesse d'être un ciel de limbes, jusqu'à ce qu'il cesse d'être un bleu paradis pour devenir une grande vomissure méphitique, un immense seau de bile verdâtre, une mer de vengeance contre un Dieu trop impitoyable pour pouvoir s'appeler Dieu.

Tout cela et quelque chose en plus se fit clair le jour de la mort de Casilda, quand ils durent mouiller une éponge pour parcourir le corps de leur mère dans les replis de laquelle, encore vivace, se tapissait la putréfaction, le pourrissement de sa misérable vie. Il n'y avait qu'à lui soulever les bras : ses aisselles étaient de véritables nids de verdure.

— Putain de Dieu, maudit sois-tu, s'écria Policarpo le nez caché derrière un mouchoir humide de pleurs, à la vue de son père et de son frère qui sanglotaient désespérément tout en essayant de soulever le corps de Casilda, bouleversés par la peur terrible qu'elle ne tombe en morceaux, que cette petite masse d'os et de peau consumés par la maladie verte ne finisse par s'émietter.

Verte la vie, verte la violence, vert le dégoût mais éclatante la vengeance, lumière entre toutes les lumières, rage lumineuse et libératrice, haine gratifiante.

Ce jour-là, jour de sa mort, eut pourtant lieu un miracle, issu sans doute du délire de la moribonde. Casilda parut sortir de sa léthargie, éprouva une soudaine et légère amélioration, car soudain, elle les appela. Oui ils entendirent sa voix, à nouveau intelligible et claire, qui les appelait :

— Inocencio, Policarpo, Cesarín...

Elle ne fit que prononcer leurs noms, comme pour les savourer. Dès qu'ils arrivèrent dans la chambre, elle leur sourit et les embrassa tous les trois. Ils crurent vraiment à un miracle, sur le moment. Mais les garçons ne tardèrent pas à découvrir que c'était la dernière implacable cruauté de ce Dieu sans miséricorde.

— Approche-toi, Chencho, murmura Casilda à son mari.

Elle seule l'appelait ainsi. Si doucement.

— Dis-moi, ma chérie.

— Promets-moi de bien garder la cassette du trésor.

— Je te le promets, répondit Inocencio en l'embrassant sur le front après avoir écouté la demande de son épouse agonisante, sa dernière volonté.

Sur ce elle retomba dans sa léthargie, très loin de là. Elle ferma les yeux, retournant à sa verdeur végétale.

— Qu'est-ce qu'elle a voulu dire, maman, avec cette histoire de coffret? demandèrent Policarpo et Cesarín à leur père :

— Je n'en sais rien, mentit Inocencio, cachant le secret, parfaitement conscient de la signification exacte des paroles de son épouse. Elle devait délirer, ajouta-t-il.

Une heure plus tard elle mourut, et un autre supplice commença. De nombreux os de Casilda étant brisés, ils se fracassèrent quand ils durent l'habiller et la laver, tombèrent en poussière quand il fallut l'introduire dans le cercueil de pin qu'avait fabriqué Mazo le Menuisier. Tant de cassures, de fêlures, de délabrement firent même douter les deux frères que cela fût possible, jusqu'à ce que, le lendemain, on descendît le cercueil dans le trou et que le curé don Nicasio de Jesús débitât le répons, à savoir que leur mère, là tout en bas, repose en paix. Jusque-là ils ne pouvaient y croire, tant la maladie avait été surnaturellement dévastatrice.

La majorité des villageois, hommes et femmes en vêtements noirs étaient présents dans le cimetière de Masilva, comme il était coutume chaque fois que survenait un décès. Ils distribuaient leurs condoléances aux trois endeuillés et répétaient ces mots funestes, comme, pour ne citer que lui, Santiago le Boulanger, qui serrait son bonnet noir entre ses mains, les traits empreints d'une sincère expression de tristesse :

— Mieux vaut que Dieu l'ait emportée une fois pour toutes. Maintenant elle ne souffre plus. Casilda a toujours été une voisine exemplaire, de celles auxquelles on pouvait demander du sel ou un œuf, ou à qui on pouvait confier sa clé.

Cependant, celle qui n'était pas sincère, loin de là, était Eliana, venue à l'enterrement dans le seul but de faire taire les mauvaises langues. Elle leur serra la main à tous trois, sans les regarder en face, cachant son propre visage derrière un foulard grisâtre. Elle se contenta de prononcer ces mots à double sens :

— Je suis désolée. Dieu sait ce qu'il fait.

Eliana, accompagnée de Baldomera, prit garde à ne pas en dire davantage de peur d'exprimer plus que la décence ne le lui permettait, et que ne jaillisse de ses lèvres la joie immense, débordante qu'elle ressentait, en dépit du fait que, dans le passé, Casilda et elle étaient presque arrivées à être amies. Presque. Parce qu'elle avait passé sa vie à la haïr. Cela, Baldomera le constata une fois qu'elles furent revenues chez elles, et que sa tante se soulagea en lui disant que Casilda était une sale bête, l'une des pires, avant de préférer aller se promener plutôt que de continuer à parler. Un de ces jours je te raconterai, dit-elle à Baldomera pour exciter la curiosité de la jeune fille.

Et tandis que Policarpo et Cesarín étaient encore dans le cimetière, recevant tête baissée les condoléances tandis qu'ils se disaient en leur for intérieur : quelle merde tout ça, tiens prends-la, putain de Dieu, toute cette merde, emporte-la contre ton sein de prédateur, je te chie dessus, Dieu misérable, parce qu'il aurait mieux valu, tellement mieux valu, qu'elle soit ici, qu'elle reste avec nous, à nous caresser les cheveux comme elle le faisait, à nous aimer, à nous faire sa soupe de légumes et ses croquettes de poisson, à nous donner de gentilles petites tapes sur la tête quand nous lui désobéissions, à nous attendre avec sa confiture de lait quand nous revenions de l'école, à nous murmurer avec amour Mes beaux, mes superbes petits garçons, mes hommes forts, à nous demander coquine si nous n'aurions pas déjà une petite amie, à nous prévenir contre les dangers qui nous menacent de par le monde, à nous faire la grâce de son sourire, il n'y a aucun doute, notre mère serait bien mieux ici, à nous voir grandir, à nous voir nous occuper d'elle, quand elle aurait été plus vieille, quand le poids des ans aurait courbé son dos, qu'elle serait devenue un peu sourde et un peu aveugle, à nous voir l'aimer, à nous aider à choisir une épouse, à nous expliquer ce que papa ne nous explique pas... Maman, mieux vaut pour nous l'enfer.

— Je suis désolé, mes garçons. Mais c'est mieux ainsi. Dieu la garde en son sein. C'était une femme bonne.

Et les regrets s'égrenèrent sans fin, tout au long de cette longue et oppressante journée, de cet après-midi inoubliable, où la révélation se fit jour, de cette soirée où tous deux cessèrent d'être des enfants et où quelque chose en eux changea à jamais.

— Nos regrets les plus sincères, en vérité votre mère était une sainte. Si Dieu l'a rappelée à lui, c'est parce qu'il en avait besoin au ciel. Là-haut elle sera mieux.

Et merde.

Quand il ferme les yeux, il le voit caracolant au milieu des nuages, qui flottent aujourd'hui très bas dans le ciel, presque à portée de la main, ballonnés, en gros flocons, surtout quand on les observe, comme Inocencio en ce moment, du haut de la colline de Masilva, au-dessus de la couronne de pins millénaires qui s'étend tout autour du village, au-delà de la Hoya del Morcillo. Il est là, derrière les nuages, voletant comme un colibri. C'est sûr. Inocencio s'est étendu pour se reposer sur un lit d'aiguilles, à l'ombre de son pin préféré. Ce n'est pas le plus beau de la forêt, mais il possède un charme unique. Depuis toujours. Depuis qu'il est petit il a pris ce grand arbre en affection, dont la ramure se déployait verticalement vers le ciel, et qui donnait toujours de l'ombre et de savoureux pignons ; son tronc n'était pas tellement gros, bien qu'il ne pût en faire le tour de ses bras, pas même lorsqu'il ne fut plus un enfant, mais son écorce était parfaitement lisse, sans l'ombre d'un lichen, d'une mousse ou d'une quelconque maladie. Du plus loin qu'il s'en souvienne, cet arbre était ainsi. C'était le pin d'Inocencio. Il portait son nom, taillé avec la lame d'un canif. C'est sous sa verte frondaison qu'il avait embrassé pour la première fois, alors qu'ils étaient encore adolescents, Casilda. C'est sous sa cime qu'ils avaient conçu Policarpo, mais cela, aucun des trois ne l'a su. Le jour de sa mort, il est venu ici pour la voir voler elle aussi au plus haut des cieux. Maintenant ils sont ensemble, elle et son âne volant, Pandero, il les distingue nettement dans les ondulations nacrées des espaces séraphiques, Casilda sur la croupe de Pandero, tous deux souriants au milieu des nuages moutonneux. Il les voit rien qu'en fermant les yeux. Il y a des jours où leurs visages apparaissent souriants, d'autres où ils sont sérieux, graves mais jamais tristes. Il y a des jours où il ne peut même pas les voir. C'est comme pour les anges. Cela peut être à cause de l'obscurité du ciel, de la présence de cirrus noirs qui chargent tellement l'atmosphère que l'horizon se courbe sous leur poids, conditions qui ne sont nullement propices à la vision de ces êtres de lumière. Cependant, il arrive qu'il les aperçoive soudain – sans doute l'éclat resplendissant d'une de leurs ailes a-t-il trahi leur présence. D'autres fois le ciel a beau être limpide, les nuages disposés comme dans un tableau, balançoires célestes offrant leurs mains de neige aux chérubins, il ne les voit pas vraiment, un coup de vent les fait s'éclipser.

La fois où il vit le mieux Casilda et Pandero, il s'était endormi. C'est étrange, mais cela se passa ainsi... Il s'allongea sous le pin, sur un tapis d'aiguilles moelleux et il ferma les paupières. Sous ses yeux clos, à l'intérieur, les nuages, le ciel tout entier demeurèrent ; c'était un ciel de paix, pur, ponctué seulement de deux nuages, l'un blanc, très blanc, d'un côté, gris, et de l'autre tirant sur le noir. Un ciel qui s'étendait à l'infini. Soudain, un bruit retentit, mi-braiement mi-hennissement, venant du nuage noir. Il vit alors Pandero voler d'un côté à l'autre du ciel, au ralenti malgré sa très grande vitesse, comme le prouvaient sa crinière hérissée, son cou tendu et ses yeux mi-clos. Sur la partie supérieure du museau de Pandero, entre ses deux yeux, se dressait une corne d'ivoire resplendissante. Il pourrait le jurer, mais il n'en est pas sûr. Toujours est-il qu'il en eut l'impression : une corne unique. Sur le dos de Pandero chevauchait Casilda. Il la vit d'abord toute verte, puis sa chair embrasée par les feux du soleil se confondit avec le pelage de Pandero pour se fondre enfin dans la blancheur du nuage. Tandis qu'elle volait à califourchon sur Pandero vers l'autre extrémité du tableau, ses traits émaciés, le vert blafard de son teint se transformaient peu à peu, c'étaient comme des écailles qui lui tombaient du corps et se dissolvaient dans l'éther. Son corps recouvrait force et vigueur, ses cheveux repoussaient, et les globes de ses seins ronds et pleins se profilaient dans l'azur. Comme si elle revenait à la vie. Mais avant que se détache de l'arbre une pomme de pin qui lui tomba sur la tête et qu'il sursaute, un détail le troubla. Casilda rajeunissait de plus en plus et devenait de plus en plus vivante au fur et à mesure de son voyage du nuage noir au nuage blanc, cela, il en était sûr, mais il ne comprenait pas pourquoi elle n'ouvrait pas les yeux quand elle le regardait. Il affirmerait, même, qu'elle n'avait pas d'yeux. Contrairement à Pandero qui, lui, en avait, quoique à moitié clos, à cause de la vitesse à laquelle il volait : l'âne devait voir son chemin, c'était compréhensible. Mais Casilda, elle, n'avait pas de regard, car ses orbites étaient recouvertes de chair. La pomme de pin tomba sur son visage, et il ouvrit les yeux. En les ouvrant, il cessa de voir. Curieux. Il chercha des nuages dans le ciel, les deux nuages, et ne rencontra qu'une brume qui s'effilochait sur les flancs de la montagne, vers l'île, vers la mer. Pour la première fois, alors, il vit des corbeaux se poser sur les plus hautes branches du pin. Peut-être ces oiseaux de mauvais augure avaient-ils picoré le dernier morceau du rêve, se consola-t-il, du moins était-ce une explication raisonnable.

Le village del Pinar était divisé en deux hameaux, Las Casas et Taibique, unis par un méchant chemin de terre. A Taibique, face au coin des cancaniers, s'élevait un immeuble qu'on appelait le Casino en raison de ses vastes salles qui pouvaient accueillir les bals de l'hiver, et de son bar au rez-de-chaussée doté d'une douzaine de tables autour desquelles les vieux jouaient aux cartes et aux dominos. Son propriétaire, Colaso, y servait, en plus du café, de la bière, du vin, du rhum et du whisky. Si quelque promeneur égaré, un touriste ou un étranger commettait l'imprudence de lui demander un verre d'eau, Colaso prenait une mine ahurie et lançait à l'impertinent une phrase devenue célèbre :

— L'eau, mon ami, c'est pour les grenouilles. Je vous sers quoi ?

Le bar possédait un comptoir en bois crasseux recouvert d'un marbre rustique et artificiellement vieilli mais agréablement frais, sur lequel les villageois déposaient leurs verres. Colaso était toujours en train de l'astiquer, c'était chez lui une sorte de tic nerveux : il passait et repassait dessus un chiffon à peine humide, comme si lui seul pouvait y détecter les traces d'une éternelle saleté. Derrière le comptoir, des bouteilles pour la plupart à moitié vides étaient rangées dans des casiers.

A côté du baril de vin se trouvait un petit coffre en bois où Colaso rangeait son argent. Mais ce qu'il y avait de mieux dans le bar, c'était son atmosphère sonore. Les murs hauts, le bois, les bouteilles, les tonnelets de vin amplifiaient le bruit des dominos quand les vieux du village les lançaient énergiquement sur le dessus en marbre des petites tables rondes qui constituaient la salle de jeux. Les paris élevés étaient interdits : l'immense majorité des joueurs ne pouvaient se le permettre. C'est pourquoi il était préférable de ne jouer que la tournée, que le perdant devrait payer.

De la porte du Casino, à droite, on pouvait voir le commencement de la rue del Cuerno, la plus pentue dans l'enchevêtrement des ruelles de Masilva. D'en haut, elle donnait le vertige ; mais quand on était en bas, il fallait la monter lentement en faisant des pauses régulières, les jeunes comme les vieux, les fumeurs comme ceux qui menaient une vie saine et pure.

Estanislao, le propriétaire de l'une des rares camionnettes qui commençaient à faire leur apparition dans l'île del Hierro, tenta une seule fois de monter la côte, mais comme le moteur, impuissant, calait toutes les deux secondes, il renonça. Il n'empêche que, par l'un de ces hasards inexplicables, la rue del Cuerno était la plus fréquentée de toutes. Il est vrai qu'une petite place dotée d'un sanctuaire où se donnaient des bals l'été l'interrompait à mi-chemin, et qu'en bas se dressait la caserne de la garde civile, immeuble vétuste qui avait subi des travaux d'extension répétés afin d'augmenter la capacité de ses cellules à accueillir non seulement les rouges qui se faisaient de plus en plus rares, mais aussi les Noirs et les Maures – par contre eux de plus en plus nombreux –, qui arrivaient dans l'île chaque fois que l'accalmie régnait après la tempête dans le morceau d'Atlantique qui séparait l'île de Fer du continent africain.

Ce fut un de ces éclairs foudroyants provoqués par l'alcool. Policarpo et Cesarín eurent une idée très précise de leur vengeance le jour où, après être sortis du bar du Casino où ils avaient pris quelques bières, ils virent ondoyer, tout en bas de la côte raide del Cuerno, en haut du frontispice de la caserne, le drapeau national, et purent lire, rendues troubles par la distance, les lettres noires en caractères d'imprimerie peintes sur la porte : TOUT POUR LA PATRIE.

Appuyés, en haut de la rue, sur deux bidons qui avaient autrefois contenu de l'essence et se trouvaient à côté d'eux, ils contemplaient la caserne. Et cela précipita l'événement. Les bidons étaient à présent pleins de terre : on les avait transformés en bacs à fleurs pour décorer le coin des bavards en face du Casino, petit quadrilatère doté de deux bancs de bois sur lesquels s'asseyaient les vieux du village pour tailler une bavette et fumer le soir quand il faisait bon. Policarpo regarda son frère Cesarín scruter la façade de la caserne tout en tapotant sur les bidons : il fit alors le lien entre ces objets et la caserne et comprit l'idée folle qui était en train de traverser l'esprit de son frère. Ils échangèrent un clin d'œil enthousiaste et, sur le chemin de retour vers Las Casas, se mirent à ourdir un plan audacieux et machiavélique, le plus dangereux qu'ils aient manigancé jusqu'alors. Policarpo était le plus réticent :

— Si on nous attrape on nous fusillera, c'est sûr. Ils nous tireront une balle dans le cœur.

Mais il cessa de riposter lorsque son frère Cesarín eut la lumineuse idée de lui dire :

— Ne sois pas stupide, ils mettront la faute sur le dos de Manuel le Fuyard.

Manuel le Fuyard était le seul républicain avéré que la garde civile n'avait pas encore réussi à attraper. On savait qu'il vivait caché dans les grottes de l'île qu'on trouvait sur la côte, ou encore enfouies dans la terre des plaines, creusées au flanc des collines. De nombreux villageois laissaient traîner des aliments aux alentours de ces grottes. Par exemple quand ils descendaient pêcher, ils oubliaient des fromages, des fruits ou du pain, ou même des morceaux de viande séchée. Cela faisait cinq ans que Manuel le Fuyard vivait ainsi. Une fois, une patrouille de la garde civile l'avait aperçu. Mais il était si agile et connaissait si bien les abris et les tanières de l'île Mineure que les petits hommes verts de la garde civile ne pouvaient plus vraiment se vanter dans les bistrots aujourd'hui d'avoir bien failli le prendre.

Manuel le Fuyard avait été élu maire de la commune Icod de los Vinos au nord-est de Tenerife, avant le soulèvement national. Les républicains l'avaient nommé premier édile simplement parce qu'il était instituteur, autrement dit un homme de savoir. Mais sa nomination politique ne dura que deux jours, parce qu'une fois qu'il eut accepté cette charge, il revint dans l'île de Fer chercher Rosa pour l'épouser. Manque de chance, le jour même de son arrivée eut lieu l'insurrection militaire de Franco, et le lendemain la même Rosa le suppliait de se cacher parce que les phalangistes les plus récalcitrants de l'île étaient en train de passer son habitation au peigne fin. Il dut prendre ses jambes à son cou, quasiment au sens propre. Rosa, aussi sage que prévoyante, lui avait préparé une sacoche pleine de nourriture, de cigarettes, une bouteille de vin, une couverture, des bougies et des allumettes, sans oublier ce détail : le premier livre des *Méditations* de Marc Aurèle, afin de le soutenir dans l'épreuve. Dans le sac se trouvait également une lettre où Rosa lui écrivait à quel point elle l'aimait, ajoutant qu'elle l'attendrait, réponses anticipées aux questions qu'il n'avait pas encore eu le temps de formuler, et qui le mettaient au septième ciel. Dans sa lettre, Rosa précisait encore qu'il fallait qu'il laisse passer un peu de temps ; une fois la tempête apaisée, ils pourraient communiquer : elle laisserait ses lettres et du papier sur la troisième pierre de la partie inférieure du mur au fond du petit jardin potager de son père, et le quinze de chaque mois, il viendrait les récupérer. Mais par pitié, qu'il ne prenne pas de risques inutiles, parce qu'on voulait le fusiller pour l'exemple, qu'il prenne soin de lui et qu'il soit patient, tôt ou tard, elle priait pour cela, ce tyran de Franco tomberait et la République serait de nouveau proclamée. Et Manuel, que pouvait-il faire d'autre, sinon respecter ce qu'elle avait prévu, et se cacher le jour pour sortir la nuit. Mais jamais au grand jamais il n'aurait imaginé que cette vie de chien durerait si longtemps, qu'il lui faudrait ramper, à côté des rats mangeurs de rêves, sur les sols volcaniques des grottes de l'île.

Et comme, en ce temps-là dans l'île de Fer, les autorités de l'île Mineure avaient coutume de faire endosser la responsabilité de tous les crimes et forfaits à Manuel le Fuyard, Policarpo et Cesarín décidèrent de commettre cet attentat contre l'ordre établi. En effet, ces histoires de gauche et de droite étaient pour eux du chinois, ils s'en souciaient comme d'une guigne, bien que le goût de la guigne, surtout la noire, fût délicieux, alors que les rouges et les phalangistes étaient les mêmes chiens portant différents colliers : tous n'aboyaient-ils pas pour la même chose ? Régner, exercer leur autorité, comploter sur le dos de la populace, alors qu'eux deux, ils étaient bons, soumis à la seule autorité de leur père Inocencio et de leur mère Casilda, et encore, pas toujours. Car ils étaient des êtres libres, libres d'esprit, affranchis même des implacables commandements de Dieu.

Cette nuit-là, ils regardèrent le ciel qui leur dit que dans soixante-douze heures la nuit serait noire, sans le moindre rayon de lune. Ils eurent donc tout le temps nécessaire pour préparer leur coup. Ils n'en dormaient plus. La veille du jour J, ils se couchèrent tôt, et quand ils se levèrent à l'aurore et allèrent dans la chambre de leur père, ils s'aperçurent que celui-ci ne s'y trouvait pas. Ils en conclurent qu'il devait être en train de dormir dans la grotte au fond du puits, étant donné qu'il préférait faire ainsi depuis la mort de leur mère Casilda. Au mieux, dans une demi-heure ils seraient de retour, la manœuvre serait rapide et facile si tout allait bien. Et tout se passerait bien, il le fallait. Ils enduisirent leurs mains de charbon de bois, celui qu'ils avaient brûlé la veille, et se peignirent le visage en noir pour passer inaperçus : le camouflage était une technique de guerre classique. Ne brillait plus, dans leurs visages, que l'éclat pâle du blanc de leurs yeux. Il n'y avait qu'une seule chose à craindre, c'est qu'on les voie, étant donné que le début de la rue del Cuerno où se trouvaient les bidons (ou les bacs à fleurs) avait une position très centrale, en plein cœur de Taibique. Mais rencontrer un habitant de Masilva à cette heure matinale et a fortiori par les temps qui couraient tenait presque de l'impossible, ce serait vraiment un hasard extraordinaire : les souvenirs du couvre-feu de jadis imposé par les autorités du régime demeuraient vivaces. En fin de compte, ce serait un nouveau délit qui serait attribué à Manuel le Fuyard, c'est tout.

Policarpo et Cesarín préférèrent ne pas prendre de risques et contournèrent prudemment le village éclairé de rares lumières. Nuit noire. Silence impénétrable, innombrables étoiles dans le ciel insondable. Calme absolu, paix des siècles et quiétude sidérale. Furtivement et avec agilité, les frères entrèrent alors dans le village, marchèrent tout droit vers les bidons (qu'ils étaient jolis, plantés de leurs petits arbustes), et observèrent une fois de plus les fenêtres des maisons au cas où un rideau soulevé trahirait un regard importun qui les espionnerait et les mettrait en danger. C'est alors seulement qu'ils se mirent à l'œuvre, en professionnels, pour commettre leur nouveau forfait.

Chaque pas, chaque geste était mesuré, calculé. Les bidons étaient diablement lourds. Ils disposèrent le premier entre eux deux. Ils n'émirent pas un bruit, hormis le petit pet dû à l'effort qui échappa à Cesarín. Ils répétèrent la manœuvre pour poser l'autre bidon par terre, qui était encore plus lourd. Ils approchèrent les deux engins au commencement de la rue del Cuerno, en forme de corne comme son nom l'indique, qui descendait en pente raide jusqu'au pied de la façade principale de la caserne. Cesarín, avec hargne, poussa le premier bidon, le fit rouler, et à peine trois secondes plus tard, Policarpo donna un coup de pied dans l'autre. Les bidons roulèrent lentement au début, mais entraînés dans la pente vertigineuse de la rue, ils prirent de la vitesse. A partir de ce moment, Policarpo et Cesarín ne purent plus jouir de leurs efforts ni des conséquences de leur acte : il fallait fuir sans tarder. Ils coururent alors comme des diables et disparurent dans les ombres de la nuit. Ils coururent loin du village en empruntant des sentiers qu'ils avaient fréquentés dans leur enfance et dont ils se souvenaient, entendant derrière eux un vacarme épouvantable, assourdissant, le même bruit effrayant qui était en train de réveiller maintenant, les uns après les autres, tous les habitants d'El Pinar. Un bruit qui ressemblait à des coups de heurtoir sur les portes, des coups de poing sur les fenêtres, qui faisait trembler les lits et vibrer les tympans.

Dans une course endiablée, les bidons fleuris descendaient la pente en faisant de grands bonds malgré leur poids, pareils à de grands obus. C'était à celui qui sauterait le plus haut, au fil de la descente ils prenaient de la vitesse, faisant jaillir des étincelles sur le pavé. La chaussée trembla et le sol des maisons se mit à vibrer comme s'il y avait un tremblement de terre. Au milieu de leur parcours, une lumière s'alluma dans la caserne, à l'étage le plus élevé où se trouvaient les chambres du brigadier et de l'adjudant. La sentinelle, encore endormie, tira un coup en l'air, terrorisée, pensant que la guerre civile avait repris. Quant au brigadier Tejera, il n'eut d'autre réaction que d'ouvrir la fenêtre de sa chambre, nu (parce qu'il avait chaud), mais non sans son pistolet à la main (chargé, au cas où les mouches l'embêteraient). Et, devant les yeux ahuris de Tejera, comment pouvait-il y croire, volait pour de bon, oui, volait un bidon qui alla s'écraser à un mètre de la fenêtre, creusant un énorme trou dans le mur. Comment pouvait-il comprendre ce qui se passait, était-ce la guerre, car aussitôt après il y eut le second impact du second bidon qui telle une bombe alla s'écraser contre le rez-de-chaussée de la bâtisse. Réveil brutal, cris de panique. Tous sortirent dans la rue, nus ou en pyjama, convaincus qu'un tremblement de terre s'était déchaîné dans les entrailles de la terre.

Une fois dehors, le brigadier Tejera, à la vue des énormes perforations provoquées par les bidons, n'a qu'une idée : demander si tous les occupants de la caserne sont sortis. Il s'y entend en maçonnerie, cette partie de la façade est en train de s'effriter presque imperceptiblement, jusqu'au moment où, dans quelques minutes et à une vitesse insoupçonnée, elle se fendillera de part en part, se pliera, se tordra et se cassera en deux. Assourdissant fatras de pierres et de ferraille.

— Salauds de rouges. C'est encore un coup de ces terroristes qui ne savent pas perdre une guerre, cria le brigadier qui cachait ses parties honteuses derrière la crosse de son revolver tout en faisant signe à l'un de ses agents de lui apporter son pantalon.

Fenêtres volant en éclats, déluge de verre brisé.

Ferinto courut (ridicule dans son pyjama blanc trop long et son fusil à la main), vers l'arrière du bâtiment, où se trouvaient les cellules des prisonniers condamnés en première instance. Elles étaient intactes, avaient échappé à la destruction. Quelques Noirs apeurés les occupaient, les derniers qui avaient échoué sur les rivages de l'île Mineure, demandant au moyen de leur espagnol précaire ce qui s'était passé, comment on disait tremblement de terre en espagnol, *terramoto, terramata, terramares, terramores ?* Aucune idée, les pauvres, comment auraient-ils trouvé le temps, au cours de leur traversée périlleuse, d'apprendre ne serait-ce qu'un vocabulaire de base ?

— Brigadier, dans les cellules du fond, celles des Noirs et des Maures, il n'y a eu aucun dégât. Je les en ai fait sortir à temps, précisa Ferinto pour qu'on remarque et loue son efficacité, sa capacité innée à prendre lui aussi des décisions, à improviser dans les moments de panique.

Le brigadier Tejera, le menton dans la main, réfléchissait. Il ne détestait pas que tous l'observent ainsi, les villageois et les gendarmes, il ne lui déplaisait pas de se voir interrogé ainsi du regard. Il rentra le ventre pour mettre en valeur son torse nu et poilu, et, après s'être gratté la tempe avec le canon de son revolver dans un geste automatique en prenant un air important, il parla enfin :

— Cet acte ne peut rester impuni. Ce que le curé répète à tout bout de champ est en train de se vérifier, à savoir qu'il existe bien une cellule terroriste dans l'île Mineure. Incroyable mais vrai, prononça-t-il entre ses dents, entouré de la majorité des habitants brutalement tirés de leur sommeil par le bruit assourdissant et affolant des bidons fleuris descendant la pente de la rue del Cuerno.

— De plus hautes tours sont déjà tombées et d'autres tomberont, monsieur, c'est écrit dans la Bible, précisa Ferinto, mû par une inspiration soudaine, mais sans être tout à fait sûr de ce qu'il disait.

Des murmures dans la foule commençaient à désigner Manuel le Fuyard comme le coupable présumé. Et, au fur et à mesure que le bruit se répandait de bouche à oreille, Manuel le Fuyard était de moins en moins présumé et de plus en plus désigné. Quand on arriva en bout de course, il était sûr, archi-sûr que l'agitateur c'était lui, le communiste, Manuel. C'est pourquoi Rosa, avant d'éclater en sanglots désespérés qui auraient attiré l'attention, retourna en courant dans sa maison du côté du Casino, et, une fois au lit, à l'abri de la calomnie, enfouie sous ses vieilles couvertures, blessée, anéantie, se laissa aller à des larmes de rage, de peur et d'amour.

Policarpo et Cesarín étaient couchés depuis un moment dans leurs lits respectifs sans pouvoir trouver le sommeil, car ils entendaient encore le roulement des bidons dans leurs oreilles. Tremblant d'émotion, ils se frottaient les pieds l'un contre l'autre, impatients que l'aube arrive pour pouvoir se lever et aller voir, l'air de rien, ce qui se passait du côté des décombres. Leurs yeux, encore tout collés de sommeil, s'ouvrirent complètement, étonnés, à présent que les ravages apparaissaient au grand jour, éclatants, en plein soleil. Quel plaisir, quel bonheur à nouveau, quelle récompense salutaire. Cet effondrement de la façade principale de la caserne de Masilva, ils ne s'y attendaient pas. Non. Tout ce saccage fut une sorte de gratification supplémentaire. A plus forte raison quand les autorités finirent par décider la démolition de la maigre partie restée sur pied pour pouvoir procéder à la reconstruction : en effet pour ce travail ils embauchèrent comme ouvriers quelques jeunes du village, en échange d'une bonne paie compte tenu de l'urgence de la remise en état des dépendances de la garde civile. Policarpo et Cesarín s'inscrivirent avec enthousiasme, et une semaine après leur attentat, ils faisaient déjà partie du groupe des maçons et des ouvriers chargés du gros œuvre, responsable du rétablissement de l'ordre, ayant mission de parvenir à redresser au plus vite le symbole du Régime qu'était cette caserne. La vie réserve souvent ce genre d'ironie. Les gardes civils étaient occupés à organiser des battues, à parcourir l'île, tant à l'intérieur dans les montagnes que dans la zone côtière, à la recherche de Manuel le Fuyard, principal suspect, terroriste, assassin honteux, canaille rouge, déjà indiscutablement coupable de l'attaque éhontée de la caserne emblématique de la garde civile d'El Pinar par des bidons fleuris.

Chère Rosa,

Je ne sais de quelle façon commencer cette lettre, je ne sais par où commencer pour te faire sentir à quel point tu me manques. Les mots sont toujours trop étroits pour contenir ce que l'on ressent lorsque le souffle vous manque, que les battements de votre cœur s'accélèrent frénétiquement jusqu'à ce que la poitrine vous fasse mal, comme si vous alliez avoir un infarctus, une crampe, une syncope du genre de celle qui vous fait passer directement de l'autre côté. Je t'aime. Je t'adore. Je t'aime tant.

Aujourd'hui ils m'ont traqué, c'est la raison pour laquelle je me suis réfugié dans cette grotte. Elle est très inconfortable, mais c'est l'une des plus sûres. Elle se trouve quelque part sur la côte de la mer de Las Calmas, je ne veux pas t'en dire plus au cas où ils intercepteraient cette lettre et t'interrogeraient à leur manière, tu le sais ces phalangistes fanatiques ne dédaignent aucun genre de torture. Si tu me voyais, en ce moment, je ne sais pas ce que tu en penserais. Je suis au fond de la grotte, à plat ventre, car le plafond est si bas que je ne peux me déplacer qu'en me traînant par terre, en rampant comme un lézard. Si dans un moment de distraction, je lève la tête un peu plus qu'il ne faudrait, mes cornes (je plaisante, ma chérie) se plantent dans le plafond hérissé de stalactites et de stalagmites volcaniques. Si tu ne connais pas ces mots, ma jolie, cherche-les dans le dictionnaire de la Real Academia, tu les y trouveras sûrement, c'est un excellent dictionnaire, à ceci près qu'il lui manque une révision qui le rendrait encore plus prestigieux, il faudrait qu'il introduise les expressions des îles Canaries, les idiotismes guanches et les lusismes [1]. Bon.

1. Formes dérivées de la langue des premières peuplades des îles Canaries et du portugais. (N.d.T.)

Tu connais ma tendance à faire des digressions, je te disais donc que, surtout quand je me réveille sans très bien savoir où je suis, et que je me redresse, à moitié endormi, je me donne de grands coups de tête contre le plafond de la grotte qui m'ont laissé plus d'une fois au bord de l'évanouissement. Mais chaque fois, je m'habitue un peu plus, et je me sens de plus en plus à l'aise, façon de parler, dans cette grotte.

Le meilleur de cette vie de cloporte, je le passe à t'écrire : je ne remarque pas la solitude et l'obscurité qui m'enveloppent, car la bougie qui m'éclaire, ici dans mon souterrain, est suffisante pour voir les mouvements que trace ma main en t'écrivant. Je pose ma feuille de papier sur le livre de Marc Aurèle que tu m'as offert, comme cela, j'écris mieux. J'essaie de bien tracer mes lettres, je sais, tu me l'as dit, que j'ai une écriture de médecin, aussi je fais attention, ma chérie, et j'écris lentement, en pesant chaque phrase, chaque mot. Pour que tu me sentes. Pour que tu me voies et pour que je puisse te voir, imaginer tes jolis yeux, tes beaux yeux qui parcourent, languides, ma calligraphie maladroite. Nous sommes les héros d'une histoire romantique, notre histoire n'a rien de commun avec les romans de gare à la Galdós. Parfois, je crois, j'ai la main lourde avec les adjectifs, mais, tu sais, ce sont des mots qui me plaisent. Les adjectifs bien choisis ne sont pas lourds, ils sont des méandres, des échos, ils ajoutent des nuances utiles, subtiles et intéressantes, tu ne crois pas ? Oui, j'aime les adjectifs, ma jolie, ma toute belle, ma splendide, ma somptueuse, ma radieuse, ma ravissante, mon adorable, et aussi les substantifs, ma beauté, ma splendeur, ma déesse, mon ange. Mon langage, c'est toi. Tu es aussi mes verbes, car tu resplendis, étincelles, rayonnes, flamboies, illumines à tout jamais, et j'admirerai, contemplerai, célébrerai et louerai éternellement ta beauté. Bon ça suffit, pardon pour ces délires verbeux, c'est que je ne sais comment te faire sentir à quel point je t'adore, comment te faire comprendre la simple dimension de ma nostalgie. Dans ces moments-là, j'aimerais être l'un de ces écrivains qui disent tout avec très peu de mots. A moi le dictionnaire dans sa totalité ne suffit pas, notre amour dépasse ses limites.

Ne t'en fais pas, peu importe qu'ils m'aient fait endosser la faute de ce qui s'est passé à la caserne de la garde civile. Ils finiront par attraper les vrais coupables. En vérité, que pouvons-nous faire, cela ne mérite pas la peine de nous faire du souci. Adviendra ce qui doit advenir. Souviens-toi que la même chose s'est passée lors de l'histoire des figues de Barbarie. J'ai cru comprendre qu'ils avaient mis le derrière de Nicasio Jesús à vif. Quel tour on lui a joué ! Tu as dû bien t'amuser ce jour-là à l'église. L'histoire des bidons, je t'assure, peu m'importe qu'on me la mette sur le dos. Elle est digne de moi. Je suis Manuel le Rouge, Manuel le Fuyard, l'incarnation même du diable. Tu te souviens, ma jolie, ma douce, que je suis condamné à mort, tu sais bien qu'ils n'attendent que l'heure de me prendre pour me mettre directement au pied du mur des fusillés. Mais Manuel est avant tout Manuel, ton Manuel, ton Manolo, ton Lolo, ton petit

Lolo. Et quand bien même j'aurais commis un, trois ou cent délits, qu'est-ce que cela peut faire ? En vérité je m'en réjouis presque : qu'il aille au diable ce curé de merde fumeur de cigares, tu sais qu'il s'en sert pour punir les enfants de l'école quand ils ne savent pas leur leçon ? Et que les gardes civils aillent eux aussi au diable, bien que tu saches qu'il y en a quelques-uns qui ne mettent pas beaucoup d'entrain à me chercher, qui font les idiots en regardant du côté opposé où je suis. Heureusement qu'il me reste quelques amis, même s'ils se sont rangés sous la mauvaise bannière. Putain, quelle situation stupide et incongrue. Oui je sais que certains de ces gardes civils vont jusqu'à m'aimer, oui, plusieurs d'entre eux ont été mes élèves dans le passé, quand je donnais des cours à El Pinar. Tous se réfugiaient auprès de moi pour fuir le curé bedonnant. On peut même dire que j'en ai sauvé un certain nombre de ses griffes cruelles.

Passons. La seule chose qui me fait vraiment souffrir dans cette situation, c'est de ne pas pouvoir te voir pour conjuguer mes verbes avec toi, de ne pouvoir enfin t'épouser. C'est cela le plus difficile à supporter. Parfois j'essaie d'échapper à cette sensation d'oppression en pensant à ton corps. Je te dirai comment, dans une autre lettre, si toi, mon amour, tu me le permets : tu me le permets, ma toute belle ? Dis-moi oui, allez, fais oui de ta jolie petite tête et je t'écrirai une lettre entière sur ton corps, ton corps que je veux encore et encore, à cor et à cri, mon garde-corps, mon garde-fou. Pardon pour les jeux de mots. C'est qu'ils me viennent tout seuls. Ton corps : je sais comment il est, je connais la place exacte de tous tes grains de beauté, je connais chaque boucle de ta nuque, et la saveur de ta peau. Mon cœur me le dicte, me le murmure quand, enterré ici, j'entends la respiration profonde de la terre. *Terramores,* terre d'amours, tremblements, amours souterraines. Laisse-moi te décrire ton corps dans une autre lettre, ma toute belle, s'il te plaît.

Je relis ces lignes et m'aperçois que j'y ai glissé des gros mots. Pardonne-moi également les blasphèmes, ma jolie, c'est qu'ils me soulagent, parfois même me reposent, car ils me servent à m'extérioriser, à cracher, comme dans les bandes dessinées, des crapauds, des couleuvres, des éclairs et des lézards. En tout cas, je suis devenu leur ami, je veux parler des lézards. Ce sont des êtres étranges. Parfois leurs corps noirs ressemblent à des lettres, tracent des hiéroglyphes que je m'efforce de déchiffrer. Certains me reconnaissent, s'approchent, bien qu'à une distance toujours prudente. Je crois que je les trouble, surtout quand je dors. Je dois leur paraître tout engourdi, une sorte de mère préhistorique. Je regarde leurs petits yeux membraneux et j'apprécie leur compagnie : ils me rappellent que le monde continue à tourner, même sur un pivot rouillé. Je crois que cela, un poète l'a déjà dit. Bon, je fais encore des digressions. C'est que j'ai tellement envie de t'écrire. Comme je te disais, le plus dur c'est de ne pas te voir et de ne pas savoir quand cela finira et combien de temps encore je pourrai le supporter. Et toi, le supporteras-tu, mon ange ? Si tu m'abandonnais je le comprendrais, car je suis en train de détruire ta vie, mais si tu le faisais, alors plus rien n'aurait de sens pour moi. Je suis là parce que tu es là. L'espoir que tu sois avec moi me maintient en vie. Mais parfois je pense que tu devrais te séparer de moi pour de vrai, non comme tu le fais maintenant, pour la galerie, à cause des circonstances adverses. Me laisser pour de vrai et te trouver un fiancé sérieux, un bon jeune homme qui ne tremperait pas dans des affaires de politique, un simple laboureur, honnête et travailleur, ou encore un pêcheur. Bref un type tranquille. Tu te marierais, tu aurais une famille. Mais tu m'aimes moi, n'est-ce pas, ma chérie ? Je te sens à mes côtés, bien qu'au fond de mon souterrain, oui je te sens, je te touche, je te respire. Ne pense pas que je suis en train de devenir fou, parce que de toi je tire mes forces, l'équilibre nécessaire pour supporter cette fuite, pour entretenir cette espérance. Bien sûr, mon vice me taraude : tu pourrais me laisser sur notre pierre deux, trois paquets de cigarettes ? Elles m'aident à penser, à écrire, elles m'aident à ne pas désespérer. Ce n'est pas vrai qu'elles sont si mauvaises pour la santé. Je ne peux pas y croire. Quand elles me manquent, c'est alors que réellement je me sens mal, la douleur de ne pas te voir augmente, et la nostalgie des choses que j'imagine : notre petite maison, nos enfants, beaucoup, parce que tous deux nous voulons une famille nombreuse, et l'heure du petit déjeuner, du déjeuner et du dîner, toi et moi nous promenant ensemble main dans la main, à Tenerife, l'île Majeure, au retour d'une excursion au volcan du Teide quand il neige, mangeant une de ces omelettes aux pommes de terre et au chorizo que tu réussis si bien et, je ne peux l'oublier, toi me réprimandant parce que je les aime à peine cuites, baveuses, et toi me disant, me montrant mon assiette en prenant des airs de grande dame, Tu vas la sentir peser dans ton estomac et ensuite tu te plaindras, espèce de goinfre. Les plaisirs intenses des choses simples.

Cette bougie touche à sa fin et dans cette grotte je n'en ai pas d'autre. J'en ai laissé une dans chacune de mes cachettes, ne sachant jamais où je vais dormir. C'est une grande idée que tu as eue, mon ange. Dans cette grotte on est bien, elle n'est pas humide. Le pire, c'est d'avoir à me traîner. A l'allure où je vais, autant me transformer en lézard. Si j'avais un ventre à la don Nicasio de Jesús, chose hautement improbable dans les conditions précaires où je vis, je ne pourrais plus me glisser dans ces galeries intérieures. La bouche d'entrée est presque complètement obstruée par des arbustes, et si tu ne la connais pas tu peux passer par-dessus sans la remarquer, parce qu'on dirait une simple faille comme il y en a beaucoup dans ces paysages de lave. A l'entrée, elle est suffisamment spacieuse pour que je puisse marcher à quatre pattes, mais elle est immense et complètement obscure. Je l'ai explorée pour passer le temps, je me suis enfoncé dans la direction de la Cumbre et vers la mer, qui est à une centaine de mètres. Cependant, il y a d'autres galeries volcaniques plus larges, plus hautes et plus vastes, où je peux me mettre debout et marcher. Elles sont plus confortables mais également moins sûres. Nombre d'entre elles sont des grottes que les pêcheurs, quand ils ne supportent plus la nuit en mer ou que la tempête se lève, utilisent pour dormir quelques heures et échapper à l'humidité et à l'action corrosive du sel. Je m'aperçois tout de suite si elles ont été visitées, et je m'en réjouis. Je vois des mégots et des allumettes, le sable du sol marqué de traces, des restes de nourriture, des épluchures de fruits. Cela m'étonnerait beaucoup que les patrouilles de la garde civile se donnent autant de mal. Ils ne sont pas habiles pour sonder, ramper, marcher à quatre pattes ou accroupis. Le pire, finalement, ce sont les rats. Je ne pensais pas qu'il y en avait autant. Plusieurs fois je me suis réveillé alors que quelques-uns étaient en train de ronger ma couverture. Ce sont des goinfres, là tu peux le dire, on dit même qu'ils mangent les rêves. Et cela doit être vrai, parce que quand je dors mal je les vois toujours apparaître, avec leurs petites têtes pointues, reniflant autour de moi. Si la bougie est allumée elles disparaissent, les sales bêtes, mais dès qu'elle s'éteint et que je m'endors, ils rongent fébrilement et sans s'arrêter, comme des termites. J'en ai chassé un, par pur plaisir et peut-être un peu de vengeance, mais je ne les mange pas. Je n'en suis pas encore arrivé là. Grâce à ton ravitaillement, je ne sais pas comment tu fais, et avec ce que j'arrive à chasser et à pêcher par ici, je n'ai jamais faim. Bon, un peu quand même, parfois. Enfin bref, pas souvent. Les nuits sans lune, je m'approche de la mer pour y pêcher des crabes et des bigorneaux. Je possède, en outre, plusieurs cannes à pêche rudimentaires, du fil de nylon et des hameçons, équipement suffisant pour pouvoir pêcher des béryx, des sargues, des dunettes et des perches. Ainsi mon régime est varié, pour le moins riche en protéines. L'autre jour, dans la grotte même où je me cachais, j'ai découvert une famille de lapins. Mes talents de chasseur t'étonneraient. Seule m'a échappé la mère, qui a fui en laissant ses lapereaux. Toute sa portée. Je ne sais pas ce qui m'a pris. Ils étaient si petits, pourtant je les ai tués avec mon couteau. Une boucherie. Mais cela m'a fait soudain tant de peine, j'ai éprouvé une telle douleur que je n'ai pas pu les manger. Je les ai laissés là, sur le lieu de ma chasse. Je suis retourné à quatre pattes au fond de la grotte pour m'abriter et trouver le sommeil, mais la faim m'a éveillé à l'aube. Je me suis souvenu des lapins et je suis retourné sur les lieux du massacre. Les rats ont fui au loin, effrayés par le petit feu que j'avais réussi à allumer. J'ai dépouillé les lapereaux. Comme ils étaient très jeunes, leur peau se détachait toute seule sous mes doigts. J'ai fait rôtir l'un des petits, ce n'était qu'un morceau de viande savoureuse, sans le moindre soupçon d'âme, et n'en ai fait qu'une bouchée. C'était un régal et mon ventre affamé s'est soulevé de bonheur, exigeant sa pitance. J'ai enfourné aussitôt après les deux autres petits, ai goulûment léché leurs os, les ai resucés avec volupté. Nous sommes des animaux comme eux. Nous ne sommes pas meilleurs. Je crois, vois-tu, que je me suis transformé en chasseur né. Oui, c'est ça. Maintenant je jouis de tuer les lapins que je trouve pour les dévorer ensuite. Je survis. Je leur tends des pièges. Je sais ce que tu penses, c'est comme si je t'entendais : que tu commandes assez de nourriture pour moi aux villageois en qui tu as confiance ainsi qu'à ton père et tes frères. C'est vrai. Je trouve souvent, contre toute attente, des fromages, des fruits et même de la viande dans une grotte, comme oubliés là par quelqu'un. Je sais que cela vient de toi. Mais parfois cela ne suffit pas, car souvent je trouve les viandes trop tard, déjà avariées, rongées par les rats ou dévorées par d'autres animaux. Des chiens et des chats sauvages rôdent, des rats et des furets, des buses et des lézards, bref, il y a pas mal de concurrence. Mais ne t'en fais pas, je t'assure. Je résiste. De la faim, de ce qu'on appelle la faim, je ne souffre pas. Je rectifie : de la faim de toi, cela oui j'en souffre. Et beaucoup. Énormément. Faim de toi, faim de tes lèvres charnues et faim de ton sourire qui me comble. Je me nourris de ton souvenir, ici, blotti, toujours présent. Belle ma belle ma beauté je t'aime je t'adore je t'aime je t'adore je t'aime...

PS : S'il te plaît, ma chérie, n'oublie pas les cigarettes. Ces choses-là ne poussent pas dans les arbres ni ne se pêchent dans la mer ni se chassent sous terre. Énormes baisers souterrains de ton

Manuel

Inocencio avait une peur bleue des morts, aussi, contrairement à tout le monde, payait-il toujours ses dettes. Il était terrorisé à l'idée qu'un trépassé ne lui apparaisse, un de ces spectres blafards à la face décomposée, rongée par les vers et zébrée de cicatrices. La leçon venait de son père. Il n'était alors qu'un enfant et cela lui était resté à jamais gravé dans l'esprit, à savoir qu'il fallait qu'il paie ses dettes pour éviter que les morts ne lui rendent visite, pour que nulle créature de l'autre monde ne vienne lui réclamer son dû, ou quoi que ce soit d'autre, de toute façon il valait mieux ne pas se retrouver face à ces messagers de l'au-delà. C'était à cela que servaient les fantômes, ils faisaient ce genre de commission, et dans le monde d'ici-bas se trouvaient des gens qui savaient les invoquer à la perfection, afin qu'ils viennent faire leurs visites terrifiantes. Sans doute est-ce pour cela qu'Inocencio était tellement près de ses sous, dur à la desserre et compagnon de la lésine : en fait il voulait toujours avoir de l'argent de côté pour ne jamais avoir à faire de dettes, et ne jamais recevoir la visite d'un mort.

Or Policarpo et Cesarín se plaignaient de la radinerie de leur père. Il tirait parti de tout, aurait trouvé à tondre sur un œuf. Leurs espadrilles, par exemple : il ne leur en achetait pas de nouvelle paire avant que leurs orteils n'en percent ridiculement la toile. Jamais, non plus, il ne leur passait le moindre caprice : pas même une chemise neuve, pour ne citer que cela, puisque les vêtements qu'ils avaient leur convenaient parfaitement, y compris leur costume du dimanche, qui leur servait aussi bien pour la messe, les enterrements et le bal de fin d'année sur la place du village. Si leurs vestes commençaient à être trop courtes, eh bien qu'à cela ne tienne, lui-même les rallongeait avec du fil et une aiguille, et les élargissait d'un côté et de l'autre. Et quand leurs pantalons leur arrivaient aux mollets, Inocencio répondait toujours, avec un sourire satisfait et un air dégagé :

— Comme cela, vous ne serez pas obligés de les remonter pour enjamber les mares.

A toutes les questions, cet homme sentencieux avait une réponse ingénieuse.

Policarpo et Cesarín se demandaient souvent ce qu'il faisait de son argent, où il cachait le produit de la vente de son lait, de ses chèvres et de ses fromages, qui constituaient ses revenus principaux – étant donné que parfois, à l'occasion d'une fête quelconque, il vendait aussi des chevreaux. Il est vrai que nombreuses étaient les charges et lourds les impôts directs et indirects... Une fois, ils lui posèrent la question. Il leur répondit que la maison et le bétail lui coûtaient très cher, qu'il devait mettre de l'argent de côté pour faire face aux impondérables – mais la vérité, au bout du compte, il faut le reconnaître, était qu'il avait d'autres dépenses beaucoup plus superflues mais non moins agréables, investissement tout à fait particulier qu'il gardait secret, et dont Policarpo et Cesarín n'avaient pas la moindre idée. Ils se trompaient, nigauds qu'ils étaient, en s'imaginant qu'ils allaient hériter d'un pactole, d'une petite fortune qu'ils idéalisaient dans leurs moments de délire, parce que leur père, comme beaucoup d'autres, réussirait peut-être à amasser quelques petites économies, mais rien qui pouvait ressembler en vérité à un héritage substantiel, car, n'y allons pas par quatre chemins, on ne faisait pas son beurre par les temps qui couraient, et l'île n'était pas le Pérou.

Inocencio avait donc peur des morts, tellement

peur, qu'un jour il en vit un qui déambulait tranquillement dans le cimetière, et, ô miracle, en fumant, le damné. Il ne lui suffisait pas d'avoir eu le vice du tabac dans la vie, il le cultivait même dans la mort, comme si de rien n'était, a-t-on jamais vu une chose pareille. Du moins était-ce l'histoire qu'il racontait souvent : il avait vu un mort fumer, oui, fumer, parce qu'il avait nettement vu la braise de son cigare rougir quand il tirait dessus, comme cela, tranquillement, tout en déambulant entre les tombes du cimetière de Masilva. Cette nuit-là, il revenait de pêcher sur la plage de Los Moles et, comme la pêche n'avait pas été bonne, il s'était attardé, était resté plus longtemps que d'habitude. Une aube magicienne, pleine de silences et de ténèbres, l'avait surpris aux alentours du village. Épuisé, les paupières lourdes de sommeil et les narines agacées par l'odeur du poisson, il marchait, après avoir capturé au bout de longs efforts presque trois kilos de dorades. C'est à ce moment-là qu'il aperçut le mort-vivant, véritable oxymore incarné, parce qu'il le vit pour de vrai. Il était passé par le raccourci qui longeait le cimetière pour arriver chez lui avant l'aurore, et là il le vit, il vit cette silhouette noire avec son cigare allumé à la bouche, qui cheminait lentement entre les croix et les niches funéraires, comme s'il flottait, car de là où Inocencio était, il ne pouvait pas voir ses pieds. Ce pur esprit devait voler, se rassura-t-il pour se donner une explication. Inocencio ne mentait pas. Quiconque l'entend raconter cet épisode avec tant de fougue ne peut le mettre en doute, il semble si convaincu, ce fut ainsi, il l'a vu, c'est la pure vérité. Ce qui a dû se passer, peut-on se dire en toute objectivité, c'est que son aversion pour les morts avait donné libre cours à son imagination terrifiée, et que cette hallucination, cette vision inexplicable dans l'aube blafarde, après toute cette nuit d'encre qui lui pesait sur les paupières, additionnée de toute la fatigue qui l'accablait, l'avait empêché de voir un vivant bien vivant en train de se promener parmi les morts au lieu d'un mort-vivant marcher parmi les vivants, venu de l'au-delà faire une petite tournée de ce côté du monde. Marqué comme il était par l'enseignement principal de son enfance, à sa vue il se mit à courir plus vite que le vent, il ne fallait surtout pas qu'il le rattrape, ce corps sans sépulture, car pour les morts les distances ne sont rien, de leur pas évanescent ils glissent au-dessus du sol et peuvent parcourir des kilomètres. Il courut à perdre haleine, le pauvre diable, chargé de plusieurs kilos de poissons, son sac sur l'épaule et sa canne à la main, il accéléra, imprimant à ses jambes un rythme qu'on aurait pu croire impossible à son âge, toujours est-il qu'il aurait gagné cette course contre ses propres athlètes de fils, cela ne faisait aucun doute, faites des paris si le cœur vous en dit, il courait, poussé par le désespoir, la peur, la panique qui grandissait à chaque foulée, il courait, persuadé que c'était un mort dominé par son vice qui s'était réveillé de son sommeil éternel pour pouvoir fumer. Mais de ce côté de la sphère terrestre, les morts ne s'approchent jamais pour de bonnes raisons, lui ils ne l'auraient pas avec leurs ruses d'outre-tombe, non monsieur, je le dis devant Dieu, on ne sait jamais, il vaut toujours mieux prévenir.

Mais la vérité qu'ignorait Inocencio était bien différente. Celui qui marchait comme un somnambule entre les tombes, c'était don Nicasio de Jesús, vêtu de son habituelle soutane noire et fumant l'un de ses gros cigares, somnolent mais aux aguets, parce qu'il nourrissait le soupçon, plus précisément la quasi-certitude que quelqu'un, sans doute l'un de ces terroristes, pénétrait la nuit dans le cimetière de son cœur. C'est pour cela qu'il veillait en fumant nerveusement mais avec délectation. C'était lui le vivant qu'Inocencio croyait mort, ah si seulement c'était vrai devaient penser certains. Car la silhouette du curé dans sa soutane noire se fondait dans la noirceur de la nuit profonde, se confondait avec ses ombres, au point presque logique de paraître, aux yeux crédules, influençables et faciles à tromper, une entité surnaturelle, un pur ectoplasme, un fantôme fumant cigare. C'est ce qui arriva à Inocencio, et la frayeur qu'il éprouva demeura gravée dans sa mémoire pour le restant de ses jours, le malheureux.

Don Nicasio de Jesús avait donc passé quelques nuits à se promener, tel un détective en quête d'indices, dans le cimetière. Il avait découvert des traces suspectes parmi les tombes, et il craignait que quelque terroriste désinvolte ne déterrât certains cadavres, ceux de la guerre civile, par exemple, et ne finît par ressusciter au passage de vieilles rancœurs, des injustices patentes, de nouvelles haines plus ou moins enterrées. Les choses étaient mieux ainsi, mieux valait ne pas les changer. Mais il ne serait pas devenu le vieux singe qu'il était s'il n'avait eu de l'intuition : il anticipait, avec la facilité qu'il possédait pour s'introduire dans l'esprit des agitateurs, les conjonctures propices aux révoltes réelles ou symboliques, toutes deux aussi pernicieuses l'une que l'autre pour une société qui, bâtie sur le sang versé et les flots démontés, avait recouvré la tranquillité. Il fallait se méfier de ces diables prêts à s'immiscer dans les failles de la paix reconquise. Cependant, il ne lui passa pas par la tête, chose plutôt étrange, qu'un certain Manuel le Fuyard, le vandale le plus célèbre de l'île Mineure, terroriste s'il en fut, pût utiliser quelques-unes de ces tombes-là, certains recoins du cimetière comme refuge idéal. C'était trop simple pour l'esprit du curé, qui imaginait des conspirations internationales, de secrètes liaisons entre les communistes et les pays arabes, des alliances stratégiques pour remettre l'île de Fer et le reste de l'archipel canarien aux mains des barbares. Tous ces Noirs et tous ces Maures silencieux et abattus, qui accostaient sur l'île dans des bateaux de fortune l'air étonné, en demandant s'ils débarquaient au Portugal, en France, en Italie ou en Espagne, faisaient sûrement partie, il en doutait de moins en moins, d'un plan beaucoup plus complexe : façon lente mais efficace pour les troupes ennemies, hordes funestes du mal, de se répandre mystérieusement dans l'attente de l'exécution finale, du jour où ils pourraient renverser la situation et mettre le monde à l'envers, en faisant des justes et des innocents des coupables. Le curé réfléchissait à tout cela en tirant sur son cigare et en observant les traces délatrices.

Mais pour Manuel le Fuyard, grand amoureux devant l'Éternel, les choses se présentaient d'une façon beaucoup plus simple et non moins parfaite : personne ne le cherchait dans le cimetière, pour des raisons évidentes. Or Manuel connaissait les fosses souterraines qui communiquaient entre elles et permettaient d'accéder aux tombes où l'air pénétrait grâce aux galeries volcaniques et à la porosité de la lave. Certaines qui n'avaient pas encore été scellées afin d'y accueillir les prochains cadavres, constituaient en la circonstance actuelle des cachettes idéales. Paradoxalement, son instinct de survie l'avait poussé jusque-là : à la place des morts. Cette cachette présentait, en outre, un autre avantage : la proximité du village et le fait en rien suspect que les femmes venaient au cimetière, à n'importe quelle heure, pour arranger et décorer les sépultures des membres décédés de leur famille ou, simplement, afin de prier pour le repos de leur âme et réciter des Notre Père, priez pour nous pauvres pécheurs. Rosa s'y rendait également pour nettoyer les tombes de ses proches, et à dire vrai ces derniers temps sa religiosité béate s'était exacerbée de manière inopinée. Manuel le Fuyard pouvait ainsi la contempler, presque la toucher quand elle se baissait pour déposer des fleurs sur telle ou telle tombe, ou, chose beaucoup plus curieuse si l'on tient compte de l'étrangeté du lieu, quand elle s'agenouillait et sortait de dessous sa jupe une *tortilla*, miam miam, ou un fromage frais qu'elle oubliait entre les pierres tombales, slurp, l'eau à la bouche. Si Rosa ne pouvait y aller, par crainte d'être surveillée ou d'éveiller les soupçons, un autre membre de la famille s'y rendait, complice, une tante, un cousin, mais presque jamais ses parents. Cela lui paraîtrait louche : trop d'attention aux morts, diraient les langues de vipère.

C'était si bon de la voir là, tout près de lui, presque tout contre lui, juste au-dessus de sa tête, à un mètre à peine, c'était si bon de sentir son odeur, d'apercevoir sa peau, par fragments, de la désirer ardemment. Et il y eut un jour où leurs doigts s'entrelacèrent, où leurs mains se touchèrent. Elle avait pressenti toutes ces choses de l'amour qu'elle ignorait. Il glissa ses doigts implorants entre la fente de la dalle sous laquelle il se cachait, à l'endroit où elle avait posé des fleurs pour le dissimuler, et elle saisit ses mains, et leurs doigts s'entremêlèrent. Pourrait-elle contenir son émotion ? Elle le put, comme elle put retenir ses larmes de joie malgré le frisson qui lui parcourut les vertèbres, qui la secoua comme un séisme. Ce bref contact fut si bon, si intense, qu'il constitua la matière de plusieurs des lettres qu'ils s'échangèrent par la suite, tant d'amour au ciel des ciels, mais tant et tant d'amour amputé de cette manière, rogné dans ce monde fou et injuste, Tu n'as pas le droit, mon Dieu, ne T'amuse pas ainsi, ne regarde pas ailleurs, apaise la douleur des hommes de Ta main bienfaitrice.

Le pire, lorsque la chaleur était oppressante, c'était la puanteur. Elle était forte mais instable, surprenante, car elle arrivait par rafales, transportée subitement par quelque courant d'air qui s'infiltrait entre les tombes, parcourant les cercueils les plus délabrés. Malgré la chaux vive qu'on répandait sur les morts, il arrivait que parfois, leurs tombes empestent. A quelques mètres à peine de la chapelle funéraire où se cachait Manuel le Fuyard se trouvait la tombe de Casilda. C'était celle sur laquelle préférait cracher Eliana. Mais Casilda ne sentait déjà plus rien, ne dégageait plus aucune odeur pestilentielle : elle n'existait plus. Elle s'était tant effritée durant sa maladie qu'elle n'était plus à présent qu'une pauvre et simple tête de mort, un morceau de mandibule hérissé de quelques dents, un bout de tibia brisé terminé par cette chose ronde qu'on appelle une rotule. Non, son cadavre à elle n'empestait pas, son corps s'était même fatigué de puer ; elle avait répandu tant d'odeurs fétides de son vivant que son cadavre n'avait plus le moindre miasme à exhaler.

Souvent, le mélange de ces émanations aidait Manuel le Fuyard à trouver le sommeil ; elles s'insufflaient en lui et l'anesthésiaient. Il éprouvait alors une agréable sensation, car il s'assoupissait, et les heures s'écoulaient sans qu'il s'en rende compte. Il dormait profondément, et le temps s'envolait en fumée ; c'était comme s'il était déjà mort, éteint, déconnecté de lui-même, soulagé du poids de la misérable vie qui était alors la sienne. Ce n'était pas le sommeil léger qu'il trouvait dans les grottes, ce sommeil superficiel d'où le tiraient souvent les rats ou quelque lapin audacieux, non, là c'était comme une petite mort : l'éternité qui régnait dans les autres tombes le contaminait, étrangeté du temps sépulcral, pour lui procurer un repos réparateur. L'éternité avait des relents de mort. Quand je serai libre, pensa un jour Manuel, j'écrirai, je raconterai dans mes mémoires tout ce que j'ai vécu ici. Quelle ironie, la vie dans un cimetière, comme ces termes sont antinomiques : là où la mort avait ses quartiers, lui Manuel le Fuyard retrouvait la vie dans toute son exubérance, parce qu'il la voyait, elle, et que cela le rendait fou de joie. Alors des mots d'amour le submergeaient, et il murmurait Rosa, ma petite Rosa, unique fleur resplendissante de ce jardin des morts.

Baldomera, pendant ce temps, essayait de fuir Cesarín, qui posait sans cesse sur elle un regard effronté, appuyé, inquiétant. Comme s'il ne pouvait détacher les yeux de ses seins fermes et de ses fesses rebondies, de ses courbes éloquentes, comme si nul esprit n'habitait ce corps affriolant. Horreur ! Quand une femme sent ce genre de regard sur elle, elle se sent plus nue que nue, un corps sans âme. Le jeune garçon ne réussissait pas à contenir ses envies brûlantes et démesurées, il ne se connaissait plus, mécanisme logique de la nature, et ses yeux fous, absolument fous, restaient rivés sur le balancement de ces hanches royales.

Elle ne le fait pas exprès, elle est née ainsi, avec des grâces là où d'autres ont des disgrâces, avec ses petites fesses hautes, ses hanches rondes qui se balancent quand elle marche, que peut-elle y faire, on est comme on est.

— Elle n'est pas comme les autres femmes. C'est pour ça qu'elle me plaît. Elle ressemble à une princesse même quand elle porte un tablier, tu ne trouves pas ? disait Cesarín à son frère Policarpo.

— C'est qu'elle est toujours aussi belle du matin au soir. D'où peut-elle bien sortir tous ces vêtements et toutes ces chaussures ? Ce n'est pas une femme pour nous, Cesarín. Et nous sommes de bien pauvres idiots de vouloir escalader une montagne si haute, métaphorisait Policarpo pour essayer de faire redescendre son frère du nuage où il grimpait chaque fois qu'il la contemplait.

Le soir du bal de la Saint-Laurent, il osa l'inviter. Le nuage lui parut soudain accessible, à portée de main : ici même, comme si ne les séparaient plus des vallées et des montagnes, des dangers indomptables, une terre inconnue. Il but plusieurs verres, au bar, à côté de son frère, pour rassembler ses forces et trouver de l'audace. Son père avait gratté le fond de sa bourse pour leur donner quelques pièces. Débrouillez-vous avec ça. Cesarín réfléchissait en silence, il fit mille fois le tour de la question en attendant son apparition. C'était comme glisser et se relever, se relever et glisser encore, ses pensées étaient comme du sable mouvant. Oui mais non. Non mais si.

Il savait que Baldomera arrivait toujours au bal en retard, une fois qu'il était commencé pour, en femme vaniteuse qu'elle était, se faire remarquer. Elle était toujours accompagnée de sa tante Eliana. Celle-ci restait en arrière-plan pendant toute la durée du bal, mais antennes déployées, aux aguets, pareille à une chouette, avec ses yeux scrutateurs grands ouverts : aucun détail ne lui échappait. A peine Baldomera eut-elle foulé de son pied menu les pavés de la place, Cesarín, propulsé par les ailes du vin, craignant que quelqu'un ne lui vole la mise, vola littéralement au milieu de la foule pour lui tendre la main, aimable et courtois :

— Bonjour, Baldomera. Élégante et belle comme toujours. Tu danses ?

Elle accepta et dansa avec lui, mais en gardant sa réserve et une certaine distance, selon les règles du bon goût et des bonnes manières qui s'appliquent aux femmes qui ne sont ni fiancées ni mariées. Cesarín, dans sa fougue, tenta de la serrer contre lui, cherchant à établir une complicité entre eux. Elle le repoussa poliment. Il l'agrippa de nouveau, son torse entra un instant en contact avec le buste proéminent de la femme, mais Baldomera le repoussa d'un geste discret mais ferme.

— Cesarín ! dit-elle simplement, d'un ton moqueur et gêné à la fois.

Policarpo demeurait à quelques mètres, observant la scène du coin de l'œil. Il pressentit le danger, étant le mieux placé pour le voir arriver : son père lui-même, qui se frayait un chemin parmi les danseurs et fonçait sur son fils. La colère se lisait sur son visage et particulièrement sur son front, barré de deux plis horizontaux tremblotants.

— Excuse-le, Baldomera, dit-il en attrapant son fils par son oreille blessée et en le traînant hors de la place.

— Mais père !

— Tais-toi, je t'ai dit de te taire !

Et son père, essayant de ne pas faire trop de tapage pour ne pas attirer l'attention, le réprimanda, lui asséna qu'il n'avait aucune éducation, qu'il n'était pas question qu'il touche à Baldomera, que ce n'était pas une fille pour lui, qu'il s'ôte rapidement cela de la tête, et tout de suite, parce que dans le cas contraire, toi et moi allons avoir de sérieux problèmes, et des mots pires encore, allons, fais comme si cette femme n'existait pas, un point c'est tout. Policarpo, à côté, écoutait lui aussi la réprimande de son père. Il s'approcha d'eux pour entendre ce qui se disait, comprendre le pourquoi de ce conflit familial. Ce fut le début de la tragédie. Inocencio, le voyant arriver du coin de l'œil, préféra s'adresser à tous les deux. Je ne veux plus vous voir vous approcher de Baldomera, ce n'est pas une femme pour vous, il n'est pas même question que vous la regardiez, que ce soit clair et j'espère ne pas avoir à le répéter, compris ? Il ne hurlait pas, de crainte que la foule ne mît son nez dans leurs affaires, mais bien qu'il parlât tout bas, il n'était pas difficile de voir, à la lueur inquiétante que jetaient ses yeux injectés de sang, que sa colère était grande. Cesarín et Policarpo ne voulurent pas entendre les avertissements de leur père parce que sa réaction leur parut démesurée, tout à fait excessive, tout ce tintouin pour une petite danse, et surtout parce que, Policarpo s'en fit la remarque, leur père lui non plus ne quittait pas des yeux Baldomera. D'ailleurs il avait toujours le regard posé sur elle, comme un oiseau revient toujours à son nid. Il fallait reconnaître, se reprit-il, qu'il n'était pas le seul, et que personne ne la quittait des yeux. Tous les hommes regardaient Baldomera, la femme la plus belle de Masilva, une beauté sculpturale, la femme la plus exquise et la mieux fringuée de toute l'île de Fer. La plus convoitée, aussi : avec ses talons aiguilles et ses robes, et le mystère qui l'accompagnait, qu'elle laissait toujours dans son sillage. Et pourtant comme ils l'avaient charriée, eux aussi, lors du *malgareo*, c'étaient sans doute les mêmes qui lui avaient réservé l'honneur douteux de recevoir le membre de l'âne Pandero, la saillie de l'âne Pandero. Et ils n'avaient pas mâché leurs mots un an plus tôt, pendant le *malgareo*. Seulement il y avait un mystère, un secret bien gardé, car on ne la voyait jamais dans les parages avec un homme, avec un fiancé. Elle allait toujours accompagnée, jamais seule, toujours flanquée de ses amies ou de sa tante Eliana son chaperon, elle était toujours la dernière à arriver au bal et la première à rentrer à la maison, comme ne daignant pas profiter de l'occasion pour chercher un fiancé, un futur mari, contrairement aux autres femmes, les pauvres, qui se mettaient en quatre pour trouver chaussure à leur pied, comme Rosa, la fille d'Atilano, qui vit près du Casino. Non, elle, Baldomera, ne cherchait absolument pas à se fiancer bien qu'elle aurait pu choisir sans problème parmi tous les célibataires de l'île Mineure. Aucun, assurément, n'aurait refusé ce morceau de premier choix, n'aurait tourné le dos à ce mystère ambulant. Même si l'amour n'entrait pas en ligne de compte ; ce n'était pas cela qui leur importait. Ce qui leur importait, c'était de briller, de plastronner, ils s'imaginaient se promener main dans la main avec cette beauté, être la cible de toutes les envies, celles des hommes comme celles des femmes, et posséder son secret, faire taire une fois pour toutes les rumeurs malveillantes qui la condamnaient à se faire humilier à chaque *malgareo*. Parfois on entendait dire que Baldomera avait en réalité un riche fiancé au Venezuela qui l'entretenait et lui faisait la cour, auquel elle demeurait fidèle. Mais à la vérité, pendant toutes ces années, on n'avait jamais vu l'ombre de cet homme dans l'île de Fer. Il ne lui avait pas même rendu une petite visite. N'empêche, ils avaient quand même réussi à lui donner un nom. Policarpo s'en souvenait. Ça l'intéressait. Mais les gens inventent tellement d'histoires, n'est-ce pas. Le premier nom du présumé fiancé vénézuélien de Baldomera fut Hugo. On disait que des raisons politiques le retenaient dans ce pays des Caraïbes : n'importe quoi, parce qu'ensuite le présumé fiancé s'appela Fernando, puis Vicente, puis Domingo... On raconta aussi le bobard suivant : qu'un vieil homme de Tenerife envoyait de l'argent, des cadeaux à Baldomera et à sa tante ; qu'il s'était entiché de la jeune fille et qu'il leur envoyait des colis et mille petites choses. C'était un mensonge magistral, il n'y avait qu'à poser la question au facteur, qui en avait assez de jurer sur la tête de sa mère que non, que cela était faux, qu'il ne leur avait jamais apporté le moindre colis de cet acabit, que lui ne savait rien de tout cela et qu'ils cessent d'inventer, bon sang. Ce fiancé, si elle en avait vraiment un, était lui aussi une énigme. Insondable mystère. Le plus étonnant, c'était de ne pas la voir triste. Bien au contraire, toujours débordante, fière et heureuse. Et il ne pouvait en être ainsi si elle n'avait pas un homme dans sa vie, un homme qu'elle attendait. Cette conclusion, ils se la transmettaient de bouche à oreille, tant les hommes que les femmes de l'île. Elle a un homme, cela est sûr, cela se voit sur son visage. La rumeur désobligeante se répandait comme une traînée de poudre. Une fois ils osèrent le lui demander, mi-figue, mi-raisin. Santiago le Boulanger, par exemple :

— Baldomera, quand prendras-tu un fiancé ? Tu ne voudrais pas rester vieille fille, n'est-ce pas, petite ?

L'habitude aidant, elle avait toujours la repartie adéquate :

— C'est que je n'aime pas les hommes d'ici. Je préfère attendre l'arrivée de mon prince étranger, répondait-elle en souriant.

Ces mots, à quelques nuances près, elle les décocha une fois aussi à Cesarín. L'audace des adolescents ne connaît pas de limites et, le jour du bal, celui-ci lui demanda à brûle-pourpoint si elle avait un petit ami, comme cela, en ces termes, l'air de ne pas y toucher. Et elle, très sûre d'elle, veillant toujours à ce que ses avantages proéminents ne frôlent pas, durant toute la durée du morceau (une rumba joyeuse et endiablée, propice aux rapprochements coquins entre les couples), la poitrine du jeune homme fort tendu, lança :

— Mon fiancé viendra du froid, des pays du Nord. Il viendra de la neige, il sera prince ou marquis et m'emmènera dans son château.

Cesarín en resta comme deux ronds de flanc. Évidemment qu'elle était mystérieuse la Baldomera, elle lançait même des boutades inédites. Mais pour lui, les choses entraient par une oreille et ressortaient par l'autre, comme si de rien n'était, sans laisser de trace. Il fallait avoir l'esprit pratique, s'épargner les soucis. Peut-être cette manière prosaïque de penser était-elle due aux nombreuses blessures que le cigare de don Nicasio de Jesús lui avait occasionnées durant ses années d'école. Les précisions de ce genre glissaient sur lui, comme si elles échappaient à son entendement. C'est pourquoi le pauvre garçon s'obstina, même s'il personnifiait à ses yeux ce qu'elle fuyait comme la peste, l'opposé de son penchant pour les Européens : il était brun et fruste, l'odeur aigre de l'adolescence lui collait encore à la peau, les manières chevaleresques n'étaient pas son fort, il était négligé dans son habillement, il n'avait ni métier ni argent, bref il était une bien piètre chose.

Inocencio, au contraire, avait une tout autre envergure. Il savait se conduire même s'il levait un peu trop le coude. Mais c'était surtout aux bals du village qu'Inocencio buvait tout son soûl, car il était mal à l'aise. Alors il n'était plus lui-même, bien qu'on ne l'ait jamais vu tituber ni baver d'ivresse. Cependant il savait s'arrêter à temps. S'il dépassait ses limites, il cessait de parler à la cantonade et partait, rentrait tout droit chez lui. Là il pouvait vomir à discrétion, aucun problème, et s'il ne se sentait pas suffisamment épuisé pour dormir, il buvait encore jusqu'à l'inconscience avant d'aller cuver son vin, car demain est un autre jour. Policarpo et Cesarín profitaient des tournées que payait leur père dans ces occasions. Ils buvaient eux aussi à ses frais et se soûlaient jusqu'à tomber raides, en avant ou à la renverse, dans l'oubli d'eux-mêmes. Ils passaient un accord, au préalable, avec le serveur, en général quelqu'un du village qui voulait se faire des revenus supplémentaires, et quand leur père payait les consommations, il ne se rendait pas compte qu'il payait aussi pour ses fils. La ruse fonctionnait.

En ce jour d'ivresse survint l'altercation funeste entre les deux frères et Estanislao, dit Tano, et Pablo Gutierrez. La beuverie favorisa le conflit et déclencha une bagarre stupide. Estanislao possédait une camionnette Ford qui datait d'avant le Déluge, un vieux tacot qu'il dorlotait tant qu'il parvenait à le faire rouler. Tout et si bien que c'était devenu son gagne-pain. Avec sa camionnette il faisait des déménagements, transportait des fruits, des fromages, des blocs de pierre ou des animaux, bref tout et n'importe quoi. Il était toujours accompagné de Pablo Gutierrez, surnommé la Pipe, non parce qu'il avait coutume de fumer la pipe, mais parce qu'il était ventru comme celle-ci. De profil, en dépit de sa maigreur, son ventre énorme ressortait, gonflé comme une outre, panse oblongue de buveur de bière.

La nuit du bal, autrement dit la nuit du drame, Estanislao et Pablo étaient soûls. Or comme on le sait l'alcool est un démon, et tous les deux avaient le vin mauvais. Ne se possédant plus, ils devinrent violents. Ils échangèrent des propos avec Policarpo et Cesarín sur le sport, au début sur un ton tout à fait normal. D'abord, ils parlèrent de lutte canarienne : pour sûr le Pollito de La Frontera était le meilleur pilier de l'équipe de toute l'histoire du sport national de l'île de Fer, mais il ne fallait pas oublier que c'était aussi un traître parce qu'il avait signé un contrat avec une équipe de Tenerife pour toucher davantage d'argent. Ça n'avait pas plu aux garçons. C'est ce qui mit le feu aux poudres : ils se mirent à s'injurier, et les voix commencèrent à monter parce qu'en ce petit matin tapageur plus personne ne s'entendait. Au milieu de la querelle où chacun crachait à qui mieux mieux ses arguments, on se mit à parler du football, sujet passionnant s'il en est : c'était vrai qu'un tel et un tel, l'avant de l'Atlética Pinar, était sans doute le meilleur de l'équipe, mais il n'en était pas de même pour le gardien, le poète local, oui messieurs, un certain Victoriano Alameda del Rosario, cette pédale, pourquoi était-il gardien de but, enfin, qu'est-ce que la poésie a à voir avec les buts, c'est vrai quoi, cette espèce de couille molle, de gonzesse, de tantouse de Victoriano, qui rechignait et faisait dans son froc chaque fois qu'il devait quitter la surface de réparation ou tacler l'attaquant adverse, ce qu'on aurait dû lui faire à Victoriano, c'était le bourrer de coups de pied pour le dégourdir un peu. Ainsi parla Estanislao, à cœur ouvert et pour toucher Policarpo au vif, sachant pertinemment que lui et Victoriano étaient amis, qu'ils parlaient quelquefois de poésie, sachant aussi que Policarpo avait lui-même failli dans son rôle de défenseur (le fils d'Inocencio était une nouvelle recrue de l'Atlética Pinar) et qu'à cause de lui, pendant le dernier match pas plus tard qu'hier, l'adversaire avait marqué haut la main trois buts ridiculement faciles. Policarpo avait de quoi se sentir offensé, même s'il était le plus jeune de l'équipe et manquait encore d'expérience et d'entraînement pour occuper sa place, pour comprendre le jeu et les mouvements de ses coéquipiers. Cela, il était tout disposé à le reconnaître, puisque c'était la vérité, et aussi que l'entraîneur l'avait qualifié alors qu'il n'avait eu qu'une semaine pour s'entraîner avec ses coéquipiers. Il voulait vraiment être accommodant et indulgent, son intention était de calmer le jeu, faire la paix sur terre et rendre grâce au ciel, bref mettre un terme à ces propos insultants. Il essaya vraiment de le faire, sans se rendre compte que son frère Cesarín écoutait attentivement et en silence depuis un petit moment. Jusqu'au moment où il ouvrit la bouche : Des couilles, dit-il pour se défendre, ce qu'on appelle des couilles, ça, on peut dire qu'on en a, dans la famille. Nous sommes trois hommes à la maison ! A partir de là, ce fut le tollé général : la conversation s'envenima, dégénéra en discussion enflammée, ils finirent par insulter leurs mères respectives alors qu'elles n'étaient pour rien dans cette affaire. Ce fut la goutte qui fit déborder le vase.

— Vous pouvez vous branler, les mecs, tous les trois dans votre maison, Casilda morte, vous ne savez plus où la fourrer, leur lança Estanislao de sa langue grossière, triviale et insolente, ramenant la pauvre femme de la mort à la vie en les traitant de fils de pute, l'exhumant du cimetière pour l'exhiber sur la place publique, la ressuscitant pour la traiter de putain. Et ça non, ce n'était pas supportable.

— Fils de pute toi-même et ta famille avec, rétorqua aussitôt Cesarín, touché au plus profond, la bouche pleine de rage et d'insultes.

Emportés par l'ivresse, l'envie de cogner les démangea. Ils frappèrent, crochets du gauche, du droit, du centre, peu importaient alors les règles. La bagarre, pourtant rude, passa presque inaperçue. Deux raisons à cela : d'une part ils discutaient dans le bar situé au fond de la place, sous un arbre, dans la pénombre ; d'autre part la rixe fut brève, rapidement conclue, parce que Estanislao, qui connaissait un peu la boxe (il l'avait apprise quand il était petit dans le quartier de La Salud, à Tenerife, dans un gymnase professionnel), mit les deux frères K.O. en quatre crochets bien envoyés.

Il ne leur laissa pas le temps de mener une bagarre en bonne et due forme, pas même le temps d'un assaut. Policarpo, bien qu'il fût le premier à se faire injurier, était le moins combattant, ce qui ne l'empêcha pas de recevoir, tout comme Cesarín, une lourde volée de coups de poing, une raclée des plus insistantes, jusqu'au moment où Pablo Gutierrez dit la Pipe eut pitié d'eux et les traîna, évanouis, dans un coin de la place. Là-dessus Estanislao et Pablo, amis et associés pour l'occasion, disparurent comme si de rien n'était, en sifflotant gaiement, la cigarette aux lèvres.

Personne ne fit attention aux jeunes garçons. Ceux

qui les virent conclurent qu'un haut niveau d'ébriété les avait mis dans cet état d'abrutissement et d'inconscience, livrés aux « transports de l'esprit et des sens ».

Quelqu'un avertit Inocencio, qui lui, tenait mieux la boisson, battant son record d'année en année, juste avant qu'il ne s'en aille. Il n'avait plus rien à faire là, n'ayant plus de jupon à surveiller.

— Tes enfants sont allongés dans un coin de la place, ivres morts. Emmène-les cuver leur vin avant que le curé ne les voie, lui lança une langue de vipère du village qui les avait vus en sang et se vomir dessus, matrone surnommée Remedios parce qu'elle fabriquait des potions miraculeuses avec des plantes.

Inocencio ne se fâcha pas. Il s'attendait à quelque chose comme cela. C'est en buvant jusqu'à l'ivresse, seule façon d'appréhender sa tolérance à l'alcool, qu'on apprend à boire. Il se dirigea d'un air résolu vers l'un des bars de nuit de la place et demanda qu'on lui donne l'un des seaux plein d'eau glacée où on garda la bière au frais. Mais on préféra lui donner un seau rempli d'eau de vaisselle. Heureusement qu'elle n'est plus là, pensa-t-il, en sentant une étrange rougeur envahir sa nuque. Il se sentait honteux et ridicule, ployant sous le fardeau des ans, en traversant la place avec son seau. Il jeta l'eau glacée, d'un coup, sur les visages de ses fils. L'effet fut immédiat, ils commencèrent à déplier leurs membres. Il les aida à finir de se réveiller en leur flanquant deux bonnes gifles. Puis il les attrapa par les aisselles et les obligea à s'asseoir.

— Allez, à la maison ! ordonna-t-il d'un ton impérieux.

Deux jours après l'événement, Inocencio demanda des comptes à ses deux rejetons : quelqu'un lui avait dit avoir vu Estanislao le Camionneur mettre ses fils K.O., pendant le bal, s'en donner à cœur joie, sans pitié et avec brio. Il leur demanda si cette information était véridique et les deux garçons confirmèrent.

— C'est vrai, dit Policarpo.

— Et ensuite ? demanda Inocencio.

— Rien, père, nous avons eu une discussion, seulement cela. Cela n'a pas plus d'importance que ça. Vous savez, ce sont des choses qui arrivent, ajouta Cesarín.

Moment intense de silence, instant prolongé de méditation du père, qui finit par dire :

— J'espère que vous retiendrez la leçon. Ne vous mêlez pas aux bagarres tant que vous n'avez pas appris à vous battre, dit-il d'un ton ferme et sage à la fois, faisant demi-tour pour se rendre à l'étable.

Ni Policarpo ni Cesarín ne dirent à leur père pourquoi ils en étaient arrivés aux mains, ne lui révélèrent la raison principale de la querelle, à savoir qu'Estanislao et Pablo avaient insulté leur mère, la pauvre Casilda morte toute verte à la fleur de l'âge, qu'elle repose en paix. Mais ce qui était sûr, c'est que les deux garçons avaient été blessés à l'âme, et par deux fois, comme si une seule ne suffisait pas. D'abord par le rappel de la maladie de Casilda, traumatisme que les jeunes gens n'avaient pas encore surmonté, ensuite, deux bons coups de poing dans les tempes, en plein dans le ciboulot. Ce que ne devinaient absolument pas Estanislao et Pablo, c'est que Cesarín et Policarpo étaient des spécialistes de la vengeance et qu'ils en savaient beaucoup sur les haines indigestes, de ces haines qu'on nourrit en son sein pour les voir grandir et enfler. La rage, c'est comme le vin. La première gorgée en est âpre, elle manque de saveur. Mais après un temps de garde le breuvage arrive à maturité, il est agréable et équilibré. C'est ce que firent les deux frères : ils incubèrent la haine dans les caves de leurs âmes jusqu'au moment idoine de la déverser pour trinquer.

Pour trinquer, il faut une bouteille et, effectivement, ils le firent avec une bouteille de vin vide qu'ils cachèrent derrière la pédale du frein de la camionnette. Ils profitèrent d'un jour où Estanisloa et Pablo jouissaient d'un bref congé qu'ils utilisèrent à se rincer le gosier avec quelques bières. Relax, heureux, les deux hommes offrirent même une tournée aux quelques clients qui à cette heure suffocante de midi fréquentaient le bar du Casino. Colaso servait verre sur verre avec une rare virtuosité, avec une technique si éprouvée que même endormi il n'aurait pas renversé une seule goutte. Tano et Pablo fêtaient la chance qu'ils avaient d'avoir été engagés par le conseil municipal insulaire pour transporter de la carrière les blocs de pierre nécessaires à la réhabilitation du poste de la garde civile récemment détruit par les terroristes rouges. Ils allaient gagner une belle somme. Dehors, dans la rue, bien garée et pleine à craquer, la camionnette Ford était là, ouverte (dans l'île de Fer on ne craignait pas les voleurs), et seule sous le soleil. Dans la rue il n'y avait pas âme qui vive, parce que c'était l'heure de déjeuner et que le soleil tombait d'aplomb, chaleur torride qui incommodait même les mouches, réfrénait toute envie de sortir ou de faire un tour : on était beaucoup mieux à l'ombre, à digérer ou à se préparer à la sieste réparatrice. Comme ils furent rapides, comme ils furent habiles : personne ne vit Policarpo ouvrir la porte du côté du conducteur et Cesarín, accroupi, placer ladite bouteille transversalement et derrière les pédales de la camionnette.

La bouteille est un danger, d'aucuns peuvent y prendre goût, comme tout le monde le sait, mais le monde est lui aussi un danger, aujourd'hui nous sommes là et demain peut-être pas, autrement ce serait trop ennuyeux. C'est pourquoi, quand Estanislao et Pablo sortirent tout joyeux du bar, ils ne devinèrent pas, pas le moins du monde, que dans un peu plus d'une minute ils sortiraient littéralement en vol plané de l'un des virages de la petite route qui reliait El Pinar à La Restinga. Que de choses imprévues et accidentelles se passent donc.

Ils conduisaient le cœur en joie, et Estanislao appuyait en toute confiance sur la pédale de l'accélérateur. A la vue du premier virage en épingle à cheveux, il enfonça le frein, appuya de toute son âme avec son pied, insista, insista, mais la pédale rencontra la maudite bouteille, la bouteille de la haine, et le frein, évidemment, ne put remplir sa fonction. Estanislao avait beau appuyer et appuyer de toutes ses forces, écraser désespérément la pédale, le pauvre il était déjà mort de peur, avec Pablo Gutierrez qui criait à côté de lui : Freeeeine, je te dis de freeeeiner couillon, et lui : Je ne peux pas, ça ne freine pas, je ne peux pas, ça ne freine pas, et voici le virage qui surgit devant eux, le virage que la camionnette prend sans pouvoir freiner, sur les chapeaux de roues, lui qui demandait qu'on le négocie avec douceur et prudence, et non avec cette violence et ce coup de volant irrémédiable. Car au bord de la route il y a l'abîme, le précipice, le gouffre, le vide, Freeeine, freeeine, mais trop tard, la camionnette fait plusieurs tonneaux sur la pente du ravin et roule dans les airs, tombe dans le vide au milieu d'une pluie de blocs de pierre. Et Estanislao, Tano pour ses amis, et Pablo Pablucho, de se cogner la tête telles des marionnettes de guignol, coincés dans la cabine de la camionnette qui tombe dans le ravin, fait des cabrioles dans le vide, dans l'air fluide où rien ne la freine, pas un massif pas un arbuste, dans le vide qui s'arrête brusquement, à l'instant précis où la cabine renversée qui les emprisonne atterrit sur le sol, roues en l'air malheureusement, alors qu'elles auraient été si précieuses dans le bon sens, le monde est à l'envers, de sa pesanteur malveillante il travaille à ce que tous deux, en cette seconde de cette torride demi-journée, meurent sans pitié, écrasés, chétives créatures, sous le poids énorme de la camionnette Ford. Les vitres de la cabine, la bouteille et la camionnette ne sont plus que débris. Chute vertigineuse depuis le virage, hauteur plus que considérable. Ramassis de ferraille brûlante. C'est à cause de la boisson, ça leur est arrivé parce qu'ils ont bu, corroborèrent tous les clients du bistrot accourus voir les dégâts et qui une minute avant les avaient vus boire, commander leurs bières à Colaso le serveur qui suait à grosses gouttes, s'en donner à cœur joie au bar du Casino, lever le coude à leur bonheur.

Débris et corps carbonisés, méconnaissables, Estanislao ayant en outre pour habitude de transporter à l'arrière de la camionnette de l'essence en réserve dans trois bidons, trois bidons qui explosèrent et prirent feu dans un embrasement de vengeance et de haine. Les curieux s'étaient attroupés en bas du ravin, à proximité du cimetière, la camionnette ayant roulé et s'étant écrasée non loin de là, presque sur les morts, si bien que l'on pouvait dire que Tano et Pablo furent directement envoyés au cimetière, en périssant brûlés, Oh mon Dieu, quelle impitoyable atrocité. Tout d'abord ce fut le crissement des pneus qui essayaient de s'accrocher à la chaussée du virage endiablé, puis le vol de la camionnette au milieu des hurlements de panique, ensuite l'explosion foudroyante en même temps que le choc brutal contre les pierres et, finalement, le gros serpent de fumée noirâtre qui s'élevait tout là-haut vers le ciel blanc, muet de chaleur, en guise d'avertissement. Ils moururent sous la brutalité du choc, ne sentirent pas les flammes qui caracolaient furieusement, enveloppant la camionnette dans une couronne de fumée bleuâtre. Les gens furent tirés de leur sieste avec un tressaillement, avec l'horrible certitude que quelque chose de terrible était arrivé. A cette heure silencieuse le bruit du choc avait été saisissant. Puis ils n'eurent qu'à se pencher aux fenêtres pour voir la fumée se déployer dans les cieux. Quelques-uns pensèrent que c'était un incendie, aussi accoururent-ils, solidaires, pour éteindre les flammes. Il y avait Baldomera et sa tante Eliana, il y avait Tejera et Ferinto, le détachement de la garde civile d'El Pinar au complet, Francis Pérez, Paco Inerbelio et ses filles Celedonia Jesús et Claudina, Juan Palomo et son chien Titan, Victoriano Alameda, Santiago le Boulanger, don Nicasio de Jesús, bref, ils étaient presque tous là. Policarpo et Cesarín répondirent également à l'appel de la curiosité. Ils ne s'attendaient pas à un tel massacre. Quand, presque une heure après l'accident, on eut extrait de la carcasse de la camionnette les cadavres calcinés, celui de Pablo dit la Pipe reconnaissable à sa grosse bedaine, ils ne furent même pas émus, ne prirent pas peur, ne se réjouirent pas non plus. Ils pensèrent simplement que c'était pour le mieux, qu'ils l'avaient bien mérité.

C'est le châtiment de Dieu, leur dit leur père Inocencio, après avoir contemplé le désastre, le spectacle cruel de l'accident, autrement dit la scène du crime. Ils en parlèrent en famille, en petit comité : Ils l'ont bien mérité ces deux-là, c'est un miracle, un châtiment divin, ces insolents, ces exploiteurs, ces sans-gêne, ces présomptueux qui se permettent de conduire en état d'ivresse. Oui un châtiment divin, car Dieu finit toujours par remettre les choses à leur place.

Ce qui ne les empêcha pas de se rendre le lendemain à la messe célébrée par don Nicasio de Jesús en l'honneur de ces travailleurs exemplaires, à la louange de leurs âmes travailleuses, une messe au cours de laquelle un détail ne passa pas inaperçu à la majorité des fidèles réunis dans l'église de Masilva : don Nicasio de Jesús, avant de s'asseoir sur sa chaise et avant que Crisanto l'enfant de cœur ne commence à entonner l'Ave Maria, Vas-y petit con sinon tu vas recevoir ma main dans la figure, regarda le siège avec moult précautions, au cas où le démon rouge, déguisé en terroriste (la couleur du démon ne pouvant être que rouge), serait revenu y cacher une douloureuse, piquante et traîtresse raquette de figuier de Barbarie pour lui martyriser de nouveau le postérieur.

Mon Manuel chéri,

Tout d'abord, je veux mettre une chose au clair : qu'il ne t'arrive plus jamais de me signaler dans tes lettres où tu te trouves. Je te défends de me dire, fou, inconscient que tu es, où sont situées les grottes qui te servent de repaire. Je préfère ne pas le savoir. Si la garde civile, Dieu veuille que cela n'arrive jamais, interceptait l'une de ces lettres, ils n'auraient plus qu'à attendre que tu retournes dans l'une de ces grottes et ils te prendraient immédiatement! J'imagine les fusils braqués sur toi et je me mets à trembler de la tête aux pieds. De plus, même si je ne suis pas encore officiellement ta fiancée, tu sais en connaissance de cause qu'ils le soupçonnent, et ils pourraient, qui sait de quoi sont capables ces fanatiques, m'interroger, me torturer, et bien que je sache que je préférerais mourir plutôt que de dire où tu te caches, il vaut mieux que je ne le sache pas. Même quand tu te planques dans le cimetière. Ne t'inquiète pas. Je le devinerai quand même. Il ne m'est pas difficile de sentir où tu te trouves. Je sens ta présence à des kilomètres. Je te connais si bien.

Ensuite, je veux mettre au clair une deuxième chose avec toi : Ne doute plus je t'en supplie de l'amour sincère que je te porte. Mon amour est fort, il est solide. Je te dis cela parce que j'ai décidé de me rendre aux bals du village pour y danser. Je ne veux plus rester sur ma chaise. Tu sais bien ce que cela signifie, quand une femme se rend au bal non accompagnée, tu le sais aussi bien que tout le monde, cela veut dire que c'est une femme disponible, célibataire, vierge, qui cherche un fiancé. Mais mon fiancé à moi c'est toi. Si je refuse de danser, tu le sais, on me soupçonnera, cela deviendra trop évident, on me surveillera à toute heure. Ne sois pas jaloux, cela brouille ton discernement. Comprends cela et comprends-moi. Tu n'es pas le seul à devoir leur échapper. C'est mieux ainsi. Dans quelque temps ce sera la Saint-Laurent et je vais profiter des bals pour faire ce que je te dis, danser avec d'autres hommes. Je te le dis, te le redis et te le répète. Mes parents approuvent cette stratégie, ils disent que c'est la meilleure, qu'il faut que je compose. Même si je danse avec d'autres, tu sais bien que mes pensées seront toujours pour toi, avec toi, mon ange, la grotte qui t'héberge pourrait être infiniment obscure que je te verrais quand même, inondé de lumière, illuminant ma vie malgré les frustrations qui nous ravagent.

Bon, je vais maintenant ouvrir un chapitre important : l'autre jour, Tano Camioneta et Pablo Cachimba dit la Pipe se sont tués dans un accident de la route. Le tacot qu'ils conduisaient, qui datait de Mathusalem, a quitté la route au premier virage, celui qui est très serré, à la sortie du village, et ils se sont écrabouillés, les pauvres. Une vraie bouillie. Ils sont tombés juste à côté du cimetière, et j'ai pensé à toi. Si par hasard ils avaient eu l'occasion de te prendre, ces deux-là, ils t'auraient mis en pièces, et moi j'aurais perdu mon fiancé, et serais obligée de cacher mes pleurs et ma douleur. Figure-toi que la garde civile et d'autres villageois les ont retirés de là, complètement brûlés, carbonisés. Le corps de Pablo dit la Pipe s'est cassé en deux quand Tejera et Ferinto l'ont soulevé. On aurait dit que c'était à cause du poids de son énorme ventre qui devait en plus être plein de bière. Les flammes étaient hautes et innombrables, toute l'essence du camion a brûlé. Les hommes les ont mis dans des sacs, morceau après morceau. Ici un bras, là une jambe. On identifiait plus ou moins les morceaux, parce que le feu les avait cramés. Cela m'a fait de la peine, en vérité. Cruel destin. Mais je t'avouerai qu'avant de pleurer pour leurs âmes, que Dieu les garde, j'ai pensé, avec soulagement : encore heureux, encore heureux que cela ait été un accident, sinon ils auraient encore une fois rejeté la faute sur toi, mon amour. Sache que maintenant ils parlent de toi comme d'un terroriste. Le curé don Nicasio de Jesús est obsédé par cette histoire de terrorisme rouge, et il a filé cette manie à tout le monde. Tout ce qui arrive, on l'impute à un acte terroriste. Et sais-tu qui est le premier terroriste, le plus recherché de toute l'île Mineure ? Eh bien toi, mon amour, qui donc sinon toi. C'est quelque chose de tout à fait exagéré. Don Nicasio de Jesús dit qu'à ce rythme il faudra en aviser les forces de l'ordre et le grand Caudillo – c'est ainsi qu'il le nomme dans ses homélies –, pour qu'il affecte des renforts à l'île de Fer. C'est le comble, il ne manquait plus que cela. En tout il voit un acte terroriste, surtout depuis ce qui lui est arrivé avec les tiges de figuiers de Barbarie. Mais bon, pour en revenir à ce que je te disais : quand Tano Camioneta et Pablo dit la Pipe sont morts, je craignais qu'on crie sur tous les toits que c'était un nouvel attentat et qu'on te l'attribue. Mais quand j'ai su ce qui avait provoqué leur mort je me suis réjouie, c'est pour cela que je n'ai pas pleuré, même si je savais que c'était mal d'agir ainsi. Quand j'ai pleuré, en vérité, à chaudes larmes, c'était de bonheur et de soulagement. J'ai remercié mille fois le Seigneur, même si tout le monde croyait que je pleurais pour l'âme des défunts alors qu'en réalité je pleurais à tue-tête parce que personne n'avait rejeté la faute sur toi, parce que personne ne s'était souvenu de toi. Encore heureux, mon terroriste chéri, que cette fois on ne t'ait pas fait payer les pots cassés.

P.S : Je te connais, aussi qu'il ne te vienne pas à l'idée de t'approcher du village les jours de bal. Je te connais comme ma poche, mon petit bandit.

Je t'aime,
Rosa

La veille de la Saint-Laurent, les jeunes garçons du village occupaient leur après-midi à brûler des chats. Comme leurs mères s'affairaient à confectionner plats et desserts qu'elles disposeraient ensuite sur la place, avant l'ouverture du bal, tous ces jeunes étaient livrés à eux-mêmes et à leur férocité, loin de la vigilance spartiate de leurs mères, libres de faire de vilains tours et de tuer ainsi l'ennui, l'ennui qui pèse trop lourd à quinze ans. Le règne animal en faisait ainsi les frais, car pendant que les femmes criaient et chantonnaient dans les cuisines en faisant des biscuits, leurs fils s'éparpillaient comme des vauriens dans la campagne, à la recherche de n'importe quelle distraction.

Parfois c'étaient les lézards, d'autres fois les hirondelles. Mais ce qui réjouissait le plus les garçons, c'étaient les chats. Les lézards ça allait bien un moment, mais ils se lassaient vite, car les sauriens étaient peu expressifs. Ils les tuaient de toutes les manières possibles, nous les tuions, en vérité, j'ai presque honte à l'avouer. Nous en capturions des dizaines, c'était chose facile, dans un bidon d'huile vide que nous posions à côté de leurs rochers préférés, et dont ils ne pouvaient plus sortir : leurs fines petites griffes glissaient lorsqu'ils essayaient d'escalader les parois huileuses du bidon où ils étaient entrés en toute confiance à la recherche de nourriture. Nous organisions alors des lancées de lézards, au lieu de pierres nous nous les lancions à la figure, jeux de balles jeux de lézards, nous nous en donnions à cœur joie, sauvagement. Vzz, vlam, splatch ! Quand nous en avions capturé un grand nombre, nous choisissions les mâles, les lézards géants, et nous les excitions, organisions des pugilats de lézards, des batailles de lézards, les poussions à se mordre jusqu'au sang à coups de museaux effilés. Ensuite, tant le vainqueur que le vaincu (en général ils terminaient à égalité) sortaient du combat avec de nombreuses blessures causées par leurs toutes petites dents, et mouraient cloués sur des planches, parce que cela nous amusait de constater comment le soleil les desséchait en formant d'étranges dessins sur leurs peaux. A La Restinga, nous attachions une pierre plus ou moins grande à l'une de leurs pattes arrière et les jetions dans les mares les plus grandes et les plus profondes de la côte pour les observer se démener et chercher de l'air jusqu'à ce qu'ils finissent par se noyer. C'était génial. Tordant. Ils mettaient du temps à mourir. Si nous attachions la pierre à leur queue cela ne servait à rien, parce qu'eux-mêmes, par un curieux mécanisme de défense sans doute, lorsqu'ils se voyaient aux portes de la mort, s'automutilaient en se défaisant de leur petite queue et se libéraient. C'était magique. Nous nous regardions bouche bée. Parce que les lézards savent nager, et ils nagent parfaitement bien. Comment est-ce possible. Ils passent leurs journées à se dorer au soleil, à griller loin de l'eau, mais si on les jette dans une mare il se trouve qu'ils se mettent à nager, ils nagent comme des poissons, en ondulant, ils évoluent avec de gracieux mouvements de queue et de pattes. Cela nous étonna, au début, qu'ils sachent si bien nager alors qu'ils vivaient si loin de la mer. Quand l'un de nous avait attaché son lézard à une pierre trop petite ou trop légère, et que celui-ci réussissait à s'échapper, nous le graciions. Nous aimions cela. C'était un petit lézard chanceux, comme nous, lorsque nous échappions, après nos méfaits, à la raclée dont on nous menaçait. Mais cette chance, à vrai dire, ne leur arrivait pas souvent. Les voir se noyer nous excitait.

Quand nous n'avions plus envie de chasser le lézard, nous attendions la fin de l'après-midi, l'heure du crépuscule rougeoyant, pour observer les jolies hirondelles noires traverser les ruelles du village en zigzaguant vertigineusement. Leurs vols rasants et affolés nous excitaient, et nous leur faisions la chasse à grands coups de balai O'Cedar que nous empruntions à nos mères. Nous frappions souvent à côté, mais les hirondelles passaient et repassaient, intrépides, noires et rapides comme des flèches au-dessus de nos têtes, esquivant nos assauts comme pour nous défier. Nous en capturions presque toujours au moins une douzaine, et le pire c'est qu'après, contrairement aux lézards, on ne pouvait rien faire avec elles : les malheureuses mouraient immédiatement, elles devenaient si dures qu'on les aurait cru en pierre, on aurait dit que leurs corps si agiles n'avaient jamais connu la vie. Le jeu avec les hirondelles se réduisait aux coups d'écouvillon, bien que parfois, une fois nos victimes prises, nous les jetions simplement dans les basses-cours aux poules qui les picoraient avec une curiosité craintive. Les poules doivent manger de tout pour que les œufs soient durs et qu'ils ne se cassent pas quand elles les pondent. Car s'ils se cassaient à cause de leur coquille trop molle, à quoi serviraient-ils ?

C'est pourquoi, c'est bien pourquoi le fin du fin, c'étaient les chats. Autour d'El Pinar et de La Restinga erraient des hordes de chats sauvages qui jouissaient d'une vie facile, éprouvant les joies du ravitaillement dans les poubelles des deux villages. Nous contrôlions leur fertilité pour que leur indice de natalité se maintienne dans les limites du raisonnable. Les maîtres indiscutables dans l'art de brûler les chats étaient Policarpo et Cesarín, ces deux frères qui vivaient seuls avec leur père, parce que leur mère, Casilda, était morte de maladie. Ce qui était arrivé à Casilda était un sujet délicat auquel il valait mieux ne pas toucher, parce que s'il venait à l'idée de l'un des garçons (de l'un d'entre nous) de l'évoquer pour une raison ou pour une autre, bonne ou mauvaise, ça faisait du grabuge, ça déchaînait une énorme bagarre.

Ces deux-là n'étaient pas très bien dans leur tête. Brusquement, pour n'importe quelle vétille, ils s'échauffaient, explosaient d'une rage immense et montraient les poings. Soudain, une haine féroce les dominait. Un jour de la Saint-Jean, alors que nous étions en train de préparer un bûcher, Policarpo et Cesarín apparurent avec un sac contenant deux chats. Pour le plus grand des bûchers de la Saint-Jean, nous avions rassemblé du bois et des cartons de toutes les tailles. Nous avons mis les chats dans le plus petit, avons placé celui-ci dans celui qui était juste un peu plus grand, et ainsi de suite jusqu'à ce que les bêtes soient enfermées dans au moins quatre caisses gigognes. Ensuite nous avons empilé du bois, et avons posé le grand carton au milieu du bûcher. Tous ces préparatifs nous demandaient tellement de temps que lorsque, enfin, arrivait le moment d'y mettre le feu, nous étions déjà franchement angoissés. On aurait dit qu'il n'y avait pas le moindre animal dans les cartons, parce que les chats ne faisaient aucun bruit, ils ne miaulaient pas, rien du tout. Ou ils ne comprenaient pas ce qui était en train de se passer, ou bien ils étaient déjà morts, privés d'air. Ce détail, la première fois, nous étonna. Policarpo et Cesarín mirent le feu aux cartons, mais il fallait encore attendre que les flammes s'animent et que le bois s'embrase. Ce n'était qu'une question de patience. En quinze ou vingt minutes le bûcher et la haute fumée noire pouvaient être vus à plusieurs kilomètres à la ronde. Nous, dans l'expectative, gardions le silence, l'oreille tendue : nous n'entendions que le crépitement régulier du feu et les craquements du bois qui se fendait. Pas même un léger miaulement de panique.

Le premier carton à l'extérieur commençait à se calciner, étirant ses longues flammes vers le carton suivant. La chaleur se dispersait lentement, flamme par flamme, jusqu'à ce que, soudain, la flambée se déchaîne et grossisse pour devenir une boule de feu au cœur du bûcher, juste là où se trouvait le dernier carton, celui qui contenait les chats. Mais rien de rien. Nous supposions, déçus, que les chats avaient péri, morts de chaleur, et nous commencions à bredouiller, à nous plaindre, à nous regarder piteusement les uns les autres.

Soudain, un chat en flammes.

Il sortit comme l'éclair du centre du bûcher, les flammes parcourant son pelage le long de son échine, carbonisé mais toujours vivant. Il jaillit tel une étincelle, poussant un miaulement perçant. Spectaculaire, son saut comme à travers un cercle de feu. L'autre chat avait dû déjà consumer ses sept vies, puisqu'il n'avait pu échapper aux flammes dont il était la proie. L'autre hypothèse étant qu'il lui restait encore toutes ses existences, et que le chat vivant, l'énorme matou incandescent, les lui avait volées, ce qui lui en faisait, en ajoutant les siennes propres à celles du malheureux, un total de treize, nombre largement suffisant pour se tirer d'affaire. C'était sensationnel et tout à fait excitant. Nous avons tous gardé, gravée dans notre rétine, l'image du chat en flammes, émergeant du foyer, du cœur même de l'enfer. Nous avons parlé de cette vision des heures durant, nous racontant le fait avec étonnement, comme si nous ne l'avions pas vu. Nous devions nous le raconter pour pouvoir le croire. Et le félin survécut, en vrai chat qu'il était il était retombé sur ses pattes, parce que deux semaines après son supplice, nous le vîmes fouiner dans les parages, le corps marqué de nombreuses cicatrices noirâtres, sans oreilles sans queue mais bien vivant bien que sans queue, puisque de queue il n'avait plus : là où avant le feu il y avait une queue, ne frétillait plus qu'un court et drôle d'appendice calciné, enroulé sur lui-même, ridicule.

C'est ainsi que nous avons, de cette manière sauvage, massacré plusieurs chats. Aucun de nous n'aurait su dire de source sûre combien. La préparation était laborieuse, mais le résultat final en valait généralement la peine. Le jour de la veille de la Saint-Laurent, nous en avons brûlé trois, mais les trois se sont enfuis. Martyrisés, mais libres. Ils méritaient de vivre. C'était quelque chose que répétaient toujours Policarpo et Cesarín. Ils méritent de vivre. Et c'était beaucoup mieux qu'ils réussissent à sortir du feu, parce que c'était justement cela qui était drôle : voir ces gros matous faire des sauts incroyables, effrayants, en courant, en volant, encerclés d'une couronne de flammes bleues et rouges, répandant derrière eux une étrange odeur nauséabonde de chair et de poils cramés. Nos éclats de rire, les éclats de rire de la bande, s'entendaient de Masilva et jusque sur la côte, dans le quartier pêcheur de Rijalbo. Ils donnaient à peu près cela, plus ou moins, cela dépendait de l'écho, renvoyé d'un côté et de l'autre, entre les montagnes et les ravins, vers la Cumbre ou vers la mer : Ha Ha Ha Ha Ha Ha Ha Ha Ha Ha Ha Ha Ha Ha Ha Ha Ha Ha Ha Ha Ha Ha Ha Ha Ha Ha Ha Ha Ha

Le jour de la veille de la Saint-Laurent, à la nuit tombée, surtout s'il faisait bon, on rassemblait des plats de ragoûts au centre de la place de Masilva où se trouvait l'ermitage, plus ou moins à mi-hauteur de la rue del Cuerno. Ce jour-là on fraternisait en partageant la nourriture et la boisson. Après la bombance, certains villageois, qui s'étaient remplis la panse pour au moins trois jours, étaient proches de l'indigestion. Les restes étaient coutumièrement répartis entre les plus pauvres, c'est-à-dire qu'ils atterrissaient dans les bouches et les estomacs affamés des Noirs et des Arabes qui, pour une raison ou pour une autre, avaient échappé au poteau d'exécution ou à d'obscurs accidents, et travaillaient dans les fermes des caciques de l'île.

Qu'il soit entendu, cependant, que dans l'île Mineure on n'exécutait pas les étrangers par principe, on le faisait d'une façon plus ou moins officielle, car enfin il n'était pas question que ce petit territoire limité qu'était l'île soit colonisé par des Noirs et des Arabes africains, c'était un joli bastion espagnol, comme l'avait dit un jour notre grand Caudillo dans l'un de ses discours les plus inspirés – fait rare. Qu'allait-il donc rester, avec l'envol précipité des années, de la population autochtone, c'est-à-dire des habitants de l'île de Fer, un mélange profond de Bimbaches [1] préhispaniques, espagnols et portugais ? Généralement, la majorité des femmes et des enfants qui débarquaient survivaient, car on les admettait

1. Premiers habitants de l'île de Fer.

dans la communauté. Mais ils étaient peu nombreux. Pour les hommes, en revanche, l'intégration était plus difficile. Après avoir passé quelques jours, parfois des semaines, enfermés dans les prisons de la caserne de la garde civile à Masilva, on les emmenait faire un petit tour sans retour. Avancer, se promener sur les falaises escarpées de la côte, on le sait, est très dangereux, et a fortiori quand on est habitué à marcher dans le désert. C'est pourquoi le plus simple, c'était que ces maladroits de nègres glissent et tombent dans la mer, et que les courants fassent disparaître en un rien de temps leurs cadavres embarrassants. La mer est la plus grande des tombes. Certains, à qui l'on réservait d'autres sorts, finissaient dans les fosses communes de la zone d'Iramas, parce que la poudre volcanique, la terre friable de cette région, facilitait la tâche fastidieuse de creuser de plus ou moins grandes tombes. Les très rares hommes qui échappaient à une mort assurée étaient employés dans les manoirs des caciques, où ils survivaient quasiment à l'état d'esclaves. Au moins ils avaient un toit : les hangars, les étables et les écuries qu'ils partageaient avec les animaux, comme il se doit, étant donné leur lignage douteux, propre aux êtres inférieurs ; ils avaient en outre le couvert : les savoureux restes des repas des seigneurs, toujours copieux. Décidément, ces chanceux ne pouvaient pas se plaindre : pour commencer ils étaient vivants. Si l'île Mineure ne leur plaisait pas, ils n'avaient qu'à rester dans leurs terres d'origine, beaucoup plus sauvages, sèches et pauvres que l'île de Fer, cette île incontestablement belle et emblématique. Personne n'était allé les chercher, personne n'avait demandé à les faire venir.

La veille de la Saint-Laurent on mangeait et on buvait en toute tranquillité. C'était un jour de fête même pour la garde civile, toujours si occupée. Ils remisaient leurs uniformes verts et leurs antiques fusils pour aller rejoindre leurs voisins au bal. Car le premier bal de la Saint-Laurent était le fin du fin. Il était souvent animé par un orchestre magistral, invité et payé par les autorités bienfaitrices, importé de Tenerife, l'île Majeure, qui en regorgeait. Les habitants de Tenerife, peuple beaucoup plus paisible que celui de l'île de Fer, possédaient en effet dans la capitale, Santa Cruz, une place, la Plaza de España, où des réjouissances se déroulaient tout au long de l'année. C'est pourquoi ils avaient autant d'orchestres. Les habitants de l'île de Fer n'en allaient pas moins agiter leur carcasse sur la place de Masilva, celle qui se trouve au milieu de la rue del Cuerno. Mais cette année, un malheur arriva.

Canciliano, le pauvre, le fils attardé de Agueda, joua ce soir-là un sale tour à l'assemblée, chose qu'on lui pardonna puisqu'il lui manquait une case, voire tout un casier. Pour ses quinze ans, il avait un visage poupin, mais depuis ses treize ans, il était bâti comme une armoire à glace. Les traits mongols et tombants de sa figure, ainsi que sa voix bègue, presque inintelligible, étaient en disharmonie avec le reste de son corps énorme, d'une carrure impressionnante. Sans être particulièrement grand, il avait un dos large, des bras et des jambes très musclés. C'est pourquoi, en dépit de son humeur changeante, il inspirait du respect voire de la peur à tous les villageois, parce que s'il leur assénait un coup de poing avec ses grosses paluches de brute, il pouvait les estourbir ou les envoyer directement dans l'autre monde. Ce soir-là donc, une fois installés tous les chaudrons et les plateaux présentant les ragoûts de viandes pour la célébration de la Saint-Laurent au centre de la place, eut lieu un désagréable incident : Canciliano devint fou.

Contre toute attente, tel un forcené il se mit à courir dans tous les sens au milieu de la nourriture, à donner des coups de pied dans les chaudrons, à renverser les plateaux à droite et à gauche, cela l'amusait beaucoup, il éclatait d'un rire tonitruant malgré les cris des convives et de sa mère, Agueda, pauvre femme éplorée au milieu des dégâts. L'esprit obtus de Canciliano était loin de discerner ce qui était bien de ce qui était mal, le malheureux. Si ce qu'il faisait l'amusait et le rendait joyeux, c'est que c'était bien, même si tout le monde criait pour lui interdire de jouer, pour juguler le désastre. Sacré bordel : biscuits et tortillas piétinés, chaudrons de viande de chèvre en sauce par terre, thon et poulpe garnis d'oignons nageant dans des ruisseaux de vinaigrette qui se répandaient sur les dalles de la place, bouteilles cassées, pains trempés... un vrai désastre qui empirait au fur et à mesure que Canciliano courait et glissait, tombait à plat ventre, emportant sur son passage tout ce que les femmes avaient confectionné avec tant d'amour. Il fallut cinq hommes lestes et bien bâtis pour le maîtriser. Cinq, pas moins, qui le portèrent jusque chez lui, ici même, non loin de la place, et non sans mal, car il s'agitait et devenait tout rouge tant il faisait d'efforts pour se libérer de ces dix bras qui le retenaient de tous côtés. Ils l'attachèrent immédiatement et l'enfermèrent dans sa chambre. Ainsi l'ordonna sa mère, Agueda, rongée par la honte et tremblante de colère, après avoir injurié et giflé cette face d'idiot.

Un peu plus d'une heure après l'incident, Policarpo et Cesarín grimpèrent jusqu'à la fenêtre de la chambre du garçon, lui lancèrent quelques morceaux de gâteau, un bout de biscuit au chocolat et aux amandes, celui que préférait Canciliano. Ce dernier reconnut les deux frères et sourit quand ils lui dirent en l'acclamant et en l'applaudissant :

— Très bien, Canciliano, vraiment très bien. C'est comme ça qu'il faut faire, mon garçon.

Il faut bien l'admettre, ces deux sauvages étaient devenus de véritables bandits. Des terroristes, pour employer la terminologie qu'appliquerait à coup sûr le curé don Nicasio de Jesús ou la garde civile elle-même – la faute en étant à la psychose du moment. Car ces jeunes gens n'avaient que des idées dangereuses, malveillantes, comme celle de convaincre Canciliano en le mystifiant.

C'est peut-être aussi pour cela que Policarpo et Cesarín étaient en relation avec Celedonia Jesús, sacré morceau que la fille rouquine de Paco Inerbelio, une vraie bête pour les fellations, une insatiable buveuse de bouillon séminal. Cette même nuit du bal ils la rassasièrent tous deux en même temps, en équipe. Terrible, ce vice, cette habitude morbide qui la dévorait. Si elle ne buvait pas cette équivalente ration de sperme, c'était comme si elle ne respirait plus, comme si elle manquait d'un oxygène qui lui était indispensable. Elle était droguée à la semence, et beaucoup d'hommes de l'île, y compris des Noirs et des Arabes admis dans la communauté, le savaient parfaitement. Ils n'avaient qu'à se faire connaître, puisque à toute heure elle avait soif, puisque n'importe quel moment était opportun pour calmer ce funeste et urgent besoin qu'elle avait. Il ne s'agissait pas de sexe ni d'amour, c'était une habitude beaucoup plus primaire : avaler, pour que le sang ne lui monte pas à la tête, et pour que l'anxiété, cette sorte de vide existentiel, ne s'empare pas de son être. C'est pourquoi elle pratiquait à corps perdu le si je t'attrape je te tue.

Les jeunes garçons Policarpo et Cesarín occupèrent toujours une place à part dans les préférences de Celedonia Jesús. Non que leur jus fût spécialement savoureux, non parce que cela signifiait pour elle double ration, non parce qu'ils étaient de jeunes hommes exemplaires et sains. Non. La véritable raison était simple, elle n'avait rien à voir avec la tendresse ou l'amour, c'était une raison si l'on veut d'assez mauvais goût, un motif sale, une de ces choses inexplicables de la nature humaine : Policarpo et Cesarín trouvaient place sur la longue liste de fournisseurs de la jeune femme parce qu'ils sentaient des pieds à s'en pâmer. Ils exhalaient vraiment beaucoup plus que la transpiration, ils sentaient une odeur ancienne, rance, ancestrale. C'était l'odeur, le blason familial hérité de leur géniteur, Inocencio, mais multiplié par cent par la grâce de leur jeunesse et de leur sang rebelle, par leur sueur contagieuse et par les miasmes de leurs espadrilles de toile, ces encensoirs, ces brûle-parfums, ces écrins de fragrances, qu'ils chaussaient toute la sainte journée étant donné qu'ils n'en possédaient pas de paire de rechange. Cette odeur de pieds excitait Celedonia Jesús, l'inspirait parce qu'elle l'inspirait fort, senteur atavique, avant que sa bouche suceuse ne s'applique, gloutonne, à boire le lait de leurs pis turgescents. Quand elle se cachait avec les jeunes garçons derrière un mur ou sous la frondaison d'un figuier, dans la campagne, elle inaugurait le rite telle une vestale. Elle les couchait, les collait presque l'un à l'autre, et leur ôtait sans plus attendre leurs espadrilles. Elle inhalait les effluves de leurs pieds, les embrassait pour en emplir ses bronches, comme si elle manquait d'air. Après quoi elle descendait leur pantalon. Ces rencontres étaient intenses mais brèves : l'habileté linguale de Celedonia Jesús était telle qu'il suffisait de quelques adroites succions pour que jaillisse la précieuse liqueur telle un magma. Pas une seule goutte de cette lave ardente n'échappait à la demoiselle. Policarpo et Cesarín n'avaient pas même le temps de la tripoter, bien qu'elle n'opposât ni résistance ni objection, consciente que cela pouvait l'aider à atteindre son objectif éjaculateur. Elle passait sa bouche agile d'un membre à l'autre, à une vitesse vertigineuse, si avide qu'elle atteignait bien avant eux l'instant de l'exquis apogée. Là-dessus elle disparaissait pour digérer en paix, repue. Elle se volatilisait. Pas même le temps d'un bavardage amical. Les deux frères, au début, encore trop inexpérimentés pour comprendre les inextricables ressorts du sexe, n'arrivaient pas à se faire à la manie qu'elle avait de les déchausser et de leur aspirer les pieds, parce que Celedonia Jesús ne prenait souvent même pas la peine de baisser entièrement leur pantalon, pas plus que ce qui était nécessaire pour avoir un accès direct à leurs sources jaillissantes. La puanteur aphrodisiaque de leurs quatre pieds leur échappait, parce qu'on sait bien que notre propre odeur, unique et irremplaçable, nous est voilée, son mystère substantiel suffisant à captiver ou faire fuir notre prochain.

Il va sans dire que ces accouplements bruts, mécaniques, plus bestiaux qu'à l'accoutumée, n'avaient rien mais rien à voir avec les énigmatiques envolées de la passion. L'amour, heureusement, c'était autre chose. C'était, par exemple, apercevoir soudain son aimée dans la foule et avoir le cœur qui se cabre et s'emballe. C'était connaître tous ses gestes, connaître de mémoire ses mimiques caractéristiques, les fossettes de ses joues quand se dénoue son sourire, ses lèvres entrouvertes, mi-closes ou serrées, quand elle ponctue une phrase, formule une question ou en attend la réponse, ses paupières qui se ferment lentement, qui se ferment à demi pour être aimable lorsqu'elle salue un voisin, s'enquiert de sa santé ou fait un commentaire sur les temps qui courent. L'amour, c'était par exemple la jalousie roulant comme un torrent dans les veines de Manuel le Fuyard lorsqu'il voyait Rosa danser avec un autre, se laisser étreindre juste ce qu'il fallait, bouger les hanches sans excès, sans pirouettes affectées, avec rythme et grâce mais sans inconvenance, avec souplesse mais avec la retenue bienséante d'une jeune fille de bonne famille ou d'une jeune fiancée.

Fiancée à un homme qui s'appelle Manuel le Fuyard, un homme caché dans un arbre, gigantesque mûrier dont les branches se déploient vers la place où se célèbre le bal. Fiancée à un homme dont on ne voit que la braise de la cigarette qu'il fume anxieusement, recroquevillé dans l'ombre des plus hautes branches du mûrier. Seule Rosa sait que cette petite lumière, ce point lumineux qui rougit lorsqu'il inhale la fumée, cette phosphorescence au cœur de l'arbre, c'est Manuel, son amour, son grand amour, qui l'aime, qui la surveille, car elle, elle n'est là que pour lui, ne danse que pour lui, même si c'est avec un autre, en vérité c'est avec lui qu'elle danse, même s'il ne peut descendre du mûrier et la prendre dans ses bras, l'aimer pour de bon, parce qu'il serait tout de suite reconnu et dénoncé et fait prisonnier.

L'amour c'était cela, quelque chose comme cela, et non cette misère, ce vice, cette gloutonnerie. L'amour c'était risquer sa vie, l'exposer pour grimper à un arbre, pour monter de branche en branche et voir son aimée, pour contempler d'en haut les gardes civils même s'ils ne sont pas de service, et les agitateurs, tous ceux qui l'accusent, lui gardent rancœur et lui vouent une haine implacable. L'amour c'était simple. Ce n'était que ces cigarettes, ces petits points incandescents dans les frondaisons de la nuit, qui lui disaient à chaque bouffée qui illuminait le feuillage qu'il l'aimait, qu'il la voyait, qu'il la respirait, qu'il la sentait même de loin, même de cette hauteur-là, comment a-t-il pu grimper là-haut, quand l'a-t-il fait, mon amoureux, mon insensé, mon diable d'homme, mon Manuel.

L'amour c'était elle qui s'approchait et se plaçait sous les plus grandes branches du mûrier pour qu'il puisse mieux la voir, elle qui dégageait un peu plus mais avec une discrétion avisée le décolleté de sa robe, pour qu'il puisse contempler avec ravissement la courbe de sa gorge naissante, la soie de ses cheveux qui lui tombaient jusqu'au milieu du dos. L'amour c'était tout cela et bien plus que les mots ne l'expriment, parce qu'elle était aussi en train de se rendre compte que de l'arbre tombait quelque chose, une feuille, quelque chose de blanc qui virevolta dans les airs jusqu'à tomber près de ses pieds. C'était une cigarette non consommée. Rosa se pencha, comme pour arranger quelque chose à ses chaussures, la ramassa et la cacha dans le creux de sa main. Puis elle la regarda et vit deux mots écrits sur le filtre, deux mots énormes tant ils étaient petits, tant leur calligraphie était serrée : je t'aime. Et bien qu'elle ne fume pas, c'est une mauvaise habitude presque uniquement réservée aux hommes, elle la porte à sa bouche, la prend entre ses lèvres pour pouvoir sentir le baiser de l'aimé, et non seulement son baiser mais aussi sa douce salive qui avait mouillé le filtre et humidifiait maintenant ses lèvres fermes, ses belles lèvres rouges bien dessinées. Quelle folie que cet amour intense, fait d'insignifiances telles que des traces de salive sur le filtre d'une cigarette, fait de désirs infinis comme ceux qui explosent sous leurs peaux. Manuel tout là-haut sent sa poitrine s'enfler et se contracter en même temps que Rosa tout en bas s'embrase et frissonne, tous les deux sur le point de s'envoler à la rencontre tant attendue l'un de l'autre, pour se donner encore et encore sans entraves, loin des regards importuns. Et bien que leur amour fût injustement contrarié, la joie éclatait dans leur chair parce que tous deux se sentaient, se savaient l'un avec l'autre, comblés par cette étreinte invisible et mystérieuse. Comme si ses bras à lui prolongeaient les branches du mûrier, se tendaient vers les bras de son amour qui se tendaient à leur tour vers les siens, comme s'ils se touchaient vraiment, comme s'ils se frôlaient passionnément du bout des doigts.

L'amour était ainsi, sans aucun rapport avec l'extase olfactive de Celedonia générée par une odeur de pieds ou son inextinguible soif de sperme. L'amour était fait d'abnégation, il existait contre vents et marées, contre le monde, en aucun cas il n'était cette faim atavique, élémentaire. C'est cela même que méditaient Policarpo et Cesarín, que l'amour devait être autre chose, quelque chose de distinct de cet acte mécanique qui, cependant, les soulageait, les reposait mais pas pour longtemps, parce qu'un instant après ces échanges de fluides, les vagues de leur appétit sexuel, de leur désir omniprésent gonflaient, comme si rien n'était arrivé, et leur cœur réclamait lui aussi des caresses, de la tendresse, des bontés, de la complicité, bref, de l'amour.

Or de l'amour, ou quelque chose d'approchant, c'est cela que ressentit progressivement Cesarín pour Baldomera, la jeune femme la plus altière de l'île, malgré le fait qu'elle ait presque cinq ou six ans de plus que lui. Et lorsqu'un jour, il y a peu, il en ouvrit son cœur à son frère Policarpo, il lui dit : Écoute, frère, je crois que je plais à la Baldomera. Ce à quoi Policarpo répondit distraitement que oui, c'était peut-être vrai, et poursuivit, sur un ton dubitatif, qu'elle était en effet plus aimable et accessible avec eux qu'avec les autres jeunes garçons de l'île et que le penchant qu'elle éprouvait pour lui, justement, devait y être pour quelque chose. Il omit cependant de préciser à son frère que la Baldomera les regardait non sans un certain air de supériorité, comme pardessus son épaule, se prévalant d'être leur aînée.

— Peut-être que nous lui plaisons tous les deux, comme à la Celedonia, envisagea alors Cesarín.

— Éventuellement, mais pas comme à la Celedonia, ces deux femmes n'ont rien à voir l'une avec l'autre, voyons, elles sont comme le jour et la nuit, on dirait qu'elles appartiennent à des espèces différentes, argua Policarpo.

— Allez, dis-moi, elle te plaît aussi? lui décocha Cesarín.

— Hein?

— A toi aussi elle te plaît, la Baldomera? insista-t-il, enlevant ainsi à Policarpo toute possibilité d'échappatoire.

— Oui, bien sûr, bien sûr que oui, tu crois que je suis aveugle, mon frère, ou que je suis idiot? J'ai aussi bon goût que toi et que n'importe qui, allégua Policarpo pour sa défense.

— Et alors?

— Et alors quoi?

— Que faisons-nous?

— Quoi, que faisons-nous? Toi tu dois le savoir, moi je laisse tomber, ça ne m'intéresse pas de jouer cette carte, trancha Policarpo.

— Eh bien moi si, et je veux en plus gagner la partie. Tu m'aideras même si je dois tricher? ajouta Cesarín, de plus en plus déterminé.

Policarpo était en pleine confusion. Il aurait voulu réfléchir, mais le temps lui manquait. Penser vite n'était pas chose facile. Il décida, au moins, d'essayer de lui ôter cette idée de la tête, tout en se doutant que ses efforts seraient vains.

— Je crois que cette femme n'est pas ce qu'il te faut. Il vaut mieux les choisir plus jeunes, lui suggéra-t-il.

— Ne prends pas ce chemin, Policarpo. J'ai déjà pris ma décision et je veux tenter ma chance. Tu veux m'aider oui ou non ?

— Bien sûr, et chaque fois que tu en auras besoin, nous sommes frères à la vie et à la mort, répondit fatalement Policarpo.

Dès lors, encouragé par le soutien de son frère, Cesarín s'énamoura de plus en plus de Baldomera. Il s'en passe de drôles de choses. C'est qu'il voulait tomber amoureux, il s'était mis cela dans la tête, il n'en démordrait pas et ce qu'il voulait, il l'aurait. C'est ainsi et à tort que pensent les captivés, les engoués, les obsédés.

Dans la tête de Cesarín ce fut comme s'il avait le champ libre, un champ qu'il était prêt à labourer et à semer, comme s'il n'avait pas à tenir compte de l'opinion de Baldomera, comme si cela n'avait pas d'importance. C'est également pour cela que les problèmes s'enchaînèrent, Cesarín considérant comme accompli le fait que Baldomera l'acceptât comme fiancé. Et il est vrai qu'au début, nombreux furent les villageois qui pensèrent que leur engouement amoureux était bel et bien possible, parce que la gentille Baldomera se laissait accompagner au marché par le jeune garçon, s'arrêtait pour parler avec lui où qu'elle se trouvât, riait à ses reparties et à ses blagues, ou encore ne refusait pas ses invitations à danser dans les bals, du moins ne le repoussait pas ostensiblement. Mais Cesarín confondit la gentillesse avec le consentement et l'acquiescement, maudit soit le jour où tout a commencé, devait se dire Baldomera en se mordant les doigts. Car vint le jour où Cesarín décida que c'était le moment du premier baiser. Il s'approcha d'elle sans crier gare et la saisit de ses mains puissantes pour l'embrasser, lui fourrer sa langue dans la bouche, sa langue à la pointe crevassée par une blessure mal cicatrisée, souvenir du curé don Nicasio de Jesús. Baldomera, surprise, tenta de réagir et de le repousser avec douceur et gentillesse en lui disant non, je t'en prie. Mais il prit cette forme de rejet poli pour une envie de se faire prier, et ne s'en enhardit que davantage pour essayer de l'embrasser. Il la força, lui prit la tête entre les mains en lui appuyant sur les oreilles. Mal lui en prit car elle se mit à le repousser, lâche-moi, mais lâche-moi, pour pouvoir lui échapper. Cesarín fit alors un pas en arrière, mais un faux pas. Maudit soit ce jour. Il tituba, chancela, trébucha, perdit l'équilibre, essaya de le retrouver, en vain, il tomba sur la chaussée, et pour couronner le tout il s'enfonça un caillou aux arêtes tranchantes dans la fesse gauche, pauvre garçon. Mais ce ne fut pas cette douleur-là qu'il ressentit en premier. Non. Ce fut celle, plus grave, de l'affront et de l'humiliation, d'autant plus que Baldomera s'était enfuie en courant jusque chez elle et qu'il entendit alors nettement les grands éclats de rire de ses copains, malgré l'ordre que leur donnait Policarpo de se taire, Taisez-vous, bordel, taisez-vous, salauds. Mais Cesarín les entendit s'esclaffer ; le torrent rugissant de leurs rires résonna dans sa tête, le mit au supplice et le fit rougir de honte. Pourtant il l'avait bien mérité, ce vaniteux, personne ne l'avait poussé à inviter sa bande d'amis à se cacher derrière le mur pour le voir embrasser la Baldomera. Fier, présomptueux, trop sûr de ses dons de séducteur, il avait dit, ce vantard, ignorant les recommandations de son frère Policarpo, il avait dit :

Vous allez voir comme elle va me tomber dans les bras, comme elle se laissera aller, mollement, tendrement... Taisez-vous, bordel, taisez-vous, salauds, criait désespérément son frère Policarpo, lui aussi présent à cette scène regrettable, tâchant d'apaiser les brûlures de l'affront et d'éviter l'enfer de la honte et de l'humiliation. Et pourtant le pire du pire n'était pas encore arrivé. La bande de jeunes garçons, bien que certains y aient mis toute leur bonne volonté, ne put s'arrêter de rire. C'était vraiment trop drôle et, en dépit des menaces de Policarpo qui les insultait les poings serrés, il suffisait que l'un d'eux se mît à rire bêtement pour qu'un fou rire contagieux les prît tous et se propageât de bouche en bouche comme une traînée de poudre. Frappés d'étonnement et muets de frayeur ils se turent, en voyant apparaître, en cet après-midi de panique, le père de Cesarín. Ça allait chauffer !

La scène n'avait pas duré plus de quatre ou cinq minutes. Cesarín venait de se redresser en se frottant le derrière, il avait mal à la fesse gauche, demain elle serait toute bleue, et il ne pourrait même pas s'asseoir dessus. Il était à ce moment même en train de retenir les larmes dont son orgueil blessé gonflait ses paupières, quand il vit son père Inocencio, silhouette élancée fonçant droit sur lui, le rouge vénéneux de la colère étincelant dans ses yeux, qui se débarrassait au fur et à mesure qu'il avançait de l'épaisse ceinture en peau de chèvre noire ornée de points arrière qui maintenait son pantalon. A cette vue, les garçons comprirent qu'une tempête, un déluge universel était en train de se préparer. Sous le choc leurs rires s'arrêtèrent net, terrorisés ils se pétrifièrent.

D'un coup le silence se fit, ce silence qui précède les fureurs et les grondements de la tempête. Pas le moindre hurlement, le moindre sifflement de lézard, le moindre voltigement de chauve-souris, pas le moindre cri de mère appelant son fils, pas le moindre mugissement ni bêlement ni braiment ni rien du tout. C'était comme une conjuration de toute la nature, le temps était suspendu. Silence absolu, écrasant. La respiration de la vie n'était plus perceptible. Seul le battement vibrant de la peur dans les tympans. Silence dont la profondeur allait ancrer cet instant dans chaque rétine qui regardait, dans chaque esprit qui contemplait, terrassé par la peur. Ce silence dans lequel s'enveloppent les souvenirs qui marquent, ceux qui sont impérissables, ceux que l'oubli n'altère jamais, les souvenirs fossiles.

Parce que la scène était la suivante : Cesarín immobile et :

— Je te l'ai dit, merde, de laisser en paix la Baldomera !

Et les coups de ceinture de pleuvoir, schlac, schlac, de fendre l'air, zzss, zzss, schlac, désordonnés mais à bout portant, zzsschlac, zzsschlac, sur la figure maintenant, dans le cou, sur le torse, les fesses, dans le dos du jeune garçon recroquevillé pour se protéger de la furie de son père, de la tempête de coups qui s'abattent sur lui, de la rage qui se déchaîne à n'en plus finir. Pelotonné sur lui-même il se laisse glisser, tomber sur le chemin, les bras croisés devant le visage pour se protéger de la tourmente, du torrent, de l'ouragan, de l'avalanche de coups de ceinturon assortis de coups de pied, de la boucle en métal qui le fustige, le fouette, le cravache,

— Après ça tu vas apprendre à m'obéir, espèce d'animal !

qui le cingle là où ça fait le plus mal, dans les côtes, partout. Et Cesarín reçoit les coups sans se plaindre, comme une punition, immobile comme s'il était déjà mort, parce qu'Inocencio n'avait jamais été aussi enragé, allez savoir ce que lui avait dit Baldomera, jamais jusqu'à aujourd'hui il n'avait piqué une telle colère, c'était la première fois depuis des années, c'était une raclée comme à aucun moment il n'en avait reçue, une dérouillée, une rossée non répertoriée dans les annales familiales. En effet les problèmes s'étaient réglés jusque-là par une gifle, une fessée ou un petit coup de ceinturon sur le postérieur dont les deux frères ne s'offusquaient pas, vu que c'était une chose parfaitement juste et nécessaire pour qu'ils apprennent à obéir à leur père, en dépit et à cause de l'absence de leur mère. Oui, jusqu'à ce jour il en avait été ainsi.

Inocencio, possédé par une fièvre enragée, restait sourd aux supplications de Policarpo qui se tenait à côté de lui bien qu'à une distance prudente, et qui hurlait, seul dans la foule des garçons :

— Ça suffit, père, ça suffit, vous allez le tuer !

Et il avait beau crier et s'égosiller à en perdre la voix, le père continuait à frapper, à frapper, à frapper, fou de colère, espèce de brute, d'animal, à fouetter, fouetter, encore encore et encore, à frapper à coups de pied, à coups de ceinturon, hors de lui, les yeux fixés sur quelque chose dans le lointain, quelque chose qui ne pouvait être, Dieu du ciel, que cette rage profondément enfouie, concentrée sur le néant pour ne pas penser que ces coups impitoyables s'abattaient sur la chair de sa chair et le sang de son sang, que cette masse recroquevillée sur le chemin était toujours son fils Cesarín.

Soudain il s'arrêta. Il était revenu de cet enfer de haine.

Le bras en l'air et la ceinture, molle, dégringolant dans son dos, Inocencio s'arrêta.

A la vue du sang, il s'arrêta brusquement.

Il cessa enfin. Et enfin, à ce moment, les bruits du monde ressurgirent, en foule, chassant le silence, bruits des pas des jeunes gens courant vers leurs maisons, tremblants, le crâne retentissant de cette scène cruelle, bruits des pleurs de Policarpo qui secourait son frère, un Cesarín aux yeux blancs, révulsés, au bord de l'évanouissement, et dont le sang coulait lentement par les oreilles, par le nez et par les lèvres, par les multiples coupures que la boucle de fer du ceinturon avait ouvertes. Demain les douleurs seraient multipliées par deux, par trois, par cent : Cesarín contusionné, incapable de parler, tuméfié.

Inocencio réagit et ordonne à Policarpo d'aller chercher le médecin Ramón d'urgence. Il le lui dit sereinement, sûrement, exerçant le rôle qui lui correspond : il est le chef de famille, il a deux fils à éduquer seul, privé de l'aide maternelle.

— Va chercher le médecin, dis-lui de venir directement et toutes affaires cessantes à la maison. Dis-lui que c'est moi qui te l'ai demandé.

Et Policarpo de filer à la recherche du toubib. Tout en courant il se retourna et vit son père se pencher, et utiliser ses dernières forces pour prendre dans ses bras Cesarín au bord de l'évanouissement, roué de coups, quelle volée, incapable de se tenir debout le pauvre.

Et maintenant qu'il était dans les bras de son père dont il venait de subir le châtiment, il se demandait, peut-être, avec le peu de conscience qui lui restait, ce qui avait pu l'énerver autant, ce qu'avait pu lui dire cette damnée de Baldomera, cette harpie, elle n'était rien d'autre qu'une harpie. Quelques villageois curieux, entendant ce vacarme, s'étaient approchés, cherchant à s'immiscer.

— Restez tranquilles, il ne se passe rien, rien, répéta Inocencio à tous ceux qui s'intéressaient à l'événement.

Envie de se faire tout petit.

Une fois à la maison, il déposa doucement Cesarín dans son lit et alla chercher un linge qu'il trempa dans le seau plein d'eau fraîche extraite il y a peu de la citerne. Il passa délicatement le tissu sur le visage de son fils, nettoyant en même temps les plaques de sang coagulé. Rafraîchi, Cesarín se réveilla. Leurs regards se croisèrent. Inocencio se sentit traversé par une épée, par l'incandescence de ces yeux, brusquement dénudé, comme si ce regard, en illuminant ses secrets les plus profonds, était en train de fouiller ses entrailles, de lire ce qui devait rester caché.

— Ne t'inquiète pas, il ne t'arrivera rien. Le médecin arrive. Tâche de ne pas m'obliger à te punir davantage, murmura-t-il pour penser à autre chose, pour fuir la brûlure de ces yeux scrutateurs.

Cesarín referma les paupières. Sa respiration battit de nouveau en rythme, puissamment, mécaniquement, comme si son âme était soudain revenue habiter son corps. C'est que c'était un garçon robuste, de bonne constitution et de la meilleure souche, l'encouragea son père entre ses dents. Il prit encore le temps de le déshabiller, vit les premiers hématomes qui commençaient à se former sur son corps, et le protégea d'une couverture. Le cajola un peu. Cette nuit-là il ne descendit pas dans le puits asséché mais se soûla en compagnie du médecin Ramón, arrivé un peu éméché pour ne pas rompre les vieilles habitudes. Ils badigeonnèrent ses plaies de mercurochrome, les recouvrirent de pansements avant de lui faire boire des infusions de tilleul et autres herbes calmantes ou antispasmodiques qu'avaient apportées Ramón. Repos, calme et patience, en plus d'une bonne alimentation, recommanda le toubib.

— Les jeunes sont solides. Aucun de nous ainsi roué de coups n'en ressortirait en aussi bon état. Et que t'a fait le garçon, à propos ? demanda Ramón par simple curiosité.

— Rien qui te regarde, lui rétorqua sèchement Inocencio, non sans ajouter, pour corriger sa vivacité et son impolitesse, après quelques instants de réflexion :

— Cela fait longtemps qu'il se comporte mal et me désobéit, il était temps de lui infliger un châtiment exemplaire.

Policarpo se coucha tout à côté de son frère, mais dormit mal. Chaque fois que Cesarín se raclait la gorge ou ronflait, lui se réveillait affolé, la peur au ventre et le cœur battant comme s'il venait de fuir devant une vision effrayante. A l'aube, il entendit le médecin s'en aller, titubant, chancelant, traînant les pieds en marchant, rond comme une barrique parce que les deux hommes s'étaient mis à boire comme des trous, comme si leur vie en dépendait, ces idiots.

Inocencio apparut dans la chambre de ses fils. Policarpo le vit verser des larmes, du moins une qui coula de son œil droit et parcourut sa pommette jusqu'au coin de ses lèvres. C'était la seconde fois qu'il voyait son père pleurer, la première étant lors du jour le plus triste de son existence, à la mort de sa mère. Là-dessus Inocencio partit se coucher, peu avant que l'ivresse dans laquelle il s'était noyé ne l'assomme. Le sommeil l'entraîna dans les nausées et les vomissures d'un rêve épouvantable, un cauchemar où son corps vivant était envahi par les vers et les cafards, son corps vivant mais attaché au tronc d'un pin de la forêt, le pin de toute sa vie. Autour de lui un incendie aux flammes dévastatrices dotées de mâchoires et de langues faisait rage, les arbres brûlaient et le feu avançait lentement jusqu'à lui. Juste avant que les langues avides de l'incendie ne s'emparent de lui pour le dévorer, tout juste avant que cela n'arrive, il se remplissait de cafards, de vers et d'autres insectes qui, fuyant le feu, se dirigeaient vers lui, attaché à l'arbre. Les innombrables bestioles, comme si ce pin pouvait les sauver de l'incendie, escaladaient son corps tandis qu'il grimpait sur les plus hautes branches de l'arbre. Elles montaient, clouant dans sa chair leurs petites pattes filandreuses et répugnantes, le mordillant et s'infiltrant dans chaque recoin et replis de son corps nu : par les oreilles et par le nez, et de là vers l'intérieur ; par son anus, elles s'introduisaient dans ses intestins et elles cheminaient, pénétraient dans ses viscères une par une, jusqu'à son cœur. Du nez elles continuaient jusqu'au cerveau qu'elles meurtrissaient, on le voyait à ses yeux blancs qui se révulsaient, à ses convulsions. En masse confuse, les cafards lui sortaient ensuite par les yeux, y pataugeaient. Il n'était plus qu'une masse de viande avariée.

Le réveil fut difficile, il crut presque qu'il n'arriverait pas à émerger des eaux fétides de son rêve. Angoissé, manquant d'air, il sentait encore des cafards et des vers lui chatouiller les poumons, mordre ses bronches douloureuses. Quand il se réveilla enfin pour de bon il sut qu'il était revenu à la vie, qu'il était sorti de son cauchemar, mais tout au long de cette journée il ne cessa pas une seconde de se sentir mort.

Ma chère petite Rosa,

Mais comme tu étais jolie, tu étais vraiment toute jolie, l'autre nuit, au bal. Tu étais la lumière, tu étais faite de lumière, là-bas rien ni personne ne brillait plus que toi, ma jolie, je me serais presque jeté du mûrier tant j'étais sûr de pouvoir voler, tant je sentais que j'avais des ailes pour voler à la rencontre de toute cette beauté qui est à moi. Je t'aime chaque jour davantage, je t'aime de plus en plus parce que c'est comme si cette séparation inéluctable nous unissait ailleurs, dans de lointains confins, dans un autre espace de la vie où je te vis et je te sens, où je te vois comme en vrai. Je ne sais pas si je m'explique bien. Cela t'arrive à toi aussi ? Serais-je en train de devenir fou ? Je ne sais pas, je ne sais pas. C'est très difficile à expliquer avec des mots. Mais la vérité c'est que je n'ai que des mots, que des mots à t'offrir parce qu'ils sont également à toi, ils sont à toi parce qu'ils naissent de toi, mon trésor, ma jolie, ma toute belle, ma mignonnette. Et permets-moi de te dire ce que je pense de tes seins. Ils sont là, avec moi. Je ne suis même pas obligé de fermer les yeux pour les voir, pour réussir à les toucher. Ils sont là, ils m'accompagnent. Quand tu t'es placée sous l'arbre je les ai vus, fièrement dressés, comme deux fruits jaillis de ton corps après y avoir mûri, comme venus du plus profond de toi, au centre de toi, enracinés là, bien plantés, comme il sied à une femme de ta classe. Comme j'en ai envie, Seigneur, comme j'en ai envie. Tu verras quand je te prendrai. Excuse-moi si j'anticipe, mais c'est que je ne peux plus me contenir. Ici en bas, dans l'obscurité de la grotte, je les vois déjà, dénudés, je vois, je vois ces deux coupes lumineuses, ces globes blancs suggestifs qui illuminent tout ce néant qui m'entoure. Je les vois ailés, incandescents, lactescents, de la couleur de l'amour et de la passion. Tes seins, ici dans mon souterrain, ont l'odeur primitive de l'origine du monde, voluptueux échos de l'essence divine.

Mais je dois aussi te dire qu'il m'a été très dur de te voir danser avec les autres comme si tu étais libre et disponible, prête à te laisser faire la cour. La jalousie me dévorait, me nouait le ventre et me déchirait le cœur, mais me donnait également de la force en me faisant éprouver de la haine, des envies d'étrangler, et aussi de tuer, oui, moi, de tuer. Ma jalousie était une douleur aiguë, c'était le sang qui se retournait dans mes veines et mon cœur affolé qui se soulevait jusqu'au bord de mes lèvres.

C'étaient des sensations nouvelles pour moi et, en vérité, je ne veux plus jamais avoir à en souffrir de telles. C'étaient les petits jeunes comme les fils d'Inocencio qui me rendaient le plus nerveux. J'ai été sur le point, aveuglé par la passion, de descendre du mûrier pour casser la gueule de tous ces audacieux dont les mains se mettaient à descendre le long de ton dos pour se poser sur la chute de tes reins, de tous ceux qui se serraient contre toi pour bien sentir tes seins. Puis, du haut de l'arbre, j'ai vu Policarpo et Cesarín s'éloigner de la place et, plus loin, là où poussent les premiers figuiers, je jurerais qu'ils ont rencontré Celedonia Jesús, sacrée putain que cette fille, je te raconterai, je parle de la fille rousse de Paco Inerbelio, la sœur de Claudina. On ne dirait pas à la voir, mais cette femme est une mangeuse de viande crue, une garce à chiens, une paillasse à soldats, pardon pour ces injures. Un autre jour je te raconterai ce que j'ai vu. Cette vie de fuyard est plus divertissante qu'elle n'y paraît. Ces cachettes que je fréquente sont très sollicitées, en vérité, Celedonia Jesús elle-même les utilise plus que nous ne l'imaginons. Mais comme je te le disais, du haut de l'arbre j'ai profité de tout, j'ai passé des heures et des heures là-haut, j'ai même vu la scène où cet idiot de Canciliano s'est jeté sur les plats et les chaudrons. Rien qu'en voyant toute cette nourriture et ces ragoûts par terre j'en avais l'eau à la bouche. Et, à ce propos, je crains que ces deux voyous, les fils d'Inocencio, ne soient pas pour rien dans cette histoire, c'est évident, ils ont été élevés au petit bonheur, laissés à eux-mêmes depuis la mort de la pauvre Casilda. Je crois qu'Inocencio ne capte pas la moitié de ce qui se passe. Ce brave Inocencio, toute la journée par monts et par vaux, travaillant sans relâche, tandis que ses deux garnements font les quatre cents coups. Car comme je te le disais, ces deux comploteurs ont quelque chose à voir dans cette histoire : bien avant que ne commence le bal, je les ai vus en train de parler à Canciliano. Ils lui faisaient de grands gestes, comme pour lui montrer comment donner des coups de pied, shooter dans des ballons, comme au football. Peut-être étaient-ils en train de parler du match de l'Athlétique Pinar, mais ça m'étonnerait. Imagine ce que le pauvre Canciliano peut comprendre au football, il lui manque des cases de tous les côtés. Après quoi, j'ai bien vu ce qu'il s'est passé, Canciliano s'est mis dans la tête qu'il était le meilleur avant de la ligue de football de la première division, et il a commencé à voir des coups francs à tirer au but là où fumaient des plats savoureux, à faire monter l'eau à la bouche, dans les chaudières de cuivre. A propos, l'odeur délicieuse du poulpe que tu sais préparer comme personne avec de la purée d'oignon et de piment et à la vinaigrette, que j'aime tant, est montée jusqu'à mon promontoire. Je te connais, je crois que je suis capable de prévoir le moindre de tes gestes, de flairer toutes tes odeurs. Je te connais par cœur, je pense à toi tout le temps. Ton odeur le matin, la chaleur de ton sommeil ; ton odeur le midi, et celle, tiède et mélancolique, des mets que tu prépares ; ton odeur les après-midi bleus, avant le crépuscule, c'est celle, douceâtre, de la sueur des chairs serrées l'une contre l'autre ; ton odeur, la nuit, est la somme de toutes les précédentes intensifiée par le parfum de la nostalgie, par l'odeur qui te donne l'envie de me voir et de te donner à moi, celle de ton amour qui me réclame. Je ne pense pas être en train de délirer, j'ai tout le temps de méditer chaque mot, chaque ligne, chaque lettre. Mais cette séparation, parfois, souvent, est trop douloureuse. Je sors de la grotte, au plus profond de la nuit, parce que, en bas, je ne peux plus respirer. J'étouffe. Je sors à l'air libre, à l'air frais et je cours vers la mer. Je me déshabille en cherchant notre étoile dans l'immensité des constellations, je me lance à la mer, dans les vagues noires et calmes, où je nage jusqu'à l'épuisement, jusqu'à trembler de froid, mais toujours près du bord, craignant qu'un courant ne m'entraîne en pleine mer vers la mort. J'ai déjà pensé à la mort, inévitablement, mais l'immensité de l'amour que je te porte m'interdit de suivre la pente la plus facile. Je te trahirais, car je sais que tu m'attends. La mer, la nuit, me refroidit, et quand je me mets à grelotter je prends peur en imaginant qu'un squale inconnu pourrait surgir des noires profondeurs et me dévorer. C'est pourquoi, dans l'impatience de m'échapper, je retourne vers le rivage, regrettant la douce et contagieuse chaleur de la vie du sous-sol et des amours souterraines. Je me rhabille avant de choisir une grotte parmi toutes celles que je connais. Alors seulement, à bout de fatigue, et une fois la sérénité recouvrée, je peux dormir. Je ne sais pas combien de temps a passé, je ne sais pas combien de temps doit passer pour que nous nous rencontrions, je ne sais pas combien de temps je tiendrai, je ne sais pas combien de temps cette dictature s'éternisera au pouvoir, je ne sais comment me libérer des sentences qui ont été prononcées contre moi, je ne suis même pas sûr, à ce moment de ma vie sur terre, de mes convictions politiques, sauf qu'elles ne justifient pas, cela j'en suis certain, cette condamnation, et le tourment de cette séparation. Il n'empêche que faire de la politique est une chose importante. C'est la seule manière que nous avons de nous gouverner. La démocratie est fondamentale, comme l'est le fait de lutter contre ceux qui veulent imposer une seule façon de voir et d'exister, il ne faut jamais oublier cela. La République reviendra-t-elle bientôt ? Cette dictature assassine et pestilentielle durera-t-elle encore longtemps ? Cette espèce de lavette de dictateur chauve, cette honte nationale, va-t-il rester encore longtemps au pouvoir ? Que puis-je faire ? Je veux seulement être heureux. Je pense qu'un jour, quand un peu de temps aura passé et que la situation sera devenue plus sereine, nous devrions trouver une façon de nous voir. Et si cette situation devait durer des années, cinq ans, six ans, dix ans, quarante ans ? Que ferons-nous ? Voilà les questions qui me rendent malade, qui me rongent le cerveau comme des punaises, ma jolie, la plus jolie de toutes les jolies filles du bal. Mais voici que la mélancolie m'a gagné. Je suis désolé. Merci pour les paquets de cigarettes. Fumer est également pour moi quelque chose d'essentiel.

Je t'aime
Manuel

Baldomera, assise devant le miroir de sa coiffeuse, teste ce soir un nouveau parfum. Elle peigne ses cheveux et contemple ses yeux, profondeurs humides et caverneuses. Elle scrute son visage, en quête de réponses. Elle se parfume derrière les oreilles, et aussi, très légèrement, menu détail, à la naissance de ses seins bombés. Une fine perle de rosée brille sur sa peau. La nuit entre par la fenêtre, la chaleur fait résonner le silence, et les habitants de Masilva ne réussissent pas à dormir. Les bêtes s'agitent dans leurs étables. Le monde paraît étrangement triste et désespéré. En regardant par la fenêtre elle découvre des nuages hauts dans le ciel sans étoiles. Pénètre alors dans son corps une sensation d'achèvement, de flottement, comme si l'univers, suspendu, naviguait à la dérive, sans ordre, à fleur d'eau, sans orbite, constellations ni planètes.

C'est également un ciel sans lune. Et un monde sans lune est un monde incomplet, inachevé, pauvre, sans la moindre clarté, dépourvu de magie. Ce trouble inexprimable, les hommes et les animaux le ressentent. L'air arrive d'un autre monde, un air mauvais, confiné, raréfié, corrompu, pénétré d'une humidité malsaine, un souffle d'outre-tombe, comme imprégné de l'atmosphère d'un cimetière.

Mais elle est si belle, dans l'encadrement du mi roir, isolée dans son nuage de parfum. Elle prend ses seins dans ses mains, les serre, en soulève les tétons pour qu'eux aussi, avec leurs petits yeux, sombres auréoles rouges comme la terre, regardent le miroir. C'est bien qu'elle s'aime, elle en est d'autant plus belle. Elle effleure du bout des doigts ses mamelons rosés comme l'aurore, trace des cercles lents, dessine un labyrinthe. Elle s'étreint, en les pinçant, les yeux mi-clos. Puis sa main droite descend et disparaît du miroir. Elle ne se voit déjà plus. Mais elle est là, traçant des cercles concentriques.

A peu près au même moment, don Nicasio de Jesús Moreno allume, en marchant parmi les tombes du cimetière, son troisième cigare, un havane qu'il a pris dans la boîte de douze que lui avait offerte la semaine précédente Teófilo Padrón, un bon ami, président du conseil municipal insulaire de l'île de Fer et expert passionné en l'art de fumer. Don Nicasio de Jesús contemple les caveaux où reposent depuis peu les pauvres restes, les rares ossements de Estanislao el Camioneta et de Pablo dit la Pipe. Le véhicule les avait tant écrasés qu'il n'y eut aucun moyen de les recomposer. Tel fut leur destin, se consola-t-il. Et pourtant c'étaient de bons travailleurs. Mais cela fait longtemps que don Nicasio de Jesús ne se pose plus de questions sur les desseins insondables de Dieu. Cela fait longtemps, très longtemps, depuis sa jeunesse, depuis ses études au séminaire de La Laguna, dans l'île Majeure. Pourquoi se poser des questions? Dieu commande, dispose et ordonne : il vaut mieux Le respecter jusque dans ses caprices. Il doit bien avoir ses raisons, et Il ne va pas descendre des Cieux pour donner en permanence des explications aux mortels.

Au fond du cimetière, derrière un mur qui sépare

la terre sainte de la terre ferme, c'est là qu'on enterre les infidèles, les Berbères et les Noirs qui débarquent sur les côtes de l'île de Fer par mer calme. Don Nicasio de Jesús leur célèbre une messe, débite un répons et exécute de brèves bénédictions. Après, il les fait enterrer. Mais c'est vrai que le doute l'assaille. Est-il correct d'enterrer les Maures infidèles à côté du cimetière chrétien ? Il n'en est pas sûr, mais il suppose que cette conduite ne paraîtra pas mauvaise à Dieu, puisqu'il n'y a qu'un Dieu. Même si ce n'est qu'après leur mort, les malheureux embrassent finalement le droit chemin, prennent la bonne voie de la foi chrétienne. Dans son infinie miséricorde Il doit sûrement accueillir en son sein ces âmes égarées. Finalement ce sont aussi ses créatures.

Ainsi déambulait-il dans son cimetière, méditant tout en appréciant les anneaux bleutés que projetait le cigare : cercles parfaits, d'une précision calculée par le vice. Il réfléchissait depuis une petite heure, et, quand il décida de rentrer chez lui pour dormir un peu, sa résolution était prise : le lendemain même il irait au conseil municipal de l'île pour demander aux autorités la construction d'un nouveau cimetière où enterrer les infidèles, le haussement du mur de séparation qui existait actuellement, et la fabrication de caveaux un peu plus grands, afin que les cadavres y logent par paire.

C'était le mieux, compte tenu du flux lent mais ininterrompu de Noirs qui débarquaient dans l'île de Fer. Autrement, les habitants finiraient par être envahis, et cette île ressemblerait davantage à l'Afrique, d'autant plus que nombre de natifs avaient naturellement déjà le teint très mat. Les infidèles recevraient une sépulture chrétienne, d'un côté, et les fidèles posséderaient leur cimetière intact, non souillé par des corps impurs, au cas où la pratique actuelle serait contraire à la loi et à la volonté divine. Il valait mieux prévenir que guérir. C'était une bonne solution, digne de la justice du roi Salomon, et personne ne douterait de son caractère charitable et miséricordieux. Au moment même où il prit cette ferme résolution, afin d'éviter de plus grands maux à l'avenir, don Nicasio de Jesús sentit des picotements, des pointes de feu lui trouer les fesses, réminiscence de ce tour pendable, de cet acte terroriste et sauvage resté impuni, commis sur son imposante personne, à savoir de l'avoir fait s'asseoir sur une raquette de figuier de Barbarie. Le mal ne connaît pas de limites. Don Nicasio de Jesús remonta sa soutane pour pouvoir se gratter et se libérer ainsi de cette douleur cuisante ; un microscopique aiguillon avait dû lui rester dans la chair, parce que lorsque la chaleur augmentait, elle le faisait transpirer du postérieur, et la démangeaison était immédiate, inévitable, accentuant sa mauvaise humeur naturelle. Il retroussa sa soutane et la petite brise nocturne rafraîchit ses grosses fesses. Il en éprouva un tel soulagement qu'il dut s'accroupir au milieu des tombes pour y déféquer abondamment, copieusement, profitant de l'occasion, si mal trouvée qu'elle fût, parce que, cette nuit précisément, cela faisait soixante-douze heures qu'il était constipé et n'avait pas éprouvé le bonheur d'expulser ses matières fécales. Les flatulences, les mauvaises odeurs, cette montagne d'excréments sur laquelle don Nicasio de Jesús dut mettre un peu de terre sainte, firent se retourner dans leurs tombes les morts comme les vivants, le vivant en question étant Manuel le Fuyard qui assista ébahi du fond de son caveau à la bruyante et urgente défécation. Les morts, comme Casilda, Tano el Camioneta et Pablo dit la Pipe, se plaignirent aussi, mais comment entendre leur plainte ? S'il s'était trouvé un autre vivant parmi les morts du cimetière il serait tombé raide, parce que la puanteur de cette éminence excrémentielle imprégna le cimetière et accompagna même don Nicasio de Jesús jusque chez lui : n'ayant en effet pas trouvé de papier ni de feuille à proximité, celles des cyprès ne pouvant lui servir à s'essuyer, il dut entreprendre son chemin le cul plein de merde. Cela lui importait peu, de toute façon, parce qu'aller à la selle, à ce stade de la vie (il frisait les soixante-dix ans), était une authentique bénédiction du ciel.

En revanche la chose importa à Manuel le Fuyard, obligé de contempler ce gros derrière tandis que don Nicasio de Jesús tâtonnait en quête de n'importe quoi pour s'essuyer. A la suite de quoi il lui fallut se lever pour sortir de sa tombe, esquiver l'étron et se remettre à fuir, cette fois en direction de la côte, à la recherche d'un air plus sain et moins vicié. Il n'avait pas d'autre solution que celle de la fuite, mais pas avant d'avoir recouvert de terre ce monticule pestilentiel, par pitié pour les morts. Et il s'en alla contrarié, en colère, maudissant le curé, parce que le lendemain ni Rosa ni ses proches ne le trouveraient dans la tombe qu'il leur avait signalée, et parce les déplacements inutiles dans sa position actuelle étaient toujours les plus dangereux.

A cette heure qui précédait le lever du jour, Rosa dormait paisiblement et profondément, emportée dans le rêve d'une maison qu'elle habitait avec Manuel, une maison située à Tenerife, près de la plaine de La Laguna, qui possédait un patio à l'avant et un jardin à l'arrière, de nombreuses portes et fenêtres, un grand escalier en bois et un coin pour ranger les livres de Manuel. Une maison qui, en dépit du froid humide qui régnait la nuit dans cette localité de l'île Majeure, au pied du mont Teide, le gigantesque volcan couvert de neige, accueillerait son grand projet de vie. Et cette maison était déjà un foyer, une vaste demeure où élever une famille avec plein d'enfants. Avoir une famille nombreuse était le rêve des rêves, au moins trois solides garçons qui ressembleraient à leur père et auraient hérité de son intelligence, et au moins trois jolies filles qui lui ressembleraient et s'occuperaient d'elle quand l'inéluctable vieillesse lui courberait l'échine. Une maison, plus le rêve s'avançait et plus celle-ci s'édifiait dans tous ses détails, une maison à deux étages, pour qu'en haut, dans sa bibliothèque, Manuel puisse s'enfermer, tous ces livres mon Dieu d'où les sort-il, ils se reproduisent comme des lapins, on dirait qu'ils naissent spontanément, par la seule force de leur matière. Et dans le jardin à l'arrière elle aurait son potager : d'un côté elle planterait du persil, de la menthe, de la mélisse, des tomates et des laitues, et d'un autre, deux orangers, parce que Manuel aimait boire tous les jours du jus d'orange ; il disait qu'il combattait de cette façon, à l'aide de la vitamine C, son habitude invétérée de fumer. Manuel connaît bien ce genre de choses, quels aliments contiennent des vitamines, des hydrates de carbone, quelles plantes possèdent des propriétés médicinales, lesquelles d'entre elles, prises en infusion, apaisent les maux de ventre (la flore intestinale est démoniaque, don Nicasio de Jesús en sait quelque chose), quelles plantes ont des vertus fébrifuges, antispasmodiques ou relaxantes. Mais dans le coin préféré de son potager elle créerait son jardin, elle placerait des pots de fleurs où pousseraient des géraniums, des jasmins, des tulipes, de la lavande et, il ne pouvait en être autrement, des roses. Des roses d'un rouge très rouge avec de nombreuses épines qui symboliseraient la passion, l'amour qui les épanouit et fait monter leur sève. C'est ainsi que Rosa rêvait de ses roses, de ce verger tant désiré, et elle se voyait déjà agenouillée dans le jardin, dans l'air chaud de l'après-midi, en train de creuser des petits trous dans la terre où elle ferait ses plantations quand, subitement, ce rêve exubérant se transforma en cauchemar. Tout en grattant, la première chose qu'elle rencontra en effet fut une main qui demandait de l'aide, qui essayait de sortir de la terre. Alors elle gratta tant et plus, creusa, creusa, essayant de déterrer ce qu'il y avait en dessous. Qu'était-ce ? C'était le corps de Manuel le Fuyard qui s'asphyxiait. Plus elle retirait de terre avec ses ongles et ses mains, plus elle avait de terre à enlever. La terre ne cessait de retomber sur ses yeux chéris, sur son nez chéri, prélude à l'étouffement, empêchant son Manuel de respirer, jusqu'au moment où des sursauts et des râles d'agonie le secouèrent, et qu'il finît par fermer ses yeux de terre pour se laisser mourir. Et en mourant la terre l'avalait, il s'enfonçait dans le ventre de basalte de la terre, dans ses entrailles, en traversant à toute vitesse écorce, manteau et noyau, pour s'incruster dans l'hostile demeure des ténèbres, aux portes de l'enfer, de la géhenne, langue affreuse du démon. Et là, dans la sensation de cette chaleur brûlante, Rosa se réveilla, une Rosa tout abattue, toute flétrie par la frayeur et la tristesse.

Policarpo et Cesarín ne dormaient pas non plus, mais ils se masturbaient l'un l'autre, allongés sur leurs grabats respectifs, les yeux bien fermés, pour pouvoir penser à Baldomera, au reflet de Baldomera dans le miroir avec ses pointes de seins dures et expressives. Ils s'étaient habitués, dès leur plus tendre adolescence, à se soulager quand l'envie les débordait. Ils le faisaient mécaniquement, faute de caresses et de tendresses féminines, ils le faisaient en hommes faits qu'ils allaient devenir. Et ils allaient en rythme, ce n'était pas en vain qu'ils étaient frères, et bien que celle de Policarpo fût plus longue que celle de Cesarín, tous deux consommaient la joie de l'orgasme de concert, dans un halètement final. Quelques instants avant l'éjaculation ils se redressaient et chaque singe revenait à sa branche, c'est-à-dire chaque main à son propre pénis, qu'ils faisaient vibrer alors avec furie, peau à vif, jusqu'au silence absolu qui suivait la jouissance, après quoi ils se hâtaient d'aller voir lequel des deux avait gagné, cette fois, le pari. Le jeu ne consistait pas à lancer la plus grande quantité de sperme, mais en la qualité de l'éjaculation. Question de distance. Comme le sol de la chambre était en bois, la semence répandue était facilement localisable. Parfois ce n'était qu'une affaire de quelques centimètres, d'autres fois, il était question de presque un mètre : le pari était gagné par le joueur qui avait éjaculé le plus loin, même si ce n'était que d'une seule goutte. Cette nuit Cesarín avait gagné, il était clair que sa muse Baldomera lui assurait une meilleure et plus longue inspiration, comparée aux résultats piteux de son frère Policarpo, qui perdait depuis déjà deux mois, ce qui n'était pas rien, qui commençait d'ailleurs à en avoir assez. Mais les grosses gouttes blanches ne trompaient pas : la tige de Cesarín avait propulsé la semence à presque un mètre et demi de distance, alors que le sperme de Policarpo avait à peine atteint le mètre.

— Et en plus le tien est plus long, lui lança fièrement Cesarín, vantant la force de son arc et de ses flèches.

Le pari avait consisté, cette fois, en trois bières au bar de La Curva ou à celui de Colaso, plus le lance-pierres de Policarpo si c'était lui le perdant. Tant pis pour lui, c'est comme ça, ou alors il ne fallait pas parier.

— Voyons si la Baldomera te sort de la tête, à cause d'elle tu es devenu imbattable ces derniers temps. Petit à petit, match après match tu vas me ruiner, plaisanta Policarpo, certain que son frère non seulement n'avait pas effacé la charmante femme de sa tête, mais, bien au contraire, qu'il lui donnait chaque jour une plus grande place dans les espaces ailés de son cœur, malgré la raclée que lui avait administrée son père Inoncencio pour l'avoir approchée, reconnaissant en son fils sa propre et inébranlable obstination.

Inocencio, certes, ne dormait pas non plus, mais monologuait à voix basse tout en mettant de l'ordre dans son étable. On aurait dit qu'il parlait à son âne, cependant il n'était heureusement pas encore arrivé à cet état de confusion mentale. Que les choses soient claires, l'homme avait encore tous ses esprits. Il était angoissé, cependant, de temps en temps, par le fait d'avoir trahi la promesse qu'il avait faite, il y a des années, à Casilda son épouse décédée : celle de ne pas gaspiller les économies que le couple avait réunies à la sueur de leurs fronts. Or même s'il n'avait pas touché à la cassette, par crainte des morts, il les avait gaspillées, d'amourette en amourette, si bien qu'il était rongé par le remords. Garde précieusement nos économies dans cet oreiller, lui avait dit et répété Casilda, et notre trésor dans le matelas, pour que nos enfants, s'ils travaillent bien en classe, puissent aller à l'université de La Laguna à Tenerife, suivre des études qui leur assurent un meilleur avenir et des revenus dignes. Qu'ils n'aient pas à se débattre avec des problèmes de bétail et de travail aux champs, promets-le-moi, dis-moi, chéri, promets-le-moi parce que moi je ne serai plus là pour les voir ni pour te surveiller, dis-moi que oui, dis-moi que tu le feras, promets-le-moi, je t'en prie, chéri, accorde-moi cela, c'est la dernière volonté de ton épouse moribonde.

— Je te le promets, ma chère femme.

Cette promesse lui torturait les méninges, le taraudait, quoique de moins en moins il faut le reconnaître, la patine du temps recouvrant toute chose. S'il se mettait à penser à Baldomera, objet de tous ses désirs, l'intensité de cette insidieuse déchirure diminuait jusqu'à quasiment disparaître. Inocencio profitait de ce moment pour se dire : Moi je ne suis pas mort, non, Seigneur, moi je ne suis pas mort, je suis toujours là, je suis toujours un homme et j'ai droit à l'amour, le droit d'aimer de nouveau et de tomber amoureux, j'existe toujours et je veux encore être aimé, touché, embrassé, moi j'aime de nouveau, moi je l'aime et je donnerais ce qui me reste de vie pour elle, si je suis là c'est parce qu'elle est là, je ne suis plus moi sans elle, elle qui est moi, elle qui peut tout parce que la beauté possède tous les pouvoirs et tous les mérites, moi je veux vivre, moi je veux continuer à vivre et ne pas m'enterrer vivant, moi je veux renaître à une vie autre, je veux être un autre, et moi ceci et moi cela, et cela encore, et moi, encore moi, et l'au-delà et l'ici-bas, et moi et moi et moi et moi et ça suffit comme ça.

Ainsi concevait-il les choses dans les moments où la passion le possédait ; tous ces moi révélaient l'égoïsme d'Inocencio, mécanisme de défense choisi par lui pour secouer ses chagrins, les protestations logiques de sa conscience assiégée, harcelée par les doutes et les tourments, par la voix de l'homme mûr également chef de famille, responsable de deux beaux garçons à éduquer et à entretenir.

Il se trouve que tous ces événements étaient arrivés par le plus pur des hasards, cette magie qui unit et désunit subtilement les destins. Que lui la regardât, comme tout le monde d'ailleurs, était une chose normale, autant de beauté au ciel des ciels ne passe pas inaperçue. Ne passe inaperçue aux yeux de personne, ni même des bêtes, parce qu'au niveau de passion irraisonnée où il se trouve, Inocencio pense que même les animaux, mais aussi les fleurs, les plantes et les pierres, que la flore et la faune dans leur totalité se meurent de jalousie, connaissent et envient la somptueuse beauté de cette femme. Elle était un écho qui résonnait en permanence dans les replis de son âme. Et s'il s'était mis à creuser le puits c'était bien parce que cela lui était simplement passé par la tête et que son intuition lui avait parlé. Et si en démolissant l'une des parois du puits, il avait découvert, taillée dans le roc d'une immense cheminée volcanique, une grotte labyrinthique, ce ne fut que le fruit d'un heureux hasard, parce que lui vraiment ne s'y attendait pas du tout, assurément il n'en savait rien. Et qu'au-dessus de l'une des mille ramifications de ces tunnels tortueux, subterfuges de l'amour, s'élève justement sa maison à elle, était-ce autre chose qu'un heureux hasard ? Un caprice du destin ? Ainsi se succédèrent les événements, en dehors de sa volonté même s'il pressentait quelque chose, et c'est ainsi, de cette curieuse façon, qu'en creusant un peu plus, il ouvrit une brèche, un passage, une trouée de plus en plus profonde qui déboucha sur son logis à elle, qui y ouvrit un estuaire, une embouchure, une bouche de désir pour que puisse s'y couler sa bouche à elle, sa bouche rouge, sa bouche salivante, sa bouche gourmande et qu'elle se plaque sur cette autre bouche désireuse excavatrice perforatrice et amoureuse déjà jusqu'à la moelle des os, amours souterraines, que d'amour, qui l'aurait cru, qui l'aurait dit, et qui l'aurait écrit.

Certes leurs regards à tous deux, là-haut à la surface de la terre, s'étaient déjà croisés, timides mais complices, interrogateurs, à la lumière du jour, sous le soleil de l'après-midi. Ils dansèrent même une fois, sur la place, comme deux villageois peuvent le faire, sans manifester au regard des autres quoi que ce soit d'exceptionnel, mais dans une tension favorisant les trébuchements, les maladresses, les petits rires coquins et secrets. Ensuite arrivèrent les cadeaux, petit à petit, l'un après l'autre, chaque fois plus onéreux, un flot, une pluie de cadeaux. Parce que c'est ton anniversaire, parce qu'aujourd'hui cela fait un mois que nous nous connaissons, parce que je sais que cela te plaît, parce que tu le mérites, et parce que voilà, tout simplement. Mais ce que lui-même n'aurait su expliquer, c'est la raison pour laquelle leur liaison devint de plus en plus secrète et interdite, de plus en plus souterraine, c'est le cas de le dire, puisqu'ils ne se rencontraient que dans les tunnels souterrains. Il a toujours eu de bonnes intentions, bien qu'il soit également hors de doute qu'il a tout de suite commencé à peser le qu'en-dira-t-on, le qu'en-murmurera-t-on, les commérages sur lui, veuf de plus ou moins fraîche date, lui, plus âgé qu'elle : les rumeurs les plus sibyllines, les médisances, tout cela l'effraya, comment savoir. La dimension tragique de l'amour s'ouvrit alors devant lui, il vit d'un coup deux bouches de plus à nourrir, à soigner, à aimer. Un véritable coup de hache dans son économie domestique, une économie de subsistance qui consiste à manger ce que l'on produit, ni plus ni moins, plutôt moins que plus. Comme si ce n'était pas suffisant d'avoir deux fils qui devenaient des hommes, et de porter tout, cependant, sur ses épaules. Bien sûr, c'étaient des épaules fatiguées mais heureuses, et c'était un dos capable encore de jouer, de la porter et de faire le bossu, le contrefait, le difforme, parce que femme de mon cœur j'ai peur que tu tombes ; un dos capable de se transformer en monture quand il faisait le petit cheval pour qu'elle puisse le monter et alors il trottait et hennissait avec elle, amusée, sur les épaules de l'homme qui l'aime la désire la veut à la folie. C'est comme soudain régresser loin du temps qui passe pour se sentir à nouveau jeune, heureux, inconscient, ignorant des soupçons qui guettent dans l'air, des maux qui courent le monde, qui rôdent à la recherche de leurs victimes. Profond mystère, étranges ténèbres, retraite d'un amour inouï.

Parce qu'il l'embrassait et qu'elle l'embrassait aussi, tous deux, mêlés dans une immarcescible étreinte, roulaient et roulaient, inconscients, sur le sol de la grotte tapissé de peaux de chèvre. Leurs corps nus fusionnent au point qu'il serait difficile de savoir qui est qui, si cette main est à lui ou à elle, si ce soupir caressant sort de l'homme ou de la femme, si ce sont bien un homme et une femme entremêlés, car on dirait plutôt un corps à deux têtes, un monstre mythologique, une tête en haut une tête en bas, soixante-neuf fois soixante-neuf, un corps à quatre jambes, deux en haut et deux en bas, un corps à quatre bras, deux en haut et deux en bas, mais que font ces deux fous à vouloir se consommer ainsi, à frotter leur faim et leur soif l'une contre l'autre, que font-ils dans cette position sans queue ni tête, dans cet enchevêtrement, cette imbrication, cette confusion, cet emmêlement, comme si les oreilles de l'un étaient les pieds de l'autre, vice versa et versi versa, à rebours, mais que font-ils à l'envers de l'envers que font-ils donc, ils se mangent quoi, se boivent quoi, se sucent quoi, comme si cette position leur était naturelle, comme s'ils étaient nés siamois, unis par un cordon ombilical, agrégés agglutinés contre toute logique, défiant toute description, sans cohérence syntaxique, sans lien sémantique, mais que font-ils, enfin, dans cette confusion, ces manières amoureuses inqualifiables, Dieu, se buvant, s'épuisant jusqu'à la lie, jusqu'à la dernière goutte de sueur et jusqu'à la dernière des dernières de toutes les ardeurs du corps à corps, combien brutales, combien passionnées, seule la mort ordinaire pourrait détruire une telle fusion, la mort, dont l'haleine fétide ne peut pénétrer ces lieux, impossible, elle ne pourrait pas, son flair répugnant, son odorat pourri ne supporterait pas la chaleur de cet amour, le parfum radieux de tous ces fluides vitaux qui débordent, affluent et refluent dans toutes les failles, toutes les crevasses de la grotte, bien trop chauds et abondants pour que la Parque scélérate puisse faire des siennes et immiscer son souffle pestilentiel dans ce moment de plaisir et de vie orgasmique, impossible, sûr et certain, mieux vaut qu'elle s'enfuie, la queue entre les jambes et qu'elle rengaine sa truffe de faucheuse, ici pour le moment elle ne peut rien faire, car leurs âmes abandonnées commencent à voler, à flotter, luminescentes, au-dessus d'eux, attendant l'union mystique de leurs corps pour s'unir dans une étreinte éternelle, l'effervescence rouge des grenades, nuit plus aimable que l'aube levée, ô nuit qui unis l'Amant et l'aimée, l'aimée en l'Amant transformée [1] !

Manuel mon aimé,

L'autre nuit, j'ai fait, moi ta toute belle, un rêve horrible, le pire cauchemar de ma vie. Je préfère ne

1. Référence au poème *La Nuit obscure* de saint Jean de la Croix.

pas te le raconter, bien qu'il m'accable encore, bien qu'il imprègne encore mon esprit, comme s'il ne voulait jamais s'en effacer. Et toi, tu vas bien ? L'autre jour, j'étais au cimetière, et cela sentait vraiment très mauvais. J'y suis allée avec ma mère, mais tu n'y étais pas. J'ai supposé que tu n'avais pas pu venir. Je m'en suis même réjouie, parce qu'il régnait là une puanteur irrespirable, une tombe avait dû laisser échapper ses miasmes, et nous nous sommes tirées de là à toutes jambes. L'odeur de la mort est toujours terrible.

Mais bon, où voulais-je en venir. Parlons plutôt de la trappe, c'est cela le plus important. A ce sujet, tout va bien. Mes parents et mes frères ont déjà creusé un trou sous le lit, où tu pourras te cacher à ton aise. Ce qui pose le plus de problème, c'est le tunnel de sortie vers l'étable. Les travaux avancent lentement parce que, peu de temps après avoir commencé, papa et mes frères se sont heurtés à une roche basaltique, donc très dure. Ils l'ont attaquée avec un pic et une masse en se relayant, mais seulement dans la journée, comme tu peux le comprendre, étant donné que la nuit, le bruit éveillerait les soupçons et la curiosité des voisins. Patience mon amour, mon père dit qu'il n'y a qu'un seul bloc rocheux, et qu'après l'avoir démoli, le tunnel, ton futur passage, sera facile à creuser ; en effet il pense que derrière, tout au long de la dizaine de mètres qui sépare à vue de nez la trappe du mur arrière de l'étable, il n'y a que de la terre et des pierres de lave poreuses. Quand tu entreras, souviens-toi, n'oublie pas de remettre en place les pierres sur le mur, au cas où. Mes parents ne font aucunement obstacle, ils acceptent cette idée, car ils savent que nous nous marierons dès que possible et que nous n'avons pas d'autre choix si nous voulons nous voir. Les années passent, le temps file. Ma mère m'a dit l'autre jour qu'elle ne supportait plus de me voir aussi triste, elle trouve que je ressemble à un petit oiseau aux ailes brisées, à promener ainsi ma peine aux quatre coins de la maison. C'est cela qu'elle m'a dit, elle en a assez de me voir déprimée, et comme cette histoire de dictature semble devoir durer, eh bien à quoi bon nous éterniser dans cette vie qui n'en est pas une, où je meurs de ne pas mourir. Mon amour, on y est presque, je rêve déjà du jour où tu pourras te faufiler dans le petit passage, ouvrir la trappe, entrer dans la maison et me prendre dans tes bras. Pour le reste nous en parlerons, on verra bien... Cette maison est celle de mes parents et il faut la respecter, inutile de te le préciser. Je sais que tu as très envie de moi, et moi aussi, mon amour, sois-en sûr, je ne te mens pas, mais il y a des choses qui ne se font qu'en temps voulu et après avoir reçu la bénédiction de Dieu. Oui, Dieu, je sais que tu ne lui accordes guère d'importance à cause de tes communistes, va savoir d'où tu sors ces idées, en tout cas pour moi Dieu compte beaucoup, et il compte beaucoup aussi pour mes parents, bon, plus pour ma mère que pour mon père, c'est sûr, parce que lui dit que tout cela ce ne sont que des bêtises, oui des bêtises, sauf qu'il ne manque pas une seule messe de don Nicasio de Jesús. Il est vrai que, par les temps qui courent, vas-tu me dire, il vaut mieux s'acquitter de son devoir : il suffit d'une rumeur pour qu'on vous jette en prison ou qu'on ne vienne vous interpeller à la première heure. Mais bon, c'est l'époque qu'il nous revient à nous de vivre, alors il faut bien la vivre. Il y a eu pire. Tu ne seras pas étonné si je te dis que les messes de don Nicasio de Jesús sont de plus en plus soporifiques : il ne parle que de travail et de conspirations terroristes. Ce sont ses obsessions : la nécessité de travailler davantage pour sortir l'île Mineure de son « retard séculaire », comme il le rabâche tout le temps, et le mal qui tenaille les sociétés du XXe siècle, la nouvelle « stratégie du diable », en un mot le terrorisme. La prochaine fois que je te parlerai dans mes lettres de la trappe d'accès, ce sera pour t'annoncer qu'elle est terminée, que tu peux maintenant courir dans mes bras, te serrer contre mon sein.

Ta beauté qui t'aime,
Rosa.

PS : N'oublie pas de déchirer cette lettre après l'avoir lue, au cas où le diable y mettrait le bout de son nez.

Quand Manuel le Fuyard sortit cette nuit-là pour aller nager dans la mer, il ne pouvait imaginer qu'il allait être témoin d'un accouchement, qui aurait pu le lui prédire. Il ne parvenait pas à trouver le sommeil, tant il était nerveux à l'idée de rejoindre bientôt sa Rosa. C'est pour cela qu'il fit un plongeon dans la mer, pour que la fraîcheur des flots éteigne le bouillonnement, la brûlure de son âme, ou, pour parler plus juste et plus vrai, calme la tension de tous ses muscles. Il commença d'abord par nager sur le dos, face au ciel étoilé, détendu, le long du rivage tout proche pour observer en même temps le paisible et lent mouvement des crabes dans l'eau calme. Puis soudain vint la peur.

Bruits, clapotis, mots, cris inintelligibles, une embarcation passa à côté de lui, le heurtant presque. A cet instant il se vit mort, d'abord détenu, puis mort, bel et bien fusillé, comme il l'avait imaginé en rêve : d'un tir précis entre les deux yeux, d'un autre dans le cœur et avant tous ceux-là d'un autre à côté du nombril, pour qu'il meure et souffre en perdant lentement son sang. Mais la réalité fut autre, et il cria :

— Attention !

Et ceux qui étaient dans la barque ne l'entendirent ni ne le virent, tant ils étaient occupés, affairés à trouver un lieu propice où pouvoir accoster, sans se rendre compte que cette côte escarpée, avec ses rares anfractuosités, était une zone dangereuse, un endroit où la marée formait brusquement des vagues, des remous menaçant de projeter tout ce qui flottait contre les rochers. Et ce qui devait arriver arriva, essaie d'y remédier maintenant si tu peux, marin d'eau douce, maintenant que la barcasse a gîté et qu'une vague, même pas grande, l'a soulevée et projetée contre la falaise, la faisant impitoyablement échouer, dans les cris de confusion et d'épouvante, sous le nez de Manuel. Et ce dernier ne comprit pas ce qui se passait, voyant maintenant sombrer tout près de lui, à quelques brassées, une paire d'yeux blancs qui se retournèrent, un éclat blanc sur la mer noire qui chavira d'un coup, putain qu'est-ce que c'est, cette lueur, cet œil blanc ? Alors il comprit. Il se mit à nager en direction des cris des noyés et aperçut autour de lui d'autres globes blanchâtres qui lui semblèrent être des yeux, ainsi que des choses rouges longues et minces comme des langues d'où sortaient des cris qui s'arrêtaient avant de chavirer, des cris qui s'éteignaient à peine amorcés. Cela ne dura que quelques secondes, après lesquelles s'installa de nouveau le silence de la nuit et de la mer. Manuel aurait encore plus douté de la réalité de cette vision, si les planches de bois qui, une minute auparavant, formaient une embarcation, n'avaient flotté autour de lui. La peur au ventre, il nagea dans la nuit pour fuir, de peur que tout ce fracas, tout ce vacarme n'ait alerté les gardes civils, au cas où ils auraient rôdé par là. Il nagea furieusement, à grandes brasses, jusqu'au moment où il heurta une bosse qui flottait, une bosse qui n'était pas du bois mais qui appartenait à un corps, à un corps humain flottant sur le dos, mais un corps enflé, dont l'étrange courbe s'élevait à quelques centimètres de ses yeux. Il le toucha et comprit que c'était le corps d'une femme enceinte : là, flottant sur les eaux. Un frisson le parcourut, puis il réagit. Il saisit la femme par les pieds et la hissa péniblement jusqu'à la grève qui longeait la petite plage de galets où il avait laissé ses vêtements. Ensuite il la tira plus loin pour la mettre hors de portée des vagues. Tableau : silhouette d'homme mouillé avec femme enceinte dans les bras se détachant sur l'horizon.

La femme devait être morte. Il la posa sur les galets secs, et comme la nuit était noire, il s'approcha tout près pour voir son visage noir, les gouttes d'eau emprisonnées dans ses cheveux crépus, sa bouche fermée, ses yeux clos. Elle était vêtue d'une tunique grise en loques. Le tissu mouillé lui collait au corps, moulant surtout son ventre rond. Et maintenant, qu'est-ce que je fais. Il prit ses vêtements, s'habilla puis alluma une cigarette, cherchant l'inspiration. Tandis qu'il fumait, il ressentit de la peine, à contempler la mort de si près. Devait-il au moins l'enterrer ?

Il colla son oreille contre le ventre de la femme. Aucun signe de vie, pas le moindre battement de cœur. Il étendit la main, effleura son corps. Intuitivement, il massa ce dôme fertile, pressentant quelque chose. Promesse d'enfant vivant dans les entrailles de la mort, sur fond de nuit. Sa main devina les contours du bébé. Il sursauta, secoué du même tremblement secret qui ramena la femme à la vie. Une décharge électrique parcourut sa peau, la réveillant de son évanouissement. L'enfant était vivant au sein de la mort.

Ses yeux s'ouvrirent, blanches fulgurances. Sa bouche rouge s'ouvrit pour crier, découvrant l'éclat étincelant de ses dents, cracha de l'eau de mer. Ses bras robustes entourèrent son ventre. Puis elle dit un mot que Manuel n'entendit pas.

— Portugal ?

A l'instant même elle ouvrit les jambes, remonta sa tunique et Manuel le Fuyard se pencha. De l'eau sombre mêlée de sang coulait. L'accouchement était imminent. L'anxieux désir de vivre du bébé avait réveillé la mère pour l'arracher à la mort. La femme accouchait. Elle prit une poignée de terre et se la mit dans la bouche. Elle se tordait silencieusement de douleur. Elle poussait, elle forçait en même temps qu'elle poussait de ses mains sur son ventre, pour faciliter l'expulsion. Manuel réagit et pencha son visage entre ses jambes. La petite tête affleurait, presque la moitié, presque. Je la prends, je ne la prends pas, je la prends, je ne la prends pas. Je la prends, je tire dessus ou non, je tire ou je ne tire pas. Il tira la petite tête poisseuse, et tout d'un coup, l'espace d'une seconde, il se retrouva avec un nouveau-né dans les mains, tout dégoulinant de sang. Mais pas un cri ne sortit de la bouche du petit bébé, il doit être mort, pensa Manuel. Soudain l'enfant lui glissa des mains et tomba par terre, un petit choc. Mais à nouveau entrèrent en jeu les forces de la nature, la rage de vivre. Bien sûr, l'instinct de vie était plus fort, sinon le bébé ne serait pas né, maintenant oui vraiment, voilà qu'il poussait un cri prodigieux, un pleur aigu mais émouvant, pour s'annoncer au monde, les yeux bien fermés. Manuel le Fuyard le recueillit, leva les yeux vers la mère et, dans le geste maladroit qu'il fit en voulant lui remettre le bébé, tira sur le cordon ombilical, entraînant avec lui la masse spongieuse du placenta. Et maintenant qu'est-ce que je fais ? Il fait ce qu'il lui vient d'abord à l'esprit, à savoir mordre ce long morceau de chair pour le couper. Et le sang lui éclabousse le visage, brûlant. Maintenant le bébé, désormais libre, est sur le sein de sa mère, laquelle sourit de ses belles dents éclatantes, de ses dents bien plantées qui sont l'expression du bonheur le plus inouï, parce qu'elle est mère, clarté dans la nuit noire, figure muette de femme à l'enfant, lumière d'aurore, peinture sur toile, île Mineure, île de Fer, auteur et année inconnue, collection privée.

A cette femme du tableau, on dirait qu'il n'est rien arrivé, rien, tout est oublié, on pourrait croire qu'elle va se mettre à coudre et à chanter, comme si l'instant d'avant elle n'était pas dans l'antichambre de la mort, car elle le regarde désormais avec une expression de gratitude et dit encore ce seul mot, à nouveau :

— Portugal ?

Elle attendait une réponse, au septième ciel, un large sourire épanoui sur son visage.

Aucune brosse ni aucun pinceau, aucune plume ne pourraient capter la lumière de ce regard, de ces yeux pleins d'amour maternel, quand la mort a fui, épouvantée, et que la vie a ouvert son large sillon. Les ténèbres se sont dissipées, l'air se clarifie, se purifie, la mer retrouve une autre profondeur et la nuit s'éloigne, absorbée par l'univers.

Manuel le Fuyard, au lieu de répondre négativement à la question de la femme, ne peut que lui sourire, en écho à son sourire extatique. Comme s'il était lui-même cet enfant, il se sent envahi d'une grande douceur, il est tout attendri, il se sent flotter sur un nuage, et a très envie d'écrire à Rosa pour lui raconter ce qui vient d'arriver, pour qu'elle l'imagine, pour qu'elle se sente fière de lui, car enfin, il est un héros... Tu sais quoi, écoute, Rosa, j'ai sauvé cette jeune Noire de la noyade en pleine mer, ces mêmes mains qui t'écrivent l'ont aidée à accoucher, j'ai mis au monde ce beau petit enfant noir, tu te rends compte, quelle leçon du destin, c'est un sentiment vraiment inexplicable et indescriptible, il faut le voir pour y croire, ma douce, je suis ton héros, c'est la plus belle chose, la plus belle chose qui me soit jamais arrivée dans la vie. Comment te l'exprimer : cet enfant dans mes mains, la douceur, la palpitation, le vertige, le tourbillon, le bouillonnement de la vie, je sentais les battements de son cœur, les contours de son corps. C'est comme si je me diluais, comme si je m'évaporais, mes sentiments devenaient plus palpables, à fleur de peau. Je ne sais pas, je ne sais comment l'exprimer.

— *Obrigada,* Portugal ?

Bon, au moins elle a ajouté un autre mot, mais il aurait eu besoin d'un dictionnaire espagnol-portugais parce qu'il ne comprend pas, vraiment pas...

— Ici ce n'est pas le Portugal. Non, pas le Portugal. C'est l'île de Fer, l'île Mineure, lui expliqua-t-il lentement, en articulant bien pour que l'Africaine comprenne.

— Hiego ? Hiego ? répéta-t-elle confusément, je ne comprends rien de rien, semblait dire la femme en tournant ses yeux blancs à gauche et à droite sans rime ni raison.

— Ça, ici, c'est El Hierro. L'île de Fer, insista-t-il plein d'espoir, prolongeant ses explications. L'île de Fer, El Hierro, une île espagnole, ajouta Manuel, excité à la perspective d'une communication possible.

Mais non.

— Espagne ? Pas Portugal, dit la femme.

— Pas Portugal, Espagne, Espagne, répéta consciencieusement Manuel.

Et à l'expression qui se dessina sur le visage de la femme, on comprenait qu'elle était déçue, qu'elle aurait préféré le Portugal, la pauvre petite, pourtant elle ne savait pas encore qu'elle avait échoué aux confins de l'Atlantique, sur cette petite île non mentionnée sur les cartes, loin, très loin de la Péninsule, à mille kilomètres au moins, ce qui est vite dit, mais c'est une distance qui se navigue très lentement.

Manuel le Fuyard la prit dans ses bras. Entre ses bras il tint l'Africaine et son enfant, un enfant grand et doux qui paraissait à présent endormi, enroulé dans un pan de la pauvre tunique qui habillait le corps de sa mère. Manuel avait décidé de la transporter dans une grotte voisine où il y avait des bougies, des couvertures et un peu de nourriture. Il marcha, sentant maintenant de près l'odeur particulière de la femme, le parfum de sa race. Il s'approcha d'elle et pendant le trajet, il lui dit :

— Moi, Manuel.

— Manuel ?

— Oui, c'est ça, Manuel.

— Fatahye, dit alors la femme.

— Fatahye, répéta Manuel avec une bonne prononciation.

Elle approuva en souriant.

Manuel observa le bébé, qui était juste sous son nez. Il contempla ses traits fins et harmonieux. Il l'entendait respirer posément. Fatahye comprit la demande que Manuel n'osait formuler et s'écria, sans le moindre doute ni la moindre hésitation, tandis que Manuel regardait l'enfant avec des yeux extasiés :

— Manuel, Manuel.

Et lui ne put retenir ses larmes, qui lui montèrent aux yeux, des larmes de joie mélancolique, cela faisait si longtemps qu'il ne connaissait plus la chaleur de la tendresse. Il se sentit tout d'un coup plus fort : que tous les malheurs du monde viennent à lui, il saurait les braver et y apporter des solutions.

— Manuel, Manuel, Manuel, répétait la femme sans cesser d'embrasser le nouveau-né tout juste baptisé du prénom de son héros.

Hommage mérité, énorme récompense.

Comme j'ai hâte de raconter tout cela à Rosa, elle en pleurera d'émotion, de lui décrire cet événement incroyable. Sur fond de nuit noire étoilée, deux silhouettes marchant dans le paysage de lave, portées par la respiration minérale de la terre, un bébé dans les bras, dans un silence absolu : fusain sur papier granuleux pour saisir la texture des émotions, collection privée.

Fatahye s'endormit sur la couverture, tandis que son fils Manuel, accroché à son sein droit, calmait sa faim. Elle s'endormit exténuée, sans comprendre pourquoi Manuel le Fuyard l'avait emportée dans les entrailles de la terre, si loin, tout au fond, dans une grotte éclairée par une bougie et non dans une maison normale, pour se cacher de quoi ? Après tout elle n'était qu'une mère immigrée, une mère perdue, et ici en bas il faisait chaud, chaud à son cœur également car elle n'était pas seule, elle recouvrait ici la paix de tous ses sens, dans ce lieu qu'on pouvait presque appeler un foyer, après une telle misère. C'est pourquoi elle s'endormit profondément, si profondément qu'elle semblait morte ou évanouie, étreignant le petit Manuel, sous le regard protecteur de son héros qui, souriant, écrivait fébrilement, profitant des dernières lueurs que lui offrait la flamme vacillante de la bougie. Il avait déjà tout prévu. Il s'occuperait de la mère et de l'enfant pendant quelques jours, le temps que la jeune femme se remette et reprenne des forces, le temps de profiter un peu de leur compagnie, ainsi ne se sentirait-il plus aussi seul – car verte, glauque était la couleur de la solitude : pleine de traînées, de transparences traîtresses. Après quoi, il les conduirait jusqu'à Masilva, et les abandonnerait aux alentours du village, afin qu'ils puissent rencontrer leur destin, si Dieu, le Dieu des Noirs, leur prêtait chance, s'ils étaient prévus dans la liste de ses devoirs et de ses priorités.

Les mouches, ces créatures de Dieu, sont également noires. Mais les mouches, ça, on ne le soupçonne pas, pouvaient également être blanches. Policarpo et Cesarín le savaient, eux, en chasseurs éprouvés qu'ils étaient, comme mentionné plus haut, mais également en habiles disséqueurs d'insectes. L'enfance est joueuse et inconsciente, de ce fait intrépide, et les événements arrivent tout d'un coup, comme s'ils étaient restés endormis, inactifs jusque-là. De quelle planète lointaine peuvent donc venir de telles idées ?

Il ne s'agissait que de s'amuser, et l'amusement, à cet âge, consistait à importuner le maître, le curé ventripotent don Nicasio de Jesús, l'homme le plus fainéant du monde, obsédé par le fait que les autres devaient travailler dur, focalisé sur cette idée dont il faisait son cheval de bataille. A l'école don Nicasio de Jesús avait un grand bureau rectangulaire placé plus haut que nos pupitres, afin qu'à travers cette différence de niveau, il apparût clairement qu'il existait au moins deux échelles, deux : une pour les gens importants voire illustres, une autre pour la masse, la plèbe. Et nous, en bas, nous nous tenions, nous les enfants de tous les âges, élèves de l'île de rien, de l'île-prison, en face du bureau de don Nicasio et d'un long tableau noir rectangulaire poussiéreux couvert de mots latins et de mots français – bien que souvent nous ignorions s'ils appartenaient à la langue des Romains ou à celle des Gaulois ; ces derniers apparaissaient aux yeux des enfants éduqués dans l'île de Fer comme une race supérieure et le nom de Paris leur évoquait une promesse, une évasion, un lieu magique, un rêve. Aller au tableau était synonyme de pisser dans son pantalon. Nous mourions de peur.

A droite, dans un coin du tableau, il y avait une petite boîte en bois où don Nicasio de Jesús rangeait les craies. Or la poussière des craies, recueillie au fond de ce récipient, était exactement ce dont nous avions besoin pour nous amuser, pour faire une nouvelle blague au dictateur ventripotent, le curé le plus mal intentionné qui soit à la surface de la planète. Policarpo et Cesarín étaient, nous l'avons déjà dit, des chasseurs expérimentés : une mouche volait en bourdonnant autour d'eux, ils l'attrapaient en un rien de temps, d'un bref mouvement de leurs mains agiles : fft ! Une main fendait l'air, saisissait la mouche, celle-ci agitait fébrilement ses élytres à l'intérieur de sa prison, cherchant désespérément une échappatoire, un impossible interstice entre les doigts, au creux de la main. On les entendait vrombir, là-dedans. Ensuite, ils s'arrangeaient pour les coincer entre leurs doigts et, travail minutieux, ils se mettaient à arracher leurs ailes et leurs bruyants élytres. Et voilà : en peu de temps, une foule de mouches sans ailes déambulait clopin-clopant sur la table. Après les avoir rassemblées on laissait tomber de la poussière de craie sur leurs frêles corps noirs, et alors, ô miracle, elles devenaient blanches, c'étaient des petits corps blancs qui se promenaient, les pauvrettes, sur la table, à pas lents, privées de leur vélocité et de leur capacité de voler. Elles faisaient de la peine, elles auraient fait de la peine à n'importe qui, mais à nous non. Nous, cela nous plaisait, parce qu'alors, avant que don Nicasio de Jesús n'arrive, nous les transportions sur sa table en bois, sur la grande table du maître, pour qu'elles s'y promènent, aveugles et blanches. Mais qu'est-ce que c'est que ça ? demandait le pervers. Et nous de rire intérieurement parce que nous ne pouvions pas rire franchement, nous devions garder notre sérieux. Et les mouches blanches qui avaient été noires parcouraient la table terrorisées, jusqu'au moment où don Nicasio prenait son gros livre de grammaire latine pour l'abattre sur elles et en faire une bouillie sanguinolente.

Mais les plus beaux jours de notre enfance furent ceux où nous persécutions l'âne de don Nicasio de Jesús – car il avait un âne. Nous n'oublierons jamais ce que Policarpo cria un jour : « l'âne est perdu, c'est la fête nationale ! », au point que cette phrase devint un proverbe, un adage, un dicton qui nous mettait en joie et apportait la paix dans nos existences pleines de tribulations. Ainsi notre patrie était un âne, attaché à l'ombre d'un amandier qui avait poussé à côté de l'école. Il se trouvait toujours un enfant qui parvenait à détacher la pauvre bête et à lui faire tellement peur qu'il s'enfuyait, si bien que le curé se voyait obligé d'interrompre son cours pour nous envoyer le chercher dans les champs et le lui ramener. Rien n'avait plus d'importance pour lui.

Et le temps, comment avait-il pu s'enfuir ainsi, où était-il passé pour nous laisser ainsi, livrés à ce misérable présent, pour nous abandonner à ce jeu que nous ne comprenions pas, qu'était devenu le mystère de la vie, l'envie de la dévorer, l'absence de peur, la sensation que la mort ne pouvait nous atteindre, d'être vivants à jamais même si nous devions mourir un jour ? Qu'en était-il de ces grands ciels d'azur, de cette longue sensation de l'enfance, à quel moment s'était-elle éteinte pour nous changer en adultes, nous accabler de soucis et nous apprendre que la vie est courte, qu'elle nous échappe, qu'elle s'enfuit, qu'elle n'est plus qu'un soleil mort, que tout, mais tout, se termine par un putain de point final, sous une croix, au cimetière, avec le vent qui s'insinue dans les jointures d'un cercueil et les fissures d'un caveau. Ce n'est pas juste, ce n'était pas juste.

Mieux valait s'amuser à se moquer du maître d'école, faire enrager le curé ventru, sacrée panse que celle de don Nicasio de Jesús, qu'il ne pouvait cacher sous les plis de sa soutane. Effet d'une abondante nourriture à l'huile arrosée de maints verres de bière et de vin nouveau qui venaient rassasier et abreuver cette masse oblongue et insolente. Il était capable de manger une poule entière au déjeuner. Un jour, nous nous en souvenons comme si c'était hier, il envoya Cesarín dans la basse-cour pour lui rapporter la poule la plus grosse ; il le lui ordonna d'une voix impérieuse : Allez cours, tout de suite, c'est urgent, illico presto. Cesarín apparut dans la salle, tenant la poule par les pattes, la tête en bas ; la pauvre essayait de s'envoler, sentant que sa dernière heure était venue. Don Nicasio de Jesús la prit également par les pattes et commença sa leçon, passant entre les pupitres, haussant la voix, tonitruant pour se faire entendre par-dessus les caquètements sonores de l'oiseau. Mais ce n'était pas une leçon qu'il faisait cette fois, c'était plutôt un discours, une harangue macabre : Pourquoi passez-vous votre temps à jouer avec les animaux, oubliant qu'ils sont aussi des créatures de Dieu, commença-t-il. Je sais, j'en ai la preuve, que vous prenez un malin plaisir à brûler les chats, à lapider les lézards, à tuer les hirondelles, les petits des corbeaux et même les mouches. Autant d'exemples de cruauté. Les animaux existent à une autre échelle que nous, il est vrai, ils sont au service de l'homme, ils nous servent, par exemple, à nous nourrir. Est-il cruel que je mange cette poule ? Non, parce qu'elle est venue au monde pour nous donner son énergie, ses œufs et sa viande. Son existence rudimentaire et inconsciente n'a pas d'autre raison d'être. Vous, contrairement aux animaux, vous venez à l'école pour apprendre à raisonner, pour appréhender une autre dimension, la dimension divine, pour concevoir des sphères que seul habite notre Seigneur. Cependant, vous êtes encore au stade des bêtes brutes, vous seriez capable de jouir en me voyant faire ceci :

Et, après un habile et long silence qui nous surprit, don Nicasio de Jesús commença à plumer la poule. De la main droite, il lui arracha d'un coup une poignée de plumes sur le cou. L'animal, qui s'était accoutumé durant quelques instants à cette position incommode, reprit ses caquètements douloureux : le curé était en train de la dépouiller de ses plumes sans lui faire la grâce de la tuer d'abord. Comble de la violence et de la cruauté.

Vous allez aimer contempler de vos yeux cruels toute cette souffrance, reprit don Nicasio. Vous vous demandez pourquoi je plume cette poule vivante, pourquoi je ne lui tords pas le cou pour qu'elle ne souffre pas? Eh bien je vous mets sous les yeux la terrible racine du mal, ce mal qui nous procure parfois du plaisir. Il faut fuir de tels procédés, car le diable est malin et c'est par là qu'il nous piège, il nous fait trouver du plaisir dans le mal pour que nous soyons tentés de suivre le mauvais chemin qui nous conduit dans son antre nauséabond. Les malins plaisirs servent d'appâts à l'hameçon qui nous attrape.

Et tac, tac, tac, plume après plume, mot après mot, don Nicasio de Jesús, devant nos yeux ébahis, dénudait l'oiseau, détestable exemple de cruauté destiné à nous donner une leçon. Sauf que, en vérité, loin de rencontrer la moindre expression extasiée de plaisir sur le visage des uns et des autres, c'étaient des visages assombris, grimaçant de dégoût et de souffrance que nous présentions. Car à ce moment du discours de don Nicasio de Jesús, la poule vivante était presque entièrement déplumée, ensanglantée, une vraie chair de poule au sens propre, car de ces pores hérissés coulaient des petits filets sanguinolents. Les yeux de l'oiseau roulaient, jaunes, dans leur orbite, et la voir remuer ses ailes déplumées, moignons ridicules, était la chose la plus cruelle que nous ayons vue, image vivante de la violence du mal.

Lorsque don Nicasio de Jesús en eut terminé avec sa diatribe morale, et alors qu'il semblait ressentir du plaisir à causer une telle torture, nous, nous ressentîmes un soulagement, une sensation de délivrance en entendant le bruit sec du cartilage quand don Nicasio tordit deux fois le cou de la poule, un tour à droite, un tour à gauche, pour le briser. Le silence de la mort venait de loin, mais nous avons pu l'entendre dans la classe, nous avons pu le percevoir dans la petite raideur des pattes de l'oiseau. C'est pour cela que la mort sent désormais pour nous l'odeur de la poule torturée, c'est pour cela que nous préférons ne pas la manger, pas même en bouillon, même si nos mères insistent pour nous prodiguer leurs bontés alimentaires lorsque nous souffrons de diarrhées ou de maux d'estomac. La poule déplumée agitait les moignons de ses ailes jusque dans nos rêves, et plus jamais aucun de nous ne proposa de jouer avec des animaux, oui, nous nous abstenions de les tuer, parce que cela ne nous plaisait plus, et cela sans que nous eussions besoin d'en parler ou de nous mettre d'accord. Pour changer, cette leçon fut l'une des plus utiles, peut-être le meilleur enseignement du curé. Cela en dépit du fait que, oubliant notre présence, don Nicasio de Jesús s'était bel et bien exclamé :

— La salope paraissait plus grosse !

C'est par une petite trappe étroite que Manuel le Fuyard pénétrait dans la maison de Rosa, et qu'il accédait ainsi à une grande joie, une joie profonde et mouvementée. Il en serait ainsi à moins : cela faisait plus d'un an, pour ne pas dire deux, que Manuel se cachait dans ces grottes, se faufilait dans les fentes, mourant de ne pas mourir de cette mort permanente qu'était la vie sans cette fleur, sans respirer son parfum, sans plonger dans sa corolle, sans caresser son calice, sans se laisser déchirer par ses épines amoureuses. Le soir prévu pour leurs retrouvailles, juste après le coucher du soleil, la fébrilité se communiquait d'un corps à l'autre comme une onde électrique : les personnes présentes étaient Rosa, qui essayait de ne pas se ronger les ongles pour ne pas les abîmer, son père, sa mère et ses deux frères, bref sa famille au grand complet. Atilano, le père de Rosa, préférait désormais se rebiffer contre le Régime, n'en pouvant plus de voir sa fille soupirer et se laisser mourir de chagrin, gaspiller sa jeunesse en pleurs et en sanglots. Et il savait qu'il n'y avait qu'une solution : ouvrir une trappe à l'amour, une trappe reliée à une galerie souterraine afin que les amants puissent se retrouver. Il se consolait en pensant que ce serait une solution transitoire, qu'un de ces jours, le soleil de la liberté brillerait et que la lumière de la justice viendrait à nouveau les éclairer. Car Atilano voyait ce passage secret, ce tunnel creusé de ses propres mains et de celles de ses fils, qui de ce fait étaient aussi les siennes, comme un trou, réel mais non moins symbolique, dans les mailles du terrifiant réseau de la dictature. C'était également sa porte de sortie, sa grotte politique, une déchirure à partir de laquelle pourrait se fissurer un jour le sol compact où s'appuyait aujourd'hui le régime haï. Ces amours souterraines étaient également un acte de guerre et d'insurrection. C'est tout cela qui lui passa par l'esprit lorsque les doigts de Manuel le Fuyard claquèrent et jouèrent la musique convenue, le tambourinement de la danse qui accompagnait la patronne, la Vierge des Rois, tous les quatre ans, pendant la *Bajada*[1]. On avait placé la table de la salle à manger dans la chambre de Rosa, et sur la table la nourriture traditionnelle et le vin qui va avec, Viña Frontera, blanc demi-sec, mis en bouteille il y a peu par la centrale vinicole de l'île de Fer.

Quelle magie éclata lorsque Rosa se glissa sous le lit pour ouvrir la trappe et que Manuel émergea, les yeux cernés, maigre, en sueur et exténué, quelle étrange magie explosa à ce moment-là, inondant la pièce, il est difficile de l'imaginer. Ils se regardèrent tous une seconde, comme enveloppés dans l'atmosphère nébuleuse d'un rêve, hors de l'espace et du temps, terrassés par les teintes sourdes et incertaines de l'émotion ; c'était comme si la chambre elle-même s'était détachée du monde pour flotter à la dérive, tel un astre, pour se dissoudre dans un univers parallèle. Et quand Rosa prit Manuel dans ses bras et que Manuel prit Rosa dans les siens, ce fut comme si la terre, sur son axe rouillé, recommençait enfin à tourner, à tourner beaucoup plus joyeusement, comme si le ciel était plus vaste et que le monde retrouvait enfin ses couleurs, son éclat, sa vraie texture.

Les larmes de Rosa, abondantes et salées, se mélangèrent à celles de Manuel. La chaleur de leurs corps en ébullition, le sang qui colorait leurs joues, leurs cœurs palpitants rappelèrent que la vie peut également être belle. Dimension incommensurable de la

1. Un des événements les plus importants de l'île est la *Bajada de la Virgen de los Reyes* (la descente de la Vierge des Rois), une célébration qui a lieu tous les quatre ans, au cours de laquelle les habitants conduisent la Vierge de son ermitage à la ville.

joie. Douce flamme. Ciel des ciels. Flots de lumière dans les yeux grands ouverts, pour ne pas perdre un souffle d'émotion, une larme de bonheur. Plaisir de la loyauté et de la justice, leur récompense. Amour qui jaillit à la surface, éblouissement, vertige des sens. Vies intenses qui s'embrassent et se parlent sans mots.

Puis vint l'heure de la célébration, on but et on mangea en chuchotant parce qu'il ne fallait pas faire plus de bruit que de raison, la prudence s'imposait, il ne fallait pas éveiller les soupçons ; devoir expliquer la raison d'une telle célébration aurait été embarrassant, aurait pu même avoir des conséquences tragiques. Le lapin en vinaigrette, arrosé de deux litres du bon vin fruité de l'île, fut presque aussi bon que d'embrasser Rosa. Manuel ne le lui dit pas, mais il le pensa et conclut que les plaisirs du bien boire et du bien manger peuvent s'élever au rang de l'art, car les sens les apprécient comme les champs arides la première pluie de mai ; et après avoir dégusté le dessert, du fromage blanc fumé nappé de miel, vint le moment d'un autre grand plaisir : celui de la cigarette. Sentir la fumée arriver dans les poumons et se répandre dans l'estomac pour faciliter la digestion ; jouer avec les volutes, se délecter de l'odeur du tabac. Et tous les hommes, rien qu'eux, se mettent à fumer, jusqu'au moment où les femmes se fâchent parce qu'on n'y voit plus rien dans la pièce. Rosa se lève pour ouvrir une fenêtre, On va finir par mourir asphyxiés, mais Atilano l'arrête en souriant : Hé, du calme, tu n'y penses pas, mon enfant ! Et elle de réagir aussitôt : Ah, quelle idiote je suis, se rappelant que son Manuel était Manuel le Fuyard, dangereux criminel recherché par le Régime, principal terroriste notoire de l'île Mineure, réalisant que ce qu'elle se disposait à faire, le simple geste d'ouvrir une fenêtre pour aérer la chambre, pouvait être très dangereux, conduire presque à un suicide familial, quelle histoire.

C'est justement maintenant qu'il ne faut pas baisser la garde, déclara Atilano en soufflant la fumée entre ses dents, vautré sur une chaise, convaincu d'être en train de percer un joli trou dans le tissu de la dictature.

Et à cette heure, pourquoi mentir, Manuel pensait à un autre tunnel, à un antre rose sombre qui n'avait rien à voir avec les idées politiques, démocratiques, républicaines ou dictatoriales. Celui de Rosa. L'autre plaisir, celui qui manquait pour mettre un point d'orgue à ce jour parfait. Ils allaient rester seuls, c'était sûr, le père, la mère et les frères les laisseraient seuls, c'est certain, mais Dieu respecterait-il lui aussi cette solitude ou viendrait-il s'interposer entre les deux sexes. Car nous ne sommes pas mariés à l'église, nous n'avons pas la bénédiction du Christ, c'est ce qu'elle lui avait écrit dans ses lettres, plusieurs fois et en réponse à ses mots enflammés. Et maintenant que la mère prend le père pour l'emmener et que les frères comprennent d'un seul regard et disparaissent en leur souhaitant aimablement bonne nuit, maintenant que la porte est fermée ils ne savent pas quoi faire, vraiment pas quoi faire, ils sont comme des collégiens, deux jeunes gens timides et inexpérimentés. Comme s'ils n'avaient pas derrière eux des années de fiançailles solennelles et sans faille. Leurs pieds tremblent, leurs mains tremblent, leur regard tremble. Mieux vaut allumer une autre cigarette. Ils n'osent pas. Un abîme les sépare. Leurs voix tremblent, leurs mots tremblent.

Et avec eux la terre tremble, et la lune, et les étoiles, et l'univers, parce que Rosa se redresse, quelle métamorphose au creux de sa corolle, dans le calice de ses reins, quelle métamorphose, pourquoi Rosa abandonne-t-elle sa pudeur de fleur de jardin pour l'audace d'une fleur sauvage ? Elle dénoue le nœud qui retient sa robe verte à son cou et la laisse tomber à ses pieds, éclat blanc de son corps éblouissant, lumière entre toutes les lumières, pétales à peine rosés de ses seins, buisson obscur et touffu de son sexe, terre fertile où s'épanouit la fleur qu'inonde aussitôt l'homme en érection, extase du confluent de leurs sèves, magnificence de la rose luxuriante, exubérance précoce. Il va creuser, ensemencer, fertiliser. La fleur montre sa beauté et se laisse tomber sur le lit, parterre immaculé des draps. Il prépare ses outils, soc érigé pour s'insinuer. A ses caresses humides, à ses plus doux attouchements, la rose s'abandonne, sa douce sève se répand, avivant sa couleur, l'ardeur de sa couleur. Il inonde cette terre brûlante pour soulager sa fièvre, afin que s'ouvre ce calice. Il creuse, sillonne, déflore : franchi le premier obstacle propre à la terre vierge, l'amant patiente jusqu'au délice de l'orgasme, jusqu'à la grâce du jaillissement ultime. Le jardinier et sa rose forment l'espace d'une seconde une symbiose parfaite. On dirait même qu'un peu de sang macule le champ des draps blancs, sans doute l'une des épines de la rose l'aura-t-elle blessé, ou peut-être le contraire, peut-être sa houe aura-t-elle creusé au plus profond, en quête d'une terre inviolée, encore plus fertile. Quoi qu'il en soit, ce dut être une douce blessure, une déchirure nécessaire pour assurer l'éclat de la symbiose, la beauté de la rose et la joie de Manuel l'ensemenceur.

Et Rosa s'est endormie sereine, dans l'apaisement de sa soif. Quand le matin a diffusé ses pâles rayons et qu'elle est sortie du sommeil, elle a su que Manuel le jardinier était déjà parti, parce que tel était leur accord : ne venir qu'à la tombée de la nuit, disparaître avant l'aube, de peur que ceux qui ne connaissent rien au jardinage ne ravagent les fleurs, ne les piétinent. Mais qu'importe, dans quelques petites heures il reviendra l'arroser ; qu'importe parce que dans les terres rouges de sa forêt fertile se trouvaient les perles de semence qui la caressaient encore : *a rose is a rose is a rose* [1]...

De même qu'une pieuvre est une pieuvre est une pieuvre... Baldomera, mieux vaut le dire une fois pour toutes, rêva qu'elle accouchait d'une pieuvre. D'une pieuvre, elle le voyait vraiment. D'entre ses jambes émergeait, sortait lentement, interminablement, une pieuvre tentaculaire, gluante, gélatineuse, répugnante. D'abord un tentacule, puis un autre et encore un autre jusqu'à six, six longs tentacules attachés à une tête oblongue aux yeux noirs globuleux baveux qui l'observaient, lui enjoignant de bien comprendre son rêve : cette naissance inédite était un signe sans équivoque, un pressentiment funeste, un

1. Métaphore de Gertrude Stein. (N.d.T.)

avertissement incontournable que de macabres tragédies se préparaient, une accusation de Dieu qui voit tout, une suppuration de sa conscience rongée de remords, une exsudation de sa morale prise au piège, un diabolique dessein de souffrances futures : c'est tout cela et un peu plus qu'elle déchiffra à travers la figure de cette pieuvre géante, née de ses entrailles.

Et bien qu'elle soit sortie de son rêve, elle l'avait là, sous son nez, elle le sentait, car la bête puait, empestait le diable bien que ce ne fût qu'un cauchemar. Mauvais signe, pensa Baldomera en se souvenant que dans son rêve la pieuvre, avec ses six tentacules, lui lançait des pierres, l'une après l'autre, lapidation à laquelle elle ne pouvait échapper. En voyant la trajectoire d'un de ces jets de pierres elle pourrait l'esquiver, elle pourrait même en esquiver plusieurs. Mais six d'affilée non. Six, impossible. C'est pour cela qu'elle s'est levée de son lit tout engourdie, persuadée d'avoir le visage tuméfié. Cela ne pouvait pas continuer ainsi. Je dois faire quelque chose. Quelle vie, quelle vie. Et la pieuvre était toujours là, elle la voyait toujours en face d'elle alors qu'elle était derrière, derrière ses yeux, sur la rétine de la mémoire, emplâtre vivant collé à ses sensations. Je dois mettre un terme à ces jours et à ces nuits sans but. Je dois faire quelque chose : me rebeller, changer ce qui m'attend, écouter cet avertissement, ce que cette pieuvre m'annonce. Je dois m'échapper. Il le comprendra, tous trois devront le comprendre. Bien que... tel père tel fils. Deux plus deux plus deux égale six. Six bras. Six tentacules qui m'emprisonnent. Trois hommes, six bras. Mais lequel j'aime? Puis-je en aimer un? L'un d'eux peut être écarté, mais les deux autres sont véritablement les mêmes. Je vais devoir tous les abandonner. J'en ai assez des amours souterraines, de ces amours cachées sous la terre. J'ai besoin d'air. Sortir à la surface. Fuir la pieuvre funeste. Je les abandonnerai tous les trois. Je partirai de cette île. Je peux prendre l'argent. Maintenant, c'est le mien, je le mérite, moi et ma fidèle écuyère, tante Eliana. Seules. Libres. La pieuvre, c'est eux. Monstres. La pieuvre restera ici et se décomposera. Elle est venue me prévenir. Fuis, Baldomera, fuis, cherche une fois pour toutes un destin à ta mesure.

La mauvaise farce qui avait conduit Policarpo et Cesarín en prison fut de celles qui firent date dans l'histoire du village. Ils avaient joué un tour pendable, mais s'étaient fait prendre. Heureusement que le curé avait eu pitié d'eux, Dieu merci, leur père ayant soudoyé celui-ci, plus exactement acheté assez cher sa compassion. Comprenez, don Nicasio, ce ne sont que deux enfants, ce vilain tour, ils me l'ont juré, ils me l'ont assuré, n'était pas dirigé contre vous, ce fut la malchance, le hasard, ayez pitié, prenez cet argent pour vous et pour votre Église, accordez-moi cette faveur, pardonnez-leur, ce ne sont que des gamins qui ont grandi sans leur mère, comme vous le savez, de pauvres gosses en rade... Heureusement qu'Inocencio alla le voir sans attendre et se montra habile et convaincant, car don Nicasio était déjà en train d'entonner son éternel laïus du châtiment exemplaire, brandissant la rudimentaire loi du talion, œil pour œil, dent pour dent.

A une soixantaine de mètres de l'école, et au milieu du verger, se trouvait un lieu d'aisances. C'était un étroit cabanon aux murs en pisé, au plancher fait de lattes de bois sur lequel on avait disposé une caisse en pin en guise de rustique petit coin. La porte, façon de parler, était une toile tendue faite à partir de sacs. C'est là que les enfants et les jeunes de l'école faisaient leurs besoins, surtout quand ils étaient pris d'un mal de ventre inopiné. On l'appelait le puits noir et, bien qu'il n'eût pas de toit, seule aération possible après les défécations, il empestait outre mesure, parce que le caca stagnait au fond de la caisse, tardant à se décomposer pour servir d'engrais aux terres adjacentes. Quand il n'y avait vraiment pas moyen de faire autrement, nous allions déféquer dans ce puits dont les remugles nous donnaient la nausée.

L'idée folle appartint-elle à Policarpo ou à Cesarín, peu importe, cela revient au même, car ce fut un raté, quel dommage. Nous avons déjà dit que le sol de ces cabinets était une structure de lattes en bois, à travers les interstices desquelles on ne voyait qu'un puits noir. Ils déclouèrent les planches de bois d'un côté, afin qu'elles cèdent sous le poids de quiconque s'y installerait. L'idée était de se moquer de celui d'entre nous qui serait le premier à tomber dans le puits, mais nous n'avions jamais imaginé que celui qui s'écraserait tout au fond pour se voir couronné de merde serait précisément don Nicasio de Jesús, au moins eut-il ainsi sa couronne, le curé ventripotent, parce que ce jour-là il était tellement pressé qu'il avait dû avoir recours à ces latrines insalubres pour ne pas se chier dessus pendant la classe.

Il était en train de nous expliquer les déclinaisons latines, griffonnant *rosa rosae* au tableau, nous nous en souvenons comme si c'était hier, lorsque tout à coup il agrippa son gros ventre flatulent, lâcha deux pets pour lesquels il ne s'excusa pas, et sortit comme une flèche en direction des cabinets. En deux temps trois mouvements, il s'y retrouva. Nous nous regardâmes les uns les autres, craignant le pire. Don Nicasio avait le ventre paresseux, il semblait que la veille au soir il s'était enfilé une poule entière à lui seul, il avait dû mal la digérer, parce qu'en plus de son ventre gonflé, il avait le visage défait, dégoulinant, et le regard non moins liquide, trouble et jaunâtre. C'était un goinfre, voyez-vous. Il avait fini par le payer cher, la chiasse l'ayant surpris de manière si prompte qu'il n'avait pas eu le temps d'arriver jusqu'à son logis, pourtant situé non loin de l'école, et que, en passant devant les cabinets du verger, il pensa que là était son salut. Comment aurait-il pu imaginer qu'il y trouverait sa perte ! Car, sourd aux Non ! hurlés par chacun d'entre nous, du moins par ceux qui avaient monté le piège, il y entra comme un éléphant dans un magasin de porcelaine, si l'on peut dire.

Et aussitôt nous l'entendîmes pousser un cri perçant, au milieu de bruits de barbotement. Les planches avaient cédé : le curé vêtu de noir, plongé dans le puits noir, avait de la merde jusqu'au cou, et son collet d'ecclésiastique, l'instant d'avant immaculé, était lui aussi complètement souillé.

— Sortez-moi d'ici, espèces d'enculés ! ne cessait-il

de crier, n'interrompant ses hurlements que pour ajouter plusieurs fois, dans un murmure, comme à lui-même : Espèces de fils de pute, terroristes de merde !

Nous l'avons aidé à sortir. Nous nous y sommes tous mis. Cet enfoiré était lourd comme le diable en personne. Les plus âgés, comme Policarpo et Cesarín, durent descendre dans le puits noir pour aider le curé à se relever, en le maintenant par le derrière tandis que ceux d'en haut le tiraient par les bras et les aisselles. Nous l'avons dit, Policarpo et Cesarín avaient complètement loupé leur coup. Conscients qu'ils allaient avoir les pires ennuis et que ce désordre accidentel allait être lourd de conséquences, ils allongeaient une tête de six pieds. Et comme c'était prévisible, une seconde après avoir été hissé hors du puits, la soutane toute dégouttante d'urine, le curé devina qui étaient les coupables ; nous ne lui donnâmes pas leur nom, mais lorsqu'il nous le demanda, nous regardâmes les deux frères d'un œil accusateur.

— Alors, quel est le petit malin qui a fait le coup ?

Il dit cela sans colère apparente, ce qui est pire, il le dit avec l'assurance de celui qui prépare déjà sa vengeance.

Nous les avons pointés du regard. Eux, dégoulinant également de merde, lâchèrent hâtivement une kyrielle d'excuses.

— Nous sommes désolés, don Nicasio, ce n'était qu'une plaisanterie. Vous n'allez jamais aux cabinets du verger. Ce n'était qu'un jeu, pour que l'un de nos camarades tombe dedans. Pardonnez-nous, monsieur, ce fut un accident.

Et ils réclamèrent sa clémence, angoissés, se pissant

dessus de panique, bien qu'au point où ils en étaient cela ne changeait pas grand-chose vu qu'ils dégoulinaient déjà des urines de toute la communauté, et qu'ils avaient les poches pleines de merde à peine durcie et encore souple, celle qui ne pue pas trop mais qui empeste véritablement lorsqu'on la remue, qu'on la touche, qu'on marche dessus ou qu'on l'écrase. Immonde calamité. Répugnance inouïe.

Don Nicasio de Jesús opposa à cela un calme étrange et inquiétant. Il suspendit les cours ce jour-là, mais envoya Policarpo et Cesarín chercher leur père Inocencio. Qu'ils y aillent au pas de course, qu'ils l'attendent tous trois cet après-midi, à l'heure du café, il se rendrait chez eux.

Et il y alla, enfin propre et sur son trente et un, avec sa soutane de rechange. Mais bien qu'il eût passé presque une heure à se laver et à se frotter avec du savon à la lavande, la colère transpirait tellement par tous ses pores qu'elle était visible à vue de nez. Il se rendit bien chez Inocencio, mais accompagné de deux représentants de la garde civile, Tejera et Ferinto, braves agents de l'ordre, qui reçurent la consigne formelle d'arrêter les deux jeunes gens et de les mettre en prison à Masilva pendant au moins un an. Inocencio n'hésita pas à s'humilier, et pour tout dire Policarpo et Cesarín non plus. Les choses commencèrent à s'arranger quand Inocencio et don Nicasio se mirent à parler tout bas d'une éventuelle amende. Policarpo et Cesarín comprirent, ils n'étaient pas idiots, et les deux gardes civils laissèrent Inocencio et don Nicasio négocier seul à seul. Inocencio assura à l'ecclésiastique que les actes à l'origine de la peur qu'il avait subie, et de la souillure de sa soutane, ne pouvaient trouver d'expiation à leur mesure, bien sûr, mais que cependant, ses petites économies, si petites fussent-elles, quoique grandes selon le regard qu'on y portait, pourraient servir à réparer un tant soit peu l'offense, à soulager l'affront. Prenez en compte, monsieur, la grande jeunesse de ces jeunes gens, considérez, monsieur, que ce tour pendable n'était pas dirigé contre vous, non, bien que cela ne le rende pas moins inexcusable pour autant, cela est sûr, mais réduisez leur condamnation, un an de prison c'est très long, cela risquerait de les dépraver encore plus ces garçons, ils en sortiraient encore plus pervers que ce qu'ils sont déjà. Donnez-leur quelques bonnes raclées de vos propres mains, je vous procurerai un fouet aux lanières bien dures, mais ne les mettez pas en prison pour si longtemps, ils vont devenir fous, vous savez bien que là-bas il n'y a que des infidèles, des Maures et des Noirs, accordez-leur votre pardon, rien qu'un peu. Prenez donc ces quelques sous en guise d'amende, achetez-vous une soutane neuve et faites ces travaux que vous aviez prévu de faire chez vous, ayez pitié, vous qui êtes si grand, si noble, si bon, si bienveillant et si miséricordieux. Servez-vous-en d'exemple à la prochaine messe, ridiculisez-les pour qu'ils aient honte, pour que personne ne doute ou ne remette en cause votre bonté, don Nicasio, pensez à la célébrité, à l'immortalité, à la notoriété, dans la postérité on se souviendra toujours de votre acte généreux, prenez-moi cet argent, prenez-le donc, c'est peu de chose pour laver une telle polissonnerie (Inocencio n'osa pas dire une telle merde), mais vous savez que c'est tout ce dont je dispose, les temps sont durs, je vous en prie, je vous en supplie sur l'âme de Casilda.

Inocencio resta un bon moment à s'humilier ainsi, bien qu'à l'intérieur de lui son estomac douloureux se tordît, se nouât, sa seule envie étant de se tirer de cette situation, que la nuit vienne, l'accueille dans ses bras et lui apporte un peu de paix et de soulagement, qu'il ne voie plus ce sourire malin, cette haine sale et livide dégouliner sur le visage rouge et suintant de don Nicasio de Jesús, qui ne cessait de faire tourner de sa main droite le crucifix pendu à son cou – le crucifix qui lui tomberait sur l'entrejambe s'il n'était intercepté par son gros ventre glouton.

— C'est d'accord, Inocencio, tes fils ne passeront que deux mois en prison. Donne-moi cet argent pour me dédommager. Disons que c'est faire amende honorable pour ce vilain tour, dit-il en tendant sa grosse main bien grasse pour qu'Inocencio la baise en s'inclinant devant lui. Et le curé lui donna au passage deux petites tapes amicales sur le cou, quel brave homme cet Inocencio.

L'estomac d'Inocencio se retourne de dégoût, il est au bord de la nausée mais se retient. Il vomira ensuite, quand il verra s'éloigner sur le chemin ses deux fils, Policarpo et Cesarín, entre les gardes civils qui les emmèneront tout droit à la caserne, quelle peine mon Dieu de voir ses enfants dans de telles circonstances. Derrière, à droite, très à droite, comme arborant ses infatigables convictions politiques, marchera don Nicasio de Jesús, balançant ses fesses molles, encore alourdies, si une telle chose est possible, par la bourse que lui avait remise Inocencio, laquelle contient un peu plus de la moitié de la somme qu'il avait amassée jusqu'ici dans sa vie, un peu plus de ce qu'il avait pu arracher à sa propre avarice. Il se souvint alors de

Casilda, et sa gigantesque nausée s'arrêta d'un coup. La pensée qu'elle était morte le soulagea : en effet, si elle avait vu ses fils ainsi, arrêtés comme des délinquants, le monde se serait écroulé autour d'elle. Que faisait-il donc de si mal ? Dieu le châtiait-il pour telle ou telle faute, pour ses amourettes ? Il était en train de devenir mauvais, la vie le dénaturait, il se sentait condamné. La tristesse le rongeait. Il était exténué, sans force, n'avait goût à rien. C'était, pensait-il, la première fois que cela lui arrivait. Il se coucha dans son lit et se mit à pleurer à chaudes larmes, il se mit à pleurer bien que les vrais hommes, on le lui avait expliqué, ne pleurent pas.

Serpentant entre El Pinar et La Restinga, un chemin rocailleux conduit à Los Lajiales, région tourmentée de pierres de lave habitée par le fameux lézard géant de l'île de Fer. Voici un mâle noir en train de fuir, il mesure presque cinquante centimètres, c'est un grand spécimen qui se faufile entre les coulées de lave parce qu'un chat sauvage et affamé le poursuit. Sa tête et son cou se hérissent d'excroissances pour effrayer le félin. Malgré cela le chat bondit, toutes griffes dehors, crochues et acérées. Il y a peu de chance que le saurien en réchappe. Son sang froid l'oblige à dépenser une grande énergie dans cette fuite, il semble déjà exténué, sur le point de fléchir. Le chat attend, ne le perd pas de vue, aux aguets. Des formes violentes tourmentent le paysage calciné par d'antiques érosions. La pierre se tord, dessine des figures inachevées qui revêtent la couleur des lichens : rouge, bleu, jaune. Une végétation torturée croît dans les cavités : vipérines, grenadiers, dragonniers, canneliers. Mais ici, la terre respire, elle ouvre ses ouïes rouges, son silence minéral émeut. C'est la peau du monde à l'envers, la peau du monde retournée comme un gant.

Un peu plus bas, avant d'arriver devant la mer de Las Calmas où s'étend la Charca de Tecorón, une crique bercée par une mer calme où les habitants de l'île de Fer vont se baigner en été, se trouve une ferme, dans une prairie entourée de montagnes et plantée de figuiers qui imprègnent l'air de leur parfum et déploient leurs branches comme pour s'enchaîner les uns aux autres. Les moineaux, les fauvettes à tête noire et les corbeaux picorent les figues blanches comme les figues noires. Le fruit est un bourgeon qui jaillit de façon obscène de l'écorce. Sa douceur est saisissante. Les branches des figuiers s'élancent dans le ciel comme arrachées du sol, découpant une cime ronde et verdoyante. Un toit, au milieu d'eux. Derrière l'arbre le plus éloigné du chemin se cache Eliana, la tante de Baldomera. Ce figuier, comme le pin emblématique d'Inocencio, lui rappelle de bons et de mauvais souvenirs qui se mélangent et tracent des méandres dans le tourbillon de son esprit torturé. Sous son feuillage sombre, Eliana aime méditer ; elle croit voir les choses plus clairement en dépit de l'obscurité végétale qui l'environne ; elle parle toute seule à voix basse en arrachant nerveusement ses cheveux noirs, hoche la tête et fredonne une vieille chanson. Mais c'est une lumière dévastatrice, la flamme de la folie, qui alimente le brasier de sa vengeance. Elle se nourrit de vieilles rancœurs, de colères, de rages anciennes, c'est ce que ses yeux révèlent. La faim qui la dévore est insatiable.

Le chat sauvage, tout près, commence à dévorer le lézard. Il lui lacère le ventre de ses griffes, mordille ses viscères qui se répandent. Ses longues moustaches sont tachées de sang, mais dans ses yeux, seul habite l'instinct, il n'y a que de la faim, rien qu'on puisse nommer de la haine.

En ce bel après-midi, les cloches de l'église d'El Pinar sonnèrent avec frénésie, appelant d'urgence à la messe, bien qu'on ne soit pas dimanche. La majorité des habitants éprouvèrent un véritable ennui à devoir changer leurs plans, sans compter une bonne frayeur, pourquoi ce contretemps, cette urgence inopportune.

Le temple de Dieu se remplit peu à peu : don Nicasio de Jesús avait un grand pouvoir de rassemblement, le pouvoir que lui conférait l'Eglise, l'une des institutions les plus respectées et les plus craintes (mots parfaitement synonymes en ce lieu) de l'île Mineure. Les habitants de Masilva vinrent s'agglutiner bruyamment dans l'église, curieux, parce qu'il était étrange que don Nicasio de Jesús impose des offices extraordinaires. Mais à mesure que les villageois arrivaient, ils se tranquillisaient, parce qu'en s'interrogeant les uns les autres, ils découvraient qu'il ne s'était rien passé de particulier et que, de ce fait, cette convocation spéciale obéissait tout simplement à un nouveau caprice de monsieur le curé.

Ceux qui avaient fait de telles suppositions ne s'étaient pas trompés, parce que, à peine eurent-ils le temps de s'asseoir qu'ils entendirent les typiques toussotements de don Nicasio de Jesús, ceux qu'il émettait régulièrement pour commencer à se faire entendre et imposer le silence.

— Je vous ai convoqués ici, aujourd'hui, dans une telle urgence, parce que je dois vous faire part d'un fait de la plus haute importance, il s'agit d'un sujet sur lequel nous travaillons depuis longtemps déjà et dont il est maintenant temps que vous preniez connaissance. Ne vous inquiétez pas. Je sais que je vous ai tirés de vos occupations, mais je vais être bref et vous pourrez rapidement retourner à votre travail, bénédiction des bénédictions, vrai moteur du monde, comme je vous l'ai déjà expliqué et rappelé à de nombreuses occasions, car tel est mon devoir.

Don Nicasio de Jesús prit une profonde inspiration, but un peu d'eau, et garda quelques secondes le silence, cette attitude théâtrale à peine esquissée étant destinée à se donner de l'importance et à recueillir l'attention maximale précédant les grandes révélations.

— Nous avons organisé certaines réunions auxquelles ont assisté toutes les autorités de l'île, et sommes parvenus à la conclusion logique, à partir de preuves évidentes, qu'il existe une cellule terroriste dans l'île de Fer. Oui, mes chers compatriotes, une authentique cellule terroriste, un produit déplorable du mal, une excroissance de l'enfer.

Contre toute attente et de manière exceptionnelle, les gens se regardèrent, l'œil inquisiteur, chacun soupçonnant son voisin. C'est à ce stade absurde qu'était parvenue l'obsession engendrée par le curé.

— C'est ainsi, continua ce fanatique soldat de Dieu, mes très chers concitoyens. Le diable, comme vous le savez, a à sa disposition de multiples ressources et possibilités, ce n'est pas aux vieux singes qu'on apprend à faire la grimace, nous dit très justement le proverbe. Or le terrorisme est l'un de ses plus utiles et de ses plus subtils déguisements, un masque que revêt Satan pour prendre dans ses filets des esprits encore immatures, de jeunes écervelés enclins à mal se comporter. Je vais m'expliquer plus clairement pour que vous me compreniez tous. Souvent, le piège du terrorisme revêt des idéaux supposés élevés : c'est le cas, par exemple, du communisme. Dans notre propre communauté, nous avons des exemples de ce type de possession démoniaque, comme celui de Manuel le Fuyard. Les communistes ont la bouche pleine de mots grandiloquents, pouvoir pour le peuple, solidarité, justice ; mais si nous prêtons attention à leur endoctrinement, nous pouvons entendre très nettement le souffle, la voix du diable. En vérité, je vous le demande, est-ce un hasard si le communisme s'obstine à lutter contre l'Église et contre Dieu, suggérant même le pire des blasphèmes, à savoir l'inexistence de Celui-ci ? Ils veulent effacer de la face de la Terre, d'un coup de griffe sanglant, toute idée de divinité, ils veulent littéralement tuer Dieu, exactement comme Satan. On les a vus à l'œuvre, ces piètres chicaneurs, pendant la guerre. Celui qui pense que c'est une pure coïncidence se trompe et commet un péché, il commet un péché car le communisme est une ruse, une obscure sournoiserie, un de ces déguisements dont le Maître des Enfers utilise le pouvoir. Dans l'île Mineure nous avons vaincu cette menace, bien que, et nous en avons désormais la certitude, survivent de nombreux résidus, à savoir quelques misérables mercenaires de cette Horde des Démons. Notre devoir de Chrétiens consiste à garder les yeux ouverts et à collaborer avec les autorités pour détecter et dénoncer ces foyers infectieux. Nous avons mis sur pied une tactique, que je garderai secrète par prudence, pour combattre tous ces révolutionnaires déstabilisateurs, emblématique semence du mal. Je vous annonce que cette semaine arriveront dans l'île de Fer, venant de Tenerife, six nouveaux gardes civils, avant-garde de l'opération que nous avons appelée Liberté justicière, pour nous aider à arrêter et à anéantir ces impies, auteurs d'attentats gravissimes contre l'Église et la garde civile elle-même, Dieu la protège. Vous savez tous ce qu'ils m'ont fait, vous l'avez vu de vos propres yeux, rien de moins que trente-trois épines m'ont humilié au plus intime de ma chair, trente-trois épines, précisément le symbole de notre religion, affirmation retentissante du fait que dans cette île, nous sommes toujours du bon côté, sur le chemin du Bien. Vous connaissez également les terribles dégâts causés à la caserne de nos gardes civils, véritables anges gardiens de notre pacifisme.

Ces bidons qu'ils ont lancés contre la façade du poste de gendarmerie ont été manipulés par les griffes de Satan. Mais nous sommes sur la piste des malfaiteurs, nous allons les découvrir, ce n'est plus qu'une question de temps. Même notre cimetière a été souillé; les délinquants se sont amusés à profaner les tombes. Manuel le Fuyard n'agit pas seul. Nous en avons la preuve certaine. Dans la misérable lâcheté de sa clandestinité, il a réorganisé une cellule terroriste pour continuer à semer la panique. Mais, je vous le dis haut et fort, mes chers concitoyens, bientôt, très bientôt, grâce aux moyens mis à notre disposition par notre grand Caudillo, dont le dernier et honorable exploit a été, au cas où vous ne le sauriez pas, de chasser ni plus ni moins qu'un cachalot, rapidement, très rapidement, je vous le dis, nous parviendrons à attraper ces suppôts de Satan qui s'acharnent à ruiner notre tranquillité et notre convivialité. L'opération Liberté justicière a commencé parce que notre devoir est de garantir la paix, le progrès et la pureté de notre condition insulaire.

Don Nicasio de Jesús était outrageusement exubérant. Son discours était très réussi, il suffisait de voir l'expression étonnée des visages qui l'observaient. Crisanto l'enfant de chœur, fidèle serviteur, esquissa sur un ordre, plus exactement un simple clin d'œil du curé, une ovation dont l'écho solitaire résonna dans le silence marmoréen de l'église. Bientôt le reste de l'assemblée l'imita, même si certains faisaient semblant d'applaudir en veillant à ce que leurs paumes ne frappent pas l'une contre l'autre. Ce fut le cas de Rosa, le buste droit, qui contestait d'un mouvement de tête résolu et silencieux le fait que son Manuel soit un agent du diable, lui bon comme le pain blanc. De plus, loin de ressentir en elle la moindre peur ni le moindre respect pour les recommandations du curé, elle n'avait qu'une envie : se mettre à l'œuvre. Dès qu'elle arriverait chez elle, elle se mettrait à imaginer un plan pour s'évader de l'île Mineure. Sa famille l'aiderait. Contrairement à elle, Policarpo et

Cesarín n'en menaient pas large : ils avaient la sensation qu'on allait leur attacher une corde autour du cou.

Derrière son pupitre, don Nicasio de Jesús fit deux révérences en signe de remerciement, puis s'en fut, laissant ses fidèles quitter l'église pour retourner à leurs occupations. Il hâtait le pas, pressé de prendre un bain. Il commençait à transpirer sous ses habits, et la puanteur des effluves du puits noir l'asphyxiait de nouveau. Crisanto ne fut pas sans le remarquer quand le curé passa à côté de lui, et il ne put se retenir de se pincer le nez pour protéger son odorat d'une telle agression. Heureusement que don Nicasio de Jesús était de dos et ne put le voir.

En prison, Policarpo et Cesarín avaient eu le temps, entre deux volées de coups, de fomenter un autre méfait, à savoir une vengeance contre le monde, personnifié par les oiseaux du mal.

C'est ainsi que, à nouveau libres, ils rampèrent, telles deux araignées, sur la paroi de la falaise. Ils avaient chacun enroulé une corde autour de leur taille, corde qu'ils avaient auparavant attachée au tronc de deux pins penchés au-dessus du précipice, non loin d'El Mirador de Las Playas. Ils commencèrent à descendre lentement, agrippés à la corde et les pieds collés à la paroi abrupte de la falaise. Lentement, pas à pas, séparés l'un de l'autre par quatre ou cinq mètres. Si jamais les cordes rompaient, ils tomberaient dans le vide et iraient s'écraser mille mètres plus bas contre les rochers de la côte. Sur leur visage, aucune expression de peur, rien que de la détermination. Pas le moindre signe de vertige non plus. Ils sont forts, se sentent capables de tout. Le vent souffle sur la falaise, décoiffe leurs cheveux. Ils se souviennent de la façon dont est mort Pandero. Mais ils ont un but. Pourquoi ces deux fous jouent-ils avec leur vie, suspendus à une corde, en ce froid après-midi, et à quoi peuvent donc bien servir les sacs qu'ils portent sur le dos ?

Nous ne le savons pas encore, nous les voyons seulement descendre la falaise à pic, poser soigneusement leurs pieds dans les creux de la roche basaltique, comme des alpinistes professionnels. Ils descendent très doucement, depuis déjà presque une heure. Ils ne parlent pas, à peine échangent-ils quelques signes. Ils gardent le silence. Qu'ont-ils l'intention de faire ? de se tuer ?

Finalement ils s'arrêtent, tous deux à la même hauteur. Sous leurs pieds, deux trous creusés dans la roche. Ils comptent jusqu'à trois, s'accrochent d'une main à la corde et de l'autre prennent leurs sacs ; ils commencent à longer l'abîme, lentement, silencieusement, le souffle suspendu. D'un bond, ils se retrouvent debout à l'entrée de l'une des cavités.

Alors commence un concert de croassements terrorisés. Car dans ces trous se cachent des corbeaux, des nids, des repaires de corbeaux. Privés d'issue, les oiseaux, surpris, se cognent les uns aux autres, battant confusément des ailes. Policarpo et Cesarín sont postés à l'entrée de deux nids, prêts à la lutte, hurlant pour les terrifier davantage. La chasse commence. Dès qu'un oiseau essaie de sortir, ils le capturent, l'attrapent par le cou et l'enfournent dans leur sac.

Policarpo a de la chance, il en a trouvé cinq, toute une famille, deux adultes et trois petits, faciles à attraper. L'un des corbeaux se débat furieusement dans ses mains, essaie de donner des coups de bec dans son œil, mais le jeune homme l'esquive et frappe l'oiseau contre le rocher pour l'étourdir. Quel sauvage. Il a déjà cinq corbeaux dans son sac, qui croassent de panique. Il accroche le sac à son ceinturon pour que les oiseaux ne puissent pas lui donner des coups de bec dans le dos. Son frère Cesarín l'observe, il a commencé avant lui, dans son nid à lui il n'y avait que trois oiseaux, deux adultes et un petit. Il sourit, quand son frère lui crie :

— J'en ai cinq !

— Et moi trois !

Les cours de don Nicasio de Jesús ont servi au moins à cela : ils savent que ça en fait huit.

— Ça suffit, lui crie Policarpo.

— D'accord, on y va, répond Cesarín.

Ça suffit pour quoi faire, quel nouveau forfait diabolique mijotent-ils, Dieu du Ciel, quelle idée macabre leur est encore passée par la tête, quelle folie les a inspirés ?

Ils rebroussent chemin, encore plus lentement qu'à l'aller, parce que maintenant les sacs de leur chasse pendent à leur ceinturon. Les corbeaux croassent, mais ils ne peuvent pas remuer, piégés dans la grossière toile de jute. Le bruit qu'ils font est assourdissant.

Enfin Policarpo et Cesarín arrivèrent, en sueur, épuisés mais heureux. Ils décrochèrent leurs sacs et les abandonnèrent sur le sol.

Les corbeaux se débattaient dans leur prison en

poussant des croassements épouvantés. Les deux frères rapprochèrent les sacs et Cesarín sortit de sa besace un petit bidon d'essence qu'ils répandirent sur les oiseaux. Policarpo sortit les allumettes, en gratta simultanément deux et les lança sur les sacs. Les flammes commencèrent à s'étendre, se répandirent sur la toile qu'elles dévorèrent en un rien de temps. Les croassements se firent encore plus stridents, douloureux. Au fur et à mesure que les sacs brûlaient, les têtes des corbeaux surgissaient, puis leurs ailes, et leur plumage noir parcouru de flammes bleuâtres et rougeâtres. En s'ébrouant et en agitant leurs ailes ils lançaient des étincelles, ça crépitait de tous côtés, un vrai feu d'artifice. Le premier à s'envoler, enveloppé de flammes, fut un adulte. Il parvint à voler un peu, monta vers le ciel pour se laisser bientôt tomber à pic, les ailes carbonisées. Incroyable, spectaculaire. Policarpo et Cesarín, bouche bée, guettaient les mouvements des autres oiseaux. Les petits ne parvenaient pas à s'envoler, tout juste à se traîner quelques minutes sur les cendres pour se laisser mourir. Seul l'un d'eux tenta de voler. Il sautilla pour échapper au foyer et s'approcha du précipice. Déployant ses ailes enflammées, il sauta dans le vide mais ne put planer que quelques secondes. Les oiseaux adultes, en revanche, réussissaient à voler, mais, comme si leurs forces les abandonnaient d'un coup, tombaient comme des pierres sur le sol. Ce qui se grava à jamais dans les mémoires de Policarpo et de Cesarín, ce furent ces vols, ces envols pour échapper au feu, mais ce qu'ils ne virent pas, du moins ce jour-là, ce furent les yeux, les yeux jaunes, prélude à l'enfer, de la demi-douzaine de corbeaux qui les observaient en silence, méditant peut-être leur vengeance future, leurs ombres sinistres dessinant de funestes augures.

Insatiable était, cependant, l'amour qui grandissait obstinément en Cesarín. Malgré la raclée qu'il avait reçue et l'interdiction de son père, le jeune homme semblait plus entêté que jamais, et ne parlait de rien d'autre à son frère Policarpo que de Baldomera. Ah ! Baldomera. Durant le temps qu'ils restèrent enfermés en prison, presque six semaines dans la cellule la plus exiguë de la garde civile, Cesarín ressassa de plus belle son idée folle de conquérir Baldomera. La vie est faite également de rêves et d'illusions. Il la désirait ardemment, il voulait la posséder, ne serait-ce qu'une fois, une seule. Policarpo, exaspéré au plus haut point, avait cessé d'insister quand il s'était rendu compte que les objections, les remarques, les doutes et les craintes qu'il formulait ne servaient à rien. Il aurait tout donné, un doigt, un bras, une jambe, pour ne plus parler de cette histoire, pour que son frère se sorte la jeune femme de la tête et ne l'ait plus dans la peau, parce qu'il en arrivait toujours à cette conclusion : Baldomera était, pour Cesarín, un challenge sexuel, une idée fixe, une obsession.

C'est pourquoi, au cours de l'une de ces punitions que leur infligeait un jour sur deux don Nicasio de Jesús pour leur faire expier leur dernier forfait, Policarpo eut une idée qu'il communiqua de suite à son frère. C'est qu'il la connaissait bien, la Baldomera.

— Propose-lui de l'argent, demande-lui de le faire avec toi pour de l'argent. Ensuite elle finira par aimer ça et tu n'auras plus besoin de la payer.

— Tu crois ?

— Essaie, tu n'as rien à perdre. Baldomera est intéressée. Dis-lui que papa a de l'argent de côté. Tu lui montres quelques pièces et tu attends sa réaction, pour voir. Si elle te dit qu'elle me veut aussi, tu lui dis que oui, que tu m'as consulté et que c'était même mon idée.

— Et pourquoi elle te demanderait toi ?

— Hein ?

— Oui, ne fais pas le con. Qu'est-ce que tu fous dans cette histoire ?

— Ben c'est que... je suis ton frère, tiens. Comme ça, elle se taira, sachant que toi et moi on est de mèche. Il faut être sûr qu'elle n'en dira rien à papa, parce que imagine un peu la correction ! Pour le premier rendez-vous tu lui donnes pas mal d'argent. Je crois qu'elle économise pour se tirer de l'île, elle veut partir en Amérique. Attaque-la comme ça, et convaincs-la.

— Policarpo...

— Dis-moi...

— Elle ne te plaît pas tant que ça, hein ?

— Non.

— Pourquoi ?

— Parce que.

— Parce que, et quoi d'autre ?

— Si, elle me plaît, mais ce n'est qu'une femme de plus. Et puis, je ne veux pas tomber amoureux. Ça crée des complications. C'est comme devenir boiteux ou aveugle, tu ne fais plus que ce que la femme te demande, tu n'as plus d'yeux que pour ses faits et gestes.

— Ça, c'est vrai, tu as raison. Tu es toujours si raisonnable. Tu te souviens de ce qu'on disait quand on sortait avec la Celedonia Jesús ?

— Oui, c'est un bon exemple. Imagine la souffrance qu'on endurerait si on tombait amoureux de cette fine mouche. Les femmes, il faut les tenir en respect.

— Mais moi je veux y goûter, à la Baldomera. C'est une question d'argent, alors ? Et je le prends où ?

— Idiot ! Mais d'où veux-tu le sortir ? De la cassette de papa ! Dans un certain sens, c'est aussi notre argent. Tu sais bien où il la cache.

— Bien sûr que je le sais.

— Et si la Baldomera le dit à papa ?

— Alors là, on est mal.

— Oui, on sera salement emmerdés. Père nous foutra une sacrée dérouillée.

— Oui, mais je le sens, Baldomera ne dira rien. L'affaire lui ira très bien.

— Je t'aime, frangin.

— Arrête tes minauderies, Cesarín.

— Et toi arrête d'être aussi bourru. Je t'aime, idiot, j'ai besoin de toi. C'est comme si on était jumeaux. Je me sens lié à toi.

— Moi aussi je t'aime, frangin. Viens, embrassons-nous.

À vrai dire, l'amour consumait de jour en jour davantage Policarpo. Il avait l'âme bien trop romantique pour ne pas être atteint par les douloureuses blessures qu'une relation amoureuse peut infliger dans sa triste réalité. Souffrances qui étaient loin d'être celles qu'il avait imaginées ou pressenties. Dans l'amour réel flottaient des odeurs visqueuses, s'infiltraient des mensonges, des paroles intéressées, des tromperies, des cachotteries.

Tout d'abord il connut Celedonia Jesús trop jeune. Il aurait presque pu l'aimer, se faire des illusions. Elle lui plaisait. Elle avait du charme. Elle n'était pas vraiment jolie, rien à voir avec Baldomera, dont la beauté était unanimement reconnue. Celedonia Jesús avait les hanches hautes et la croupe rebondie, les cheveux roux, la peau très blanche et les seins tout petits, un peu tombants, insensibles. Chose étrange, le fait qu'on les caresse ne lui procurait aucun plaisir si ce n'est le fait de voir qu'on les touchait, qu'on aimait les presser entre ses mains, mais la caresse en elle-même, non. Au milieu de son cou suintaient constamment deux pustules rouges infectées de pus, qui n'avaient rien à voir avec de l'acné juvénile. Puis, brusquement, on comprenait l'origine de ce mystère, le pourquoi de ces protubérances purulentes et cramoisies : ce ne pouvait être qu'à cause de son habitude invétérée d'avaler la semence des hommes. Elles étaient la conséquence de ses digestions laborieuses.

Pour autant, Celedonia Jesús avait un éclat particulier, elle était lumineuse, attirante. Elle séduisait par son regard, son sourire, ses expressions, ses yeux mi-clos. Elle avait l'intuition de l'attrait étrange qu'elle exerçait sur les hommes. Ses bras étaient recouverts d'un duvet fin et soyeux, mais foncé. Sa peau, sur les seins, était joliment parsemée de taches de rousseur. Une fois elle s'était rasé le pubis en forme de croix, quelle chose curieuse. Ce chemin de croix descendait jusqu'à son clitoris. C'était un acte presque religieux de lécher cette vulve. Bon enfin, tout dépend comment on voit la chose, parce que ce pouvait être aussi une profanation, un sacrilège. Quand Policarpo demanda à Celedonia pourquoi elle s'était rasé le pubis en forme de croix, elle répondit tout naturellement :

— Comme ça, ça m'est venu comme ça. Ça ne te plaît pas ?

Le problème c'est que l'amour le fit souffrir trop soudainement et trop tôt dans sa vie. Il avait tout au plus dix-sept ans, et il était plutôt timide avec les femmes, chose étrange, vu son tempérament si audacieux pour d'autres activités, comme se battre avec les garçons du village ou faire subir de macabres tortures à la faune de la région. Celedonia Jesús, quand elle s'aperçut qu'il la regardait à la dérobée, pensa justement cela, qu'il était peut-être trop jeune, mais elle ne tarda cependant pas à conclure que pour l'objectif qu'elle visait, ce n'était pas un obstacle, tout au contraire, c'était encore mieux. En plus, cerise sur le gâteau, il avait un frère. Celedonia Jesús, à l'époque, devait avoir une vingtaine d'années, et une terrible soif la dévorait. Il se mit en tête de la conquérir dans les règles de la courtoisie, et elle s'en trouva même flattée. Mais elle y alla brusquement, sans lui laisser le temps de faire son chemin jusqu'à elle, faisant fi de la magie des premières approches, réduisant un sentiment d'amour teinté d'un peu d'illusion à un acte sexuel brut et convulsif qui le fit souffrir.

Ce jour-là il s'était enfin approché d'elle et lui avait demandé un rendez-vous, le premier. Elle accepta avec un sourire jusqu'aux oreilles, émue par la timidité et l'embarras du jeune homme. Elle répondit cependant par la négative quand il lui fit savoir, d'une voix tremblante et les mains moites, qu'il passerait la prendre chez elle, autour de sept heures.

— Non, pas chez moi. Je t'attendrai devant les fermes de La Asomada, là où mon père cultive ses figuiers, abrégea-t-elle.

La veille du rendez-vous, il ne put pas fermer l'œil de la nuit. Il imaginait les jolis mots d'amour qu'il lui dirait. Il lui parlerait de sa petite bouche qui s'élargissait subitement en un grand sourire, de ses éclats de rire soudains. Il lui parlerait de ses yeux verts en amande, de ses longs cils soyeux. Mais des pustules qui avaient poussé sous son menton, il ne lui dirait rien, bien sûr, en galant jeune homme qu'il était. Il alla couper quelques œillets rouges que sa voisine faisait pousser dans des pots et en fit un bouquet en témoignage de ses bonnes intentions. Il n'avait pas parlé de son rendez-vous à son frère. Pas encore. Mieux valait attendre de voir ce qui allait se passer. Après avoir pris un bon bain, s'être méticuleusement savonné, il passa une chemise propre et arriva au rendez-vous dans un état d'extrême nervosité. Personne. Son pouls battait fort, il avait du mal à avaler sa salive, et il titubait comme un ivrogne sur le terrain rocailleux où poussaient les figuiers en rang serré.

Les jolis mots, les mots magiques de l'amour qu'il avait rassemblés dans sa bouche trépignaient à présent au bout de sa langue. Dès la première occasion il les laisserait s'emballer, galoper à bride abattue. Soudain il entendit sa voix, et son cœur ne fit qu'un bond avant de chavirer aussitôt car il ne la voyait pas. Il regarda autour de lui, dans un état de grande confusion. Il l'entendit à nouveau : elle l'appelait. Alors il l'aperçut, à l'entrée d'une grotte voisine, en train de lui faire des signes pour qu'il s'approche. En quelques bonds agiles, ne sentant plus le poids de son corps car la joie lui donnait des ailes, il fut devant l'entrée de la grotte, lui dit bonjour et lui remit les fleurs. Celedonia Jesús garda le silence, émue. Il avait visé juste, à en juger par l'expression stupéfaite de la jeune femme. Il lui proposa de faire un tour mais elle refusa l'invitation d'un mouvement de tête avant de préciser :

— Non, je préfère pour l'instant qu'on ne nous voie pas ensemble. Tu sais bien comment sont les gens, toujours prêts à la calomnie.

Cela lui plut, une femme jalouse de son intimité, inquiète du qu'en-dira-t-on et soucieuse d'observer les règles de l'honneur et de la considération. Aussi demeurèrent-ils cachés dans l'ombre accueillante de la grotte.

— Tu me plais, Celedonia, tu me plais quand tu parles, tu me plais quand tu te tais, tu me plais quand tu ris, commença-t-il, inspiré, libérant enfin la kyrielle de jolies phrases qu'il avait préparées.

Et il ressentait un immense plaisir à les dire, comme elle à les écouter (un compliment étant toujours bon à prendre). Celedonia Jesús n'était pas habituée à de telles douceurs, à tant de délicatesse. Alors il se lança complètement et se fit un peu poète : il eut une grande bouffée d'inspiration à laquelle le trac ne fit pas obstacle bien au contraire, et il se jeta à corps perdu dans la danse de la poésie. Éperdument, il se jeta à la mer. Et c'est par la mer que justement il commença :

« Tes yeux me rappellent la mer. Ils sont la mer, la mer quand elle se trouble et s'obscurcit pour nous empêcher de découvrir son mystère, son énigme. Tes cils sont les fils de la nuit, ton sourire la lumière de l'aube, car tes dents blanches sont lumineuses » – Il exagérait, emporté par le souffle poétique, il aurait pu dire n'importe quoi, car c'était à lui-même qu'il parlait, c'était comme s'il accomplissait un rêve ou une promesse, quelle chose étrange, les mots délicieux distillaient leur saveur en lui et il ne pouvait ni ne voulait s'arrêter de parler, de déclamer.

Celedonia Jesús était enchantée, captivée, elle flottait sur un petit nuage, quand tout à trac elle lui demanda :

— Et mon corps? Tu ne m'as rien dit de mon corps. Il te plaît ?

Comment répondre à cela, il aurait aimé s'en tirer par une pirouette, mais il n'avait préparé aucun discours, et nulle verbosité poétique ne lui venait, parce que cette question aussi directe, il n'aurait jamais pu imaginer qu'elle la lui poserait, non vraiment pas. Il resta coi, dans l'impossibilité d'avaler sa salive, et il dut tousser pour reprendre son souffle. Toute rhétorique s'était évaporée, évanouie. Il se mit alors à ouvrir, dans l'affolement, tous les placards de son inspiration malmenée, mais sa muse, bien qu'elle fût en personne devant ses yeux, ne lui soufflait pas un seul mot. Après beaucoup d'effort et de recherche, il parvint à bégayer ridiculement :

— Ton ton ton ton...

Il leva les yeux au plafond de la grotte puis les baissa, fuyant le regard de Celedonia Jesús. Et maintenant :

— Ton corps, dis-tu ? Il me plaît beaucoup, beaucoup vraiment.

Puis il resta court, stupide. Les mots qui lui étaient venus si abondamment l'instant auparavant, l'abandonnaient.

Et Celedonia Jesús ne s'y trompa pas, elle vit bien, à l'expression niaise de son visage, qu'elle devait lui venir en aide, lui être reconnaissante, lui donner à son tour un signe d'amour, elle le sentit au plus profond d'elle-même. Aussi répéta-t-elle :

— J'ai un joli corps, n'est-ce pas ?

— Oui, très joli.

Et le signe, elle le lui donna, et comment : contre toute attente, elle enleva sa robe et sa culotte, les deux en même temps, se montrant nue comme elle était venue au monde. Et cela non plus il ne l'avait pas prévu, cela n'entrait pas dans ses plans.

— Ça te plaît, ce que tu vois ?

— Oui, oui, ça me plaît, ça me plaît.

Il avait l'air d'un collégien obligé de parler, terrifié devant la maîtresse à l'idée de se tromper.

Il ressentit quelque chose qui ressemblait à de la honte. Il se pétrifia, blêmit. Une vraie statue. Mais pour corriger ses maladresses la maîtresse était là, Celedonia Jesús, prête à le tirer de cette situation difficile. Et pour cela elle prit la main transie du grand dadais et la porta sans détours, droit au but, à son sein droit. Et par-dessus le marché, sans transition elle lui saisit l'autre main et la posa sur ses fesses. Il était paralysé. Dame, c'était la première fois, pour lui.

Premier phénomène curieux : aussitôt, en sentant la chair de la femme dans ses mains, ses belles phrases lui revinrent à la bouche. Elles cabriolaient follement sur ses gencives, s'enroulaient à ses dents, sautaient sur sa langue. Il les sentait inspirées, grandiloquentes, magnifiques, richement rimées.

Second phénomène curieux : il ne put les prononcer, impossible de les dire alors même qu'il les sentait, ici même, sur la pointe de sa langue, sur le point de tomber. Et brusquement elles lui parurent ridicules, creuses : il n'y avait qu'à voir ce qu'elle faisait elle, avec une complaisance et une satisfaction évidentes. Il pensait aux étoiles, à la mer, aux roses, aux poissons, aux caresses douces, alors que la réalité était cette grotte dans la pénombre et cette tête qui bougeait rapidement et emprisonnait son membre dans son gosier : vertige débridé d'une sauvage fellation.

Avant, juste avant de sentir la montée de la fièvre, son inspiration lui dicta des vers et des correspondances :

1) étoiles-mains
2) mers-yeux
3) roses-seins-poissons
4) friandise-langue
5) caresses-amour

Ces combinaisons lui vinrent comme par enchantement, c'était un jeu d'enfant pour lui. A savoir : « Tes mains sont des étoiles qui connaissent tous les chemins », « Tes yeux sont la marée verte de l'énigme », « Tes seins sont des poissons qui sautent hors de l'eau, des roses jaillissantes », « Ta langue, friandise délicieuse, ivresse de miel », « Tes caresses sont des ailes dépliées par l'amour », et ainsi de suite, interminablement, concourant toutes pour le grand prix du ridicule.

Pas même lorsque Celedonia Jesús suspendit ses coups de langue avides pour se mettre à le masturber frénétiquement et sans ménagement, obsédée par la recherche du liquide désiré qui jaillit abondamment, il ne put oublier les belles phrases qu'il n'avait pas encore prononcées, qui s'en allaient en même temps que sa semence vers les espaces de l'oubli. Et pendant qu'il s'épanchait dans la bouche de la femme, il se murmurait des poèmes pour lui-même, comme pour atténuer la brutalité inattendue de cette ivresse inhumaine. Tous ces jolis mots pour cela, pour confirmer tout simplement la vanité de la poésie : tes yeux tels les feux de l'aurore face à cette voracité anxieuse, tes mains comme des étoiles face à ces tenailles accrochées à cette tige prosaïque, tes seins comme les grappes de la vigne face à ce va-et-vient, cette agitation désordonnée, ce balancement arythmique, disharmonieux, de ces deux cloches endiablées. En résumé : un monde d'où la poésie est absente, même dans l'amour ; un monde sans rédemption, sans magie, sans tendresse possible ; une atmosphère de ruines et de défaite, l'accablante réalité, la vie brute et putassière qu'il avait connue jusqu'à maintenant, réitérée dans l'amour. Il n'y avait pas d'autre conclusion à laquelle arriver s'il rassemblait les morceaux de sa courte existence : mère morte, raclées, souffrance, incompréhension, et son dernier refuge, la grotte de l'amour, saccagé.

Et pourtant Celedonia Jesús, en brave fille qu'elle était, n'avait pas voulu autre chose que lui témoigner sa reconnaissance. Ils décidèrent d'un nouveau rendez-vous mais pour le surlendemain matin, lui dit-elle, ce à quoi il répondit bien sûr, parce que si c'était cela l'amour, alors de l'amour elle en aurait la Celedonia, à flots, elle pouvait être tranquille. Si tel était le jeu il voulait bien parier, mais il devait encore se défaire de quelques-uns de ses jolis mots, achever de les détruire, parce qu'il sentait qu'il en restait encore quelques-uns cachés au fond de lui, grièvement blessés, tuméfiés, traumatisés après la bataille perdue, qui cherchaient guérison, hôpital, bandages et potions. Persécutés, les jolis mots attendaient un peu de commisération, pour pouvoir au moins mourir en paix, parce que la majeure partie de ceux qui avaient survécu, mutilés, avaient l'impression qu'ils n'avaient plus rien à faire dans ce corps, qu'ils étaient pires qu'inutiles.

Et le lendemain matin, il amena son frère à Celedonia, parce que son frère avait lui aussi l'amour chevillé au corps, du moins deux belles bourses bien accrochées. La violence pour la violence, comme on dit l'art pour l'art. Car les deux compères se rendirent tous deux à la grotte pour y rencontrer Celedonia Jesús, qui en attendait un mais se retrouva avec deux, deux pour un, l'aubaine. Aussi Policarpo prononça-t-il des mots tout à fait différents, beaucoup plus vulgaires, plus question de ciels étoilés, de terres douces ou de mers vertes mais j'aime ton cul, tu es bonne, suce et avale comme il avait ravalé tous les jolis mots de l'amour. Ce jour-là où se forma le trio, tous deux découvrirent, en outre, le pouvoir de la mauvaise odeur de leurs quatre pieds. Si Celedonia Jesús avait déjà complètement oublié les œillets du poète, symboles aux senteurs déjà presque fanées, elle n'en remarqua pas moins, comme eux d'ailleurs, l'odeur non moins symbolique que dégageaient leurs deux paires d'espadrilles usées, et qu'elle respira comme si c'était le plus doux, le plus délicieux des parfums. Elle se mit en effet à pousser de petits cris de plaisir tout en suçant, au comble de la béatitude, tout en buvant à ces deux sources les blanches écumes de l'amour sans amour, de la violence pour la violence. Et le trio s'améliora parce que Policarpo, lui aussi, lorsque moururent enfin tous les jolis mots de l'amour, raffola de cette lente décomposition de l'état amoureux du début, devenu un amour sans noblesse, qui le forçait à la vulgarité, qui lui apprenait que de la poésie, au bout du compte, en effet, il n'y en avait pas le moins du monde sur terre. Ainsi pensait-il lorsqu'il frottait ses pieds sur le nez de Celedonia Jesús, quand ils forniquaient dans les grottes tels des animaux préhistoriques, quand il saisissait sa tête rousse de diablesse pour l'empaler sur la verge dressée de son frère, qui était beaucoup moins intéressé que lui par la poésie et nettement plus enclin à écrire avec une autre plume et une autre encre, celle-là même qui barbote maintenant dans les profondeurs d'égout de la gorge de Celedonia Jesús.

Tel fut le genre d'amour que connurent les deux frères durant leur adolescence. Au fil des jours ils purent constater que Celedonia était une source inépuisable d'amour, qu'elle en avait à donner, à offrir et à revendre à la terre entière. Mais les rendez-vous d'amour qu'elle avait avec Policarpo et Cesarín, elle ne les aurait ratés pour rien au monde, parce qu'elle avait constaté que la compénétration simultanée des deux frères lui suffisait pour rassasier sa faim dévorante. Qu'importe le flacon pourvu qu'on ait l'ivresse, et vive la joie, on ne vit qu'une seule fois.

Baldomera était assurément très différente. Celedonia Jesús exigeait qu'on la malmène, qu'on la viole presque. Mais Baldomera, à ce qu'il lui semblait, voulait le manipuler, et il attendait de voir pour décider comment réagir. Heureusement qu'il était échaudé par ce qui s'était passé lors de sa toute première rencontre amoureuse avec Celedonia, il n'était alors qu'un puceau, mais maintenant il était prévenu, parce que le jour où Baldomera lui demanda, dans un élan amoureux, Va prendre l'argent de ton père et fuyons, mon amour, n'attendons plus, allons-nous-en de cette île-prison brûlée par le soleil, il se méfia, tous ses sens en alerte, quelque chose à l'intérieur de lui le mit en garde, frappa à la porte de la vigilance et activa la prudence : les femmes sont des démons vêtus de beauté. Gardez-vous-en comme de la peste, car elles vous jouent des tours.

Le fait de vouloir aimer et de ne pouvoir le faire avec enthousiasme et de ne pouvoir s'abandonner complètement à l'autre, se fondre dans l'autre, détruisait son âme. Il aurait voulu être comme son frère, avoir l'esprit plus pratique. Quand il vit Baldomera, un jour, curieusement il ne put plus se l'enlever de la tête. Naissance de l'état amoureux. Deux ans auparavant les deux frères s'étaient entichés d'elle, la harcelant en garçons maladroits, impertinents et mal élevés qu'ils étaient. Peu de temps après ils devenaient des hommes, leurs corps s'étaient développés et la barbe leur avait poussé au menton. Et elle, en passant par là, un jour, commença à le regarder, à l'observer d'un regard intéressé, elle lui adressa même un sourire. Signe de quelque chose. Mais la méfiance se faufilait en lui comme une couleuvre, c'est pourquoi, surtout après la correction qu'avait reçue son frère Cesarín, il commença à se renseigner, toutes antennes dehors.

Le pire, cependant, était la tristesse qui montait en lui. Son âme s'emplissait de brumes funestes. La vie se teintait de couleurs crues et triviales. Rien n'avait d'importance, hormis cette lassitude. Quel était son destin ? Où allait-il ? Les pierres de lave multiformes qui l'environnaient semblaient l'interroger. Se faisait-il vieux ? Pourquoi, soudain, cette prise de conscience ? Il aurait aimé continuer à brûler des chats, à tuer des lézards et des mouettes sans le moindre remords, sans que la réflexion vienne le tourmenter, il aurait aimé que la vie continue ainsi, plate, irréfléchie, sans ces replis inconfortables. Il aurait même préféré continuer à aller à l'école, au mépris des châtiments de don Nicasio de Jesús.

Si jeune, et l'amour déjà piétiné. S'il avait représenté pour lui un espoir, une échappatoire possible, maintenant il n'était qu'un tourment de plus. Il aimait d'une façon différente de celle de son frère, y mettait plus de profondeur. Il ne devrait pas aimer ainsi, il le savait, mais, l'expérience lui manquant, il ne pouvait faire autrement. Voir Celedonia Jesús faire cela avec d'autres hommes le faisait encore souffrir, et il n'arrivait pas à s'en expliquer la raison. C'était peut-être de l'orgueil blessé, parce qu'il se croyait un homme exceptionnel, hors du commun, et se voir soudain réduit à un numéro parmi tant d'autres, dans la masse, lui était insupportable. Quand il la voyait sucer la queue de son frère, par exemple, il essayait de découvrir la nature étrange de ce qu'il ressentait. Comment avait-il pu aimer ce monstre ? Cela le mettait en rage, il se sentait stupide. C'est pour cela qu'il s'obligeait au mal, à la vulgarité, pour se démontrer à lui-même que le monde était ainsi, bête et vulgaire, corrompu et morbide, sans âme et sans poésie, sans hauteur, du moins les cimes qu'il avait imaginées en étaient-elles absentes. Et s'il avait mis les femmes, au début, au degré le plus haut et le plus sacré de l'échelle humaine, maintenant il devait reconnaître qu'il n'en était pas ainsi, qu'elles n'étaient pas non plus ce pur paradis auquel il s'attendait, mais qu'elles étaient imparfaites ; qu'elles n'étaient pas des princesses qui éprouvaient l'honneur et la bravoure de leurs chevaliers, mais des femelles marquées par la cruauté d'une vie vouée à la satisfaction de leurs besoins primitifs. Les femmes urinaient, oui, mais dans son rêve, des jets dorés et inodores ; elles déféquaient, certes, mais quelle erreur d'avoir pensé qu'elles ne chiaient pas de vulgaires étrons mais quelque chose de plus propre, qui n'avait pas d'odeur non plus. Elles mangeaient aussi, mais il aurait voulu que ce soit avec des manières délicates, et non avec cette voracité animale ; il avait cru qu'elles faisaient l'amour après avoir mis maintes fois leur prétendant à l'épreuve, après s'être laissées longtemps courtiser, après que leur chevalier avait tué de nombreux dragons ou dégainé maintes fois son épée pour défier ses rivaux, qu'elles se donnaient avec délicatesse à l'homme pour se sentir défendues, pour se blottir tendrement dans ses bras virils. Il n'aurait jamais pensé, lui si romantique, qu'elles ouvriraient leurs cuisses de cette façon, exhibant leur trou sans détours, qu'elles lèveraient haut leurs jambes, pieds crispés, ou les plieraient contre leur croupe en exigeant, allez vas-y, une plus profonde pénétration, et qu'enfin, leur sexualité était si terriblement vulgaire. Il n'était pas de ce monde, il ne savait comment l'être. Les femmes prenaient ce qu'elles voulaient, point final. Et s'il l'avait constaté plus d'une fois, pourquoi s'entêtait-il ? Pourquoi refusait-il qu'il en soit ainsi ? Il se cachait pour voir Celedonia Jesús baiser avec les Noirs ou les Maures dans les grottes, et philosophait sur la fornication (une fois même, accroupi dans l'une de ces grottes si convoitées, il crut voir Manuel le Fuyard). Il la vit tripoter ces émigrés, et eux la tripoter, il la vit boire leur liqueur, il les vit l'écarteler pour s'enfoncer en elle, il la vit étirer ses jambes jusqu'au ciel pour qu'ils la pénètrent à fond. Fluides, viscosités, plaisirs, le sexe pour le sexe pour le sexe. Il fallait qu'il s'habitue. Dans ces scènes, pas de place pour l'idéalisation, pas de place pour la poésie. C'était vraiment accablant, mais c'était la réalité, c'était ce que ses yeux voyaient, c'était ce qui se passait vraiment, et ce qui l'anéantissait. La femme succube, le sexe obscène, fruste, sans âme, simple mécanique de la copulation. Où étaient passées la vertu, la noblesse, la poésie ? Et la vision de la femme barbouillée de salive, liquéfiée, et que je te suce et te resuce. Et, ce qui était le plus étrange, c'était là qu'elle resplendissait, qu'elle devenait plus belle, plus lumineuse, comme si l'énergie qu'elle pompait aux hommes revivifiait sa beauté femelle. Revenaient alors le doute et la confusion. Son penchant pour le romantisme mièvre était un malentendu. Il se fourvoyait. La voie juste était là, dans le sexe pur, mécanique, sans l'harmonie, sans les subtilités qu'inspire l'amour. Mais alors, pourquoi n'y trouvait-il pas de satisfaction ? Il aurait voulu que Celedonia Jesús avale aussi ces noirceurs, ces sombres réflexions, ces impasses qui l'éloignaient du bonheur. Qu'elle les avale avec le tourbillon blanc de sa semence explosant dans sa bouche. Mais non, elles revenaient de façon surprenante, elles renaissaient, elles étaient toujours là, tristes comme la mort, bien qu'il mît toutes ses forces pour les jeter loin de lui, pour les éjaculer.

Avec Baldomera ce fut une autre histoire, bien que pas si différente que cela. Si ses peurs et ses réserves s'étaient envolées, peut-être se serait-il follement épris d'elle et errerait-il à l'heure qu'il est, inconsolable, dans les espaces arides du désamour.

Parce que Baldomera avait l'air d'une princesse. Sa beauté était irréprochable. La poésie avait de nouveau droit de cité, sauf que son maître don Nicasio de Jesús la bannissait parce qu'il la trouvait inintelligible. Il cessa donc d'écrire des vers et ne les conçut qu'en pensée, n'étant pas non plus très sûr que ce soit vraiment de la poésie et l'ambiance lui étant décidément trop défavorable. Une fois, il récita un poème à son frère. Il lui demanda de l'écouter et de lui dire si cela lui plaisait :

— La conque est la forge de la mer et le tympan du temps. La mer n'est-elle pas la respiration de nos vies ?

— Hein ? Qu'est-ce que tu dis là ?

Don Nicasio de Jesús, il faut quand même le dire, encouragea ses penchants poétiques, non sans lui conseiller, s'il voulait réussir dans ce domaine, d'écrire des vers sur la vénérée patronne de l'île, la Vierge des Rois. Il s'exécuta :

Mon icône préférée est à La Dehesa,
C'est là que la belle a son ermitage,
La douce et merveilleuse reine du vent,
Bénie soit-elle, elle qui nous aide et nous protège.

Du silence des vagues elle est venue nous donner la lumière.
L'aurore est née de ses yeux, mais elle ne nous demande
Rien en échange, la bienfaitrice, la sublime.

Elle a des yeux noirs, un visage pur,
Un manteau étoilé de rubis la recouvre,
Elle est petite mais grande est sa beauté,
Elle nous offre son sourire
Et la blanche flamme de la félicité.

Mais pendant qu'il le lisait, don Nicasio de Jesús toussait. Il comprit donc que son poème ne lui plaisait pas, ce qui se confirma aussitôt puisque le curé lui tira illico les oreilles. Il préféra dès lors écrire en secret et réciter des poèmes à sa future épouse, cet ange immaculé, cette créature qui descendrait du ciel et qui l'aimerait vraiment, elle. Baldomera lui inspira plusieurs poèmes, au commencement, quand, ivre de chimères, il caressa de nouveau l'idée de l'amour. Mais cela dura peu de temps, le temps qu'il la mît à l'épreuve, et le temps qu'elle mit, elle, à lui avouer qu'elle sortait aussi avec son père. Il comprit alors pour quelle raison il ne pouvait presque jamais la voir la nuit : la nuit, elle était avec son père, cette... Je n'en peux plus. Les femmes sont de vraies putains.

J'en ai jusque-là, jusque-là. Il était dans une colère noire.

Mais ces choses-là dépendent des lunettes à travers lesquelles on les regarde, et elles ne sont jamais aussi simples.

Baldomera commençait à l'aimer quand tout se mit à s'effondrer. Il pensa qu'elle aimait son père, Inocencio, jusqu'au moment où il pensa qu'elle l'aimait lui.

— Mais, ces choses-là ne se pensent pas, elles se sentent, c'est tout, lui exposa Policarpo.

— Ce n'est pas aussi simple, pour une femme ce n'est pas si simple que cela, répondit-elle sans y réfléchir.

Et s'il ne l'avait pas vue, si au moins il ne l'avait pas vue dans les bras de son père, en train de se rouler sur les peaux de chèvres qui tapissaient le sol d'une grotte souterraine un peu au-delà de l'endroit où lui-même dormait, si au moins il ne l'avait pas vue, ouverte, largement ouverte pour recevoir l'estocade de son père, quelle horreur, ce n'est pas juste, si au moins il ne l'avait pas vue ainsi, à genoux en train de sucer le mât érigé de l'amour, si au moins il ne l'avait pas vue, il ne serait pas si abattu, rongé par des milliers de vers parce qu'il était mort, brisé, saccagé, et que l'amour en lui commençait à se corrompre et à se putréfier. Et ce qui est triste en vérité, c'est qu'à cette époque, Baldomera ne savait comment dire non, non et non au père de celui qu'elle commençait à aimer.

C'est ainsi que Policarpo le romantique, Cesarín le pragmatique et Inocencio le protecteur se virent pris dans cet engrenage fatal, parce que la vie est comme ça, absurde et compliquée, pleine d'impasses, de hasards tortueux, de dangers à l'affût et d'événements qui surviennent exactement à l'inverse de la façon dont on les avait prévus. On va alors droit dans le mur. Que faire, quel chemin prendre, que faire si la douleur fait mal et si les chemins se tordent et dévient. Que de peur, que d'effroi et quel désarroi.

— Allons-nous-en, Policarpo, fuyons à Tenerife, prends l'argent de ton père, lui dit Baldomera un jour, désespérément consciente que sa relation avec Inocencio ne la menait pas vers les rives du bonheur, ne serait-ce qu'à cause de leur scandaleuse différence d'âge.

Advinrent alors des choses terribles. Qui l'eût cru. Comment dire tout cela. La vie peut détruire, consumer les êtres. Policarpo est assis sur un tas de fumier. Il se lève, et il dérape. Personne ne lui explique que la vie est difficile à comprendre, que la nature humaine est inconstante.

Plus Baldomera s'éprenait de Policarpo, plus elle se détachait d'Inocencio. Mais, lorsque Policarpo, pour avoir la preuve de la fidélité et de l'amour de Baldomera, invita son frère au festin, il découvrit que la réalité, loin de ce qu'il avait imaginé, pouvait être simple et obscène. Baldomera quant à elle, finit par comprendre que cette situation compliquée et insoutenable n'avait qu'une issue : la fuite. Le moment était venu d'abandonner l'île de Fer et de s'installer à Tenerife, l'île Majeure, où l'on pouvait se construire un avenir meilleur. Mais, pensait-elle, il n'était pas question de s'en aller sans le pécule, les mains vides. Sa tante Eliana, qui était au courant, s'était mise à échafauder des plans pour elle. Avec tout ce que tu as dû supporter, ma petite, lui disait-elle, tu mérites bien ça, et comment. Sa liaison dangereuse avec ces trois hommes unis par les liens du sang l'avait menée à cette impasse. Avant, quand elle était plus jeune, elle avait joui du lien secret qui l'unissait à Inocencio. Mais le veuf, même s'il était devenu le soutien économique des deux femmes, ne lui avait jamais offert d'avenir, il en était incapable. Elle avait cru voir la solution quand elle s'était mise à aimer Policarpo, au fur et à mesure qu'elle le connaissait. Ses préjugés contre lui s'envolèrent, car finalement c'était un brave garçon. Inocencio allait devoir accepter cette nouvelle relation, ce triangle insolite, se faire à l'idée que sa maîtresse pouvait devenir sa belle-fille. Mais les choses s'avèrent très différentes de la façon dont nous les avions imaginées. Personne n'avait plus confiance en personne, et le lien qui les unissait tous dans le plus grand secret se briserait un jour, adieu Baldomera, adieu Policarpo, adieu Cesarín, adieu Inocencio, irrémédiablement adieu. La fin arriva précipitamment comme un tourbillon d'eau condamné à l'égout, à cause de l'inconscience de Cesarín, le plus jeune, le plus imprudent, le plus innocent, bien qu'il ne portât pas le prénom de son père… Ce fut lui qui épia Inocencio pour découvrir où il cachait son pécule, pécule qui, pensait Cesarín, était également le sien. Inocencio le planquait dans l'oreiller qui avait appartenu à sa mère Casilda morte il y avait trop longtemps. Le jour où il l'avait fait savoir à Baldomera, au cours de l'infatigable labeur auquel il s'était attelé pour la conquérir et obtenir ses faveurs, elle lui avait promis l'amour éternel et les joies du sexe. Il est vrai qu'elle lui aurait tout promis pour pouvoir s'enfuir avec lui à Tenerife les poches pleines. Mais ne le dis à personne, pas encore, ni à ton père ni à ton frère Policarpo, ils nous en empêcheraient, précisa Baldomera en le couvrant de caresses, ils nous mettraient des bâtons dans les roues, ils feraient obstacle à notre bonheur, mon enfant, mon bel enfant. Comme elle exerçait sur lui une domination absolue, elle n'eut pas besoin de réfléchir longtemps pour en arriver à cette conclusion hâtive. Or la hâte n'est pas bonne conseillère, et il est facile de se tromper. Et les gens non plus ne sont pas prévisibles, qu'est-ce qu'elle croyait la demoiselle. Il nous faut agir vite, dépêchons-nous, mon amour, mon beau Cesarín, mon cœur. Va chercher l'argent, compte-le, dis-moi combien il y a, apporte-le-moi si tu peux, je veux le voir, apporte-le-moi sans éveiller les soupçons, mon petit chou. Viens chez moi, à l'heure où personne ne peut te voir, le mieux c'est dans la journée, quand personne ne te cherche et n'a besoin de toi, tante Eliana t'ouvrira la porte, elle sait tout et veut nous aider.

— Ce sera notre secret, n'est-ce pas? lui disait précipitamment Baldomera en mangeant presque ses mots.

Or cela n'était nullement suffisant. La somme qu'avait réunie Inocencio, du moins celle qu'il cachait dans l'oreiller de Casilda, était ridicule. Cet argent, pensa Cesarín, ne lui donnerait même pas le moyen de partir à l'assaut de sa forteresse tant désirée. La supposée fortune d'Inocencio avait probablement été surestimée du fait de son tempérament économe. Il y a quelque temps, il avait dû en prélever une quantité considérable pour libérer ses fils de la colère de l'Inquisition : don Nicasio de Jesús lui avait collé, en bon ecclésiastique qu'il était, une amende salée à cause de la mauvaise plaisanterie du puits noir et lui, en père responsable, l'avait payée pour les décharger de quelques mois de peine. Sans compter les cadeaux qu'il avait faits à Baldomera pendant tout ce temps pour satisfaire à ses caprices dispendieux, ainsi que l'argent qu'il avait régulièrement versé aux deux femmes pour assurer leur entretien durant toutes ces années, autant de choses plus ou moins avouables qui avaient contribué à miner le pécule initial qu'il devait à l'efficace gestion domestique de Casilda. Une vraie sainte que cette femme.

— Quoi ? C'est tout ? Tu es sûr ?

Baldomera ne pouvait croire en sa mauvaise étoile le jour où Cesarín lui communiqua quelle somme d'argent il avait découverte à l'intérieur de l'oreiller. Peut-être qu'on va en trouver davantage, se hasarda Cesarín pour lui remonter le moral, peut-être son père cachait-il d'autres économies ailleurs, ce qu'en vérité soupçonnaient les deux frères, et qui en outre était une chose sûre et certaine. Tais-toi, tais-toi, petit coquin, ne m'en dis pas plus, quelle guigne, quelle poisse, dit-elle. Elle en arriva même aux insultes, qui lui échappèrent ; le visage de Baldomera, soudain tourmenté, exprimait la plus vive contrariété ; dépourvu de douceur, il n'avait plus rien d'angélique. Ce n'est pas juste, ce n'est vraiment pas juste, se mit-elle à répéter, anéantie, le cœur oppressé par une inexprimable angoisse. Cesarín se mit alors à comprendre que l'amour que Baldomera lui portait était plus ou moins proportionnel à la quantité d'argent que possédait sa famille, c'est-à-dire plutôt mince. Infime, insignifiant, ainsi se voyait-il à présent, humilié, grotesque marionnette de guignol. Baldomera, de son côté, se sentit flouée. Cet argent paierait à peine un mois de location dans un taudis des pires quartiers de l'île Majeure. Peut-être ne serait-il même pas suffisant pour s'installer dans les zones les plus pauvres de Tenerife, à Taco ou à Añaza. Mais je l'ai bien mérité, si une telle chose m'arrive c'est à cause de la situation emberlificotée dans laquelle je me suis mise, c'est parce que je suis sortie avec le père et ses fils. Je les tiens, ils m'ont tous les trois dans la peau, mais ça me sert à quoi, confiait-elle avec une colère teintée de honte à sa tante Eliana, qui, ayant avec elle une relation plus maternelle qu'avunculaire, ne savait quoi faire pour la consoler.

— Ne te mets pas dans ces états, ma chérie. Je le connais depuis longtemps, mon Inocencio, et je suis sûre qu'il a bien plus d'argent que ça. Prenons notre temps, et tu verras que nous arriverons bientôt à savoir où il le cache, le misérable. Moi-même je le trouverai, tôt ou tard. Ne t'en fais pas, ma petite fille, mon enfant, disait-elle pour lui redonner courage, avec la tendresse d'une mère. Tu verras, quelque chose va se passer, nous ne resterons pas les mains vides, laisse-moi y réfléchir. Baldomera cessa de pleurnicher. A travers le voile de ses larmes, elle crut voir la pieuvre de son cauchemar lui adresser un sourire sinistre. Les tentacules du remords commençaient-ils à l'agripper ? Ce que je fais n'est pas bien, vraiment pas bien, Dieu va me punir, me condamner à l'enfer, pensait-elle dans ses moments de faiblesse. Mais sa tante Eliana était toujours là pour la soutenir, beaucoup plus forte et résolue, dominée par des forces étranges issues sans doute des pentes délirantes de son esprit.

— Ne t'en fais pas, mon ange, Dieu est de notre côté. Ils brûleront tous trois dans les flammes de l'enfer. Je te l'assure, ma petite fille. Ainsi coupait-elle court aux scrupules qui commençaient à tourmenter sa nièce.

La grotte par laquelle communiquaient les demeures d'Inocencio et de Baldomera, comme il a déjà été dit, était vaste et tortueuse. Elle n'aurait pas été inutile à Manuel le Fuyard, s'il l'avait connue. Quand Inocencio abattait les parois du puits et découvrait le tunnel volcanique qu'il allait transformer peu à peu en nid d'amour, il était loin de penser que, le temps et la curiosité aidant, ce même tunnel servirait également à ses fils pour qu'ils se partagent Baldomera. Dans l'un de ses multiples recoins, il avait arrangé un endroit confortable pour leurs rencontres. Il avait consacré beaucoup de temps et d'argent à ce travail, émerveillé, ébloui qu'il était par la possibilité de vivre une pareille aventure à son âge, et malgré son veuvage. Baldomera descendait dans la grotte par une ouverture qui se trouvait à la base du mur latéral de son poulailler, mais Inocencio, par pudeur, s'était toujours abstenu d'entrer chez sa maîtresse : il ne voulait pas rencontrer la tante Eliana, allez savoir pour quelles obscures raisons, et à dire vrai, Baldomera ne l'invita jamais dans sa maison. Sauf en cas d'imprévus et d'arrangements entre eux, les deux amants échangeaient leurs caresses, gâteries et autres enlacements les lundis, mercredis et samedis et ce jusqu'au petit matin où ils rentraient épuisés dans leurs nids respectifs, ni vu ni connu. Et le temps glissait sans encombre, faisant de cette situation extravagante la plus normale du monde. Ce qu'ignorait Inocencio, c'est que depuis quelque temps son fils Policarpo se glissait, les mardis et les jeudis, par ce même tunnel volcanique, sauf que lui, peut-être moins pudique, ne se gênait pas pour s'introduire chez Baldomera et son espionne de tante Eliana. Il ne restait pas dans le tunnel, bien sûr que non, hennir et caracoler dans le lit moelleux de Baldomera était ô combien préférable. Le cavalier et sa monture préféraient nettement les draps et les oreillers que les peaux de chèvre étalées sur le sol.

Au début, tout avait paru mystérieux à notre amoureux des transports cavaliers : le fait qu'ils ne se voient que le mardi et le jeudi en cachette lui donnait bien à réfléchir, mais Baldomera avançait des arguments si convaincants que cela finissait même par lui paraître logique, et il en tombait d'accord, même si sa certitude durait peu de temps. Le temps d'un sucre à sa pouliche. Donnons-nous un peu de temps, chéri, pour nous connaître mieux, le moment viendra bientôt de rendre publique notre relation et de nous fiancer dans les règles, tu sais bien comment sont les gens, ils aiment fouiller, mettre leur nez partout, nous perdrions notre liberté en moins de deux, lui avait-elle dit, persuasive, en moins de temps qu'il n'en faut pour cuire un œuf. Tout cela était d'une écrasante logique. Policarpo représenta d'abord pour Baldomera une façon de s'approcher de l'argent d'Inocencio. Le meilleur chemin n'est pas toujours le chemin le plus direct. Mais ses plans commencèrent à changer quand, ses préventions et ses soupçons levés, elle voulut le rencontrer deux fois au lieu d'une par semaine : le mardi et le jeudi. Elle commençait à discerner en Policarpo certaines valeurs qui surent plaire à son cœur. Les chemins du cœur sont souvent les plus tortueux. Garçon intéressant, ce Policarpo, pensa-t-elle avec plaisir plus d'une fois. Quelle surprise. Ce n'était pas, loin de là, une obligation d'être avec lui. Non. Même sa tante Eliana s'aperçut de cette nouvelle situation qui contrecarrait ses plans. Dans sa curiosité malsaine, elle épiait leurs rencontres, leurs étreintes sur le lit, se souvenant de ses désirs d'autrefois, de ses hennissements de plaisir, sans doute à cause de la ressemblance évidente des deux cavaliers — Ça la rendait encore toute chose rien que d'y penser, elle en jouissait encore. Et pourtant il y a des souvenirs tout à fait nuisibles pour la santé, qu'il vaut mieux s'enlever de l'esprit avec un scalpel. Toujours est-il que l'herbe ne repousserait plus sous les sabots et sur les draps de ces jeunes poulains, tant leurs chevauchées étaient mouvementées. Ces élans ne me semblaient pas joués, ils n'avaient rien de théâtraux, constatait la tante Eliana. Ce n'était pas bon pour Baldomera. L'intrigue se compliquait, les hommes tissaient sur leur passage une grande toile d'araignée qui commençait à emprisonner la jeune femme. Décidément la fuite à Tenerife s'avérait la seule issue.

Mais Baldomera n'eut ni la conscience ni la patience suffisantes, elle se sentit trop sûre de ses possibilités et mit la charrue avant les bœufs. C'est ainsi que tous les soupçons de Policarpo se trouvèrent d'un coup confirmés : elle ne voulait rien d'autre que l'argent de la famille. Il n'avait certes plus confiance en elle, mais Baldomera ne lui avait pas encore avoué ce que lui savait déjà depuis peu, à savoir qu'elle avait également une liaison avec son père. Et le vase déborda pour de bon l'après-midi où elle lui demanda, désespérée mais convaincue de le tenir sous sa coupe, d'une voix adoucie par la jouissance, dans l'un de ces incontrôlables moments de faiblesse, ce qui suit :

— Fuyons, Policarpo, partons à Tenerife, prends l'argent de ton père et commençons une nouvelle vie, une vie à nous.

— ... ?

— C'est la meilleure, la seule solution, n'hésite pas, partons, mon amour, implora-t-elle.

— L'argent ? Quel argent ? De quel argent tu parles ?

Elle s'en mordit la langue, mais trop tard : elle lui avoua que cela faisait presque deux ans que son père l'entretenait et elle eut beau parler, parler, faire la coquette et essayer de le faire rire, il s'éloignait de plus en plus et, se souvenant soudain de Celedonia Jesús, remerciait même celle-ci de l'enseignement involontaire et gratuit qu'elle lui avait prodigué : ne jamais se confier à une femme.

— Policarpo, c'est toi que j'aime. Nous ne pouvons plus continuer à vivre ici. Ton père m'a dit qu'il avait de l'argent de côté, qu'il pouvait m'entretenir moi et ma tante. Mais je dis moi que c'est aussi ton argent. Partons de cette île pour pouvoir être heureux.

Cet après-midi-là elle ne cessa d'argumenter, de parler comme une pie, car lui se taisait, plongé loin en lui-même. Elle eut peur de le perdre pour toujours, voyant une ombre de souffrance au fond de ses yeux. Policarpo, songeur, se leva du lit et s'habilla lentement, sans dire un mot. Puis, sans la regarder et avant de décamper, il lui lança :

— Je veux que tu couches avec mon frère.

— Quoi ?

— Que tu couches aussi avec mon frère. Il te donnera de l'argent.

— Tu es devenu fou ? Tu es un vrai salaud.

— Il viendra cette semaine. Je lui dirai que c'est toi qui l'invites au festin. En fin d'après-midi, avant la tombée de la nuit. Ou mieux, dis-le-lui toi-même.

— N'y pense même pas.

— Penses-y plutôt, il te donnera l'argent pour que tu partes.

— Tu me prends pour une pute ?

— Oui. Maintenant je n'ai plus de doutes : tu méritais la queue de Pandero. La poésie ne trompe pas, « Baldomera » rime avec « morue ».

— Eh bien puisque je suis une morue, je vais te le prouver. Je coucherai avec ton frère à la condition que tu me voies.

— Ah ça, avec les deux en même temps, ça va sûrement te plaire.

Là-dessus il s'en alla, la laissant sans voix. L'arc des sourcils de Baldomera exprimait l'humiliation, mais Policarpo se sentait étrangement bien, il était vengé, en paix avec lui-même. Sa récompense arrivait de très loin. Il avait décidément raison : ce monde était trompeur et sans poésie.

Deux jours plus tard, peut-être trois, un matin, Cesarín vint à sa rencontre d'un air réjoui.

— Tu ne vas pas y croire.

— Quoi ?

— Baldomera vient de m'inviter, cet après-midi, à venir chez elle.

Policarpo montra de la surprise et de la joie, félicita son frère, mais n'en dit pas plus. Cesarín, prolixe, lui avoua tout.

— Elle m'a dit de descendre par le puits de la maison jusqu'à une grotte, d'y pénétrer, et qu'elle m'attendrait...

C'est en prononçant ces mots de Baldomera que Cesarín comprit. Distrait oui, mais idiot non. Bien sûr, c'est pour cela que son propre père disparaissait de temps en temps par le puits, c'était pour rencontrer Baldomera. Ce n'était pas une passion pour la spéléologie, qu'il avait. Qu'on ne la lui fasse pas.

La vérité est au fond d'un puits : c'est d'une pareille circonstance qu'on a dû tirer l'expression. Par recoupements, il arriva tout seul à la conclusion, tandis que Policarpo hochait la tête silencieusement.

— C'est pour ça qu'il nous a interdit de lui faire la cour, c'est pour ça qu'il est devenu fou et qu'il m'a foutu cette raclée.

Ils parlèrent des heures, attendant la fin de cette journée de mardi. Policarpo s'arrangea pour l'accompagner. Cesarín voulut aussi qu'ils viennent tous deux au rendez-vous. Allez, tout va bien puisque nous sommes d'accord, se dirent-ils avec enthousiasme, comme c'est bon de bien s'entendre. Avant de s'introduire dans le tunnel, Cesarín demanda à son frère de l'attendre un instant, juste le temps de s'arranger un peu, du moins c'est ce qu'il lui dit. En réalité il lui mentit effrontément. Il le fit attendre une dizaine de minutes, seul lui savait ce qu'il faisait. Sous sa chemise on pouvait deviner quelque chose, un objet caché qui passa cependant inaperçu au regard averti de Policarpo. Qu'avaient-ils encore dans leurs manches, ces deux compères, mieux valait ne pas y penser. Ils descendirent au fond du puits et accédèrent à la grotte. Ils marchèrent, éclairés par une lampe à huile, pendant un bon moment. Cesarín contempla, admiratif, le coffrage qu'avait réalisé son père pour fixer le toit de pierres. Magnifique travail, digne d'un architecte. C'était la première fois qu'il entrait dans le tunnel de l'amour. Policarpo semblait le connaître mieux que lui, remarqua-t-il, c'était un bon guide. Soudain, face à eux, comme sortie du néant, complètement nue, une apparition : Baldomera. Cette femme avait toujours été douée pour les grands effets.

Il n'y a pas de mots assez justes et suffisamment forts pour décrire le mélange de sentiments qui s'empara alors de Cesarín. Baldomera, dans sa colère, avait forgé un autre plan avec sa tante Eliana. Cesarín, qui brûlait toujours du même désir pour Baldomera, voulait non seulement réaliser son rêve mais aussi, pour étrange que cela parût, se venger de l'affront qu'elle lui avait fait subir il y a quelque temps devant ses propres amis en refusant de l'embrasser, vexation de surcroît à l'origine de la dérouillée qu'il avait reçue des mains de son père fou de jalousie. Il n'avait pas oublié cet outrage, cette humiliation publique. Les paroles aimables que lui avait dispensées cette femme vénale ne lui suffisaient plus. Ce qu'il voulait maintenant, c'était sa chair. Sur le corps de Baldomera, il répandrait l'ardeur et les parfums étranges de sa passion, quel danger en puissance que cette femme qu'il aimait, du moins le croyait-il. Désordre et raz-de-marée. Son frère Policarpo, en tout cas, était en train de se détacher d'elle. Il pensait l'aimer moins, mais peut-être l'aimait-il plus que ce qu'il croyait. Et malgré l'amour qu'il ressentait encore, ce qui bouillait à l'intérieur de lui il voulait l'ignorer, il voulait aimer cette femme d'une autre façon et la jeter dans les bras de son frère, la tester, voir ce qui se passerait et ce que cela lui ferait. Et elle de son côté ne pensait pas autrement, imaginant que Policarpo ne supporterait pas de la voir avec Cesarín. Le problème est que ce genre de réflexions et de conjectures se démentent la plupart du temps, car le cœur et la raison ne font pas bon ménage. Il y a un peu plus de deux ans, Policarpo et Cesarín avaient participé aux festivités du *malgareo* qui avaient mis Baldomera au pilori en lui attribuant le membre de l'âne Pandero : tout le monde disait qu'elle devait avoir un secret bien gardé, et qu'un mystère planait sur sa vie. Déplorable honneur que d'être la destinataire de ce membre asinien. Puis vient le temps où les garçons découvrent que le bénéficiaire du fameux mystère n'est autre que leur propre père, et là tout change, les torts se distribuent autrement, les destins se lient différemment.

Ils se transforment comme l'âne Pandero lui-même, qui ne marche plus sur les sentiers du ciel transformé en licorne comme dans le rêve symboliste d'Inocencio. Ils se transforment comme leur propre mère, Casilda, morte de la maladie verte et qui parcourt maintenant les limbes célestes, florissante, ayant recouvré la jeunesse et la santé, comme au temps où elle se laissait courtiser par Inocencio sous le pin de la forêt, le pin mystérieux avec lequel parlait et sous lequel rêvait son père. Les choses changent du tout au tout, eux-mêmes ont beaucoup changé, bien que peu d'eau ait coulé sous les ponts. Maintenant ils sont toujours jeunes, très jeunes, mais ils sont devenus des hommes. Colaso le patron du bar ne se tord plus la bouche avec une moue désapprobatrice s'ils lui demandent du cognac, quelques verres de rhum ou un quart de vin ; peut-être que Baldomera commence à les regarder avec d'autres yeux, des yeux plus coquins, les yeux d'une femme qui observe un homme. Ils n'étaient plus des freluquets, des morveux, l'enfance s'était évaporée en un clin d'œil, tout à coup, du jour au lendemain. La prison, pendant quelques mois, les avait fait grandir. A cause de don Nicasio de Jesús, ils avaient mûri entre les barreaux. Oui, en fin de compte, il se trouve que ce curé mal embouché fut, tout compte fait, un bon éducateur.

Le temps passe, les choses changent, la situation se noue. Leur destin présent, c'est cette réalité souterraine, étrange et complexe, c'est ce coup de théâtre, Baldomera nue, éblouissante dans la lumière des bougies, qui se met à courir dans le tunnel volcanique comme si elle leur proposait de jouer à un jeu. Elle court à petits pas en direction de sa maison. Elle connaît par cœur les innombrables détours de la grotte, cette terre d'amours interlopes. Soudain elle s'arrête, invitant d'un mouvement de la main les deux frères à la poursuivre, mais ils ne réagissent pas. Puis ils se regardent et, sans dire un mot, sans comprendre les règles du jeu, ils courent derrière elle ; Policarpo le premier, car lui connaît bien le chemin : il pourrait avancer les yeux fermés. Cesarín s'en rend compte, bien sûr, et, tout en suivant son frère, passe en revue tous les indices; il commence à deviner. Il n'a plus aucun doute. Policarpo rattrape Baldomera. Elle le frappe et lui demande de la lâcher, Lâche-moi, lâche-moi, je te dis. Maintenant, les deux jeunes gens la cernent. On ne lit aucune crainte, pas une ombre de peur sur son visage. Ils se regardent muets, le souffle court, s'observent, se flairent tels des fauves sur le point d'attaquer. Sans attendre et dans toute la voracité de son désir, Cesarín se rue sur Baldomera, lui prend les seins par-derrière, l'étreignant de ses grosses mains bestiales. Elle regarde Policarpo : une étrange flamme brille au fond de ses yeux. Elle parvient à s'échapper et court sans réelle conviction, s'éloigne de quelques mètres seulement. Cesarín la rattrape, ils roulent sur le sol, il la force, l'embrasse en lui saisissant brutalement la tête. Elle fait Non, mais de moins en moins fermement. Cesarín continue à l'embrasser, plonge sa langue dans sa bouche. Sa main gauche lâche la tête de la femme, il n'a plus besoin de la forcer, elle n'interrompra plus le baiser. Il descend lentement la main vers son sein droit et s'amuse à agacer ses mamelons dressés. Excité, il continue à l'embrasser longuement, à pleine bouche, tout en pétrissant sauvagement ses seins. Elle pense à une autre tactique et le supplie, à l'oreille, lui murmurant :

— Doucement, doucement, lui ordonne-t-elle à mi-voix.

— Ça te plaît? lui demande Cesarín, dans un souffle saccadé par l'intensité de son désir.

Policarpo, toujours debout, observe la scène, étudie ce qu'il ressent tandis que son frère se déshabille, enlève ses vêtements en un clin d'œil, exhibant son sexe dressé. Sous sa chemise et son pantalon, il cache furtivement quelque chose : un petit tas de tissu froissé. Policarpo ne soupçonne rien, ignore ce qui se trouve sous les vêtements de son frère. Baldomera, dans toute sa splendeur, profite de cet instant pour appeler Policarpo, et lui fait signe de l'index de s'approcher d'elle et de l'embrasser. Personne ne comprend les femmes, non. Il se déshabille. Elle honore le contrat. Si c'est ça que tu veux, tu l'auras. Elle s'étend à côté de lui. Aucun des trois, dans l'incendie de leurs corps, ne semble remarquer le froid souterrain qui monte du sol de la grotte. Policarpo et Baldomera commencent à s'embrasser pendant que Cesarín la respire, descend à la recherche de sa source veloutée, essence de tous les nectars, et la lèche, de sa langue de lézard assoiffé. Baldomera ouvre les jambes, avec quelle simplicité, avec quelle douce facilité, invitant la chaleur de la bouche haletante du jeune homme à s'installer dans la chaleur de son sexe. Embrasement. Deux langues l'assiègent. Tels des animaux ils l'explorent, la fouillent, s'ouvrent des chemins. Elle ne laisse pas échapper le moindre souffle, le moindre soupir de plaisir. Policarpo sent la main de Baldomera saisir son membre. Il la reconnaîtrait, cette main, entre mille. Elle le palpe, le serre, en joue jusqu'à le faire grandir, grossir comme il convient. Leurs yeux restent fermés, comme si tous trois préféraient ne pas voir, préféraient imaginer autre chose. Leurs mouvements sont moins précipités, la femme a réussi à calmer la hâte de Cesarín. Maintenant elle lui dit :

— Attends.

Car dans son impatience il s'apprêtait à la pénétrer.

— Attends. Pas encore.

Baldomera redresse le buste, tout en restant accroupie. Policarpo et Cesarín, debout, approchent leur membre. Elle les saisit, un dans chaque main, et les porte à sa bouche gourmande. Elle les lèche alternativement, modérant leur excitation pour retarder leur orgasme. Ébullition. Elle n'est pas pressée, on dirait qu'elle aime profiter de ce moment, en jouir. Ils bougent à son rythme. Ils sont entre ses mains. Sa bouche agile va et vient, d'un membre à l'autre. Soudain elle écarte davantage les lèvres, s'élargit comme la grotte, pour que dans sa chaleur humide ils puissent entrer tous deux, pour que leurs deux épées flamboient. Ils vont et viennent, pendant un long moment. Le temps est suspendu, on peut entendre la respiration minérale de la terre. Baldomera demande, ordonne à Cesarín de s'étendre par terre : elle veut à présent s'asseoir sur le trône à la mesure de la reine. Ils sont ses sceptres.

Elle s'empale sur lui. Et Cesarín, en sentant sa chaleur, hurle son plaisir, et son cri retentit dans l'immense labyrinthe de cette grotte volcanique qui est aussi son labyrinthe intérieur, ses profondeurs caverneuses où il se perd. Elle monte et descend, lentement, comme cherchant sa place, tandis que Policarpo, debout, offre et presse contre le beau visage de la femme la verge dressée de sa passion.

Dans ses profondeurs, tous les maux s'anéantiront. Baldomera s'étend sur le corps de Cesarín. L'instant d'avant, il avait cessé de sentir la chaleur féconde de son orifice. Cela n'avait pas duré, parce qu'aussitôt il avait senti les mains de la femme saisir son membre pour le loger et l'emprisonner dans son autre caverne, moins humide mais aussi chaude. Il la pénètre de toutes ses forces jusqu'à la garde, et entend le petit cri qu'elle pousse, maintenant oui, elle ouvre les jambes et se cambre pour offrir sa vulve charnue à l'érection triomphante de Policarpo. Il la pénètre lui aussi, tous deux sont en elle, chaque épée dans sa gaine, à sa place miraculeuse.

Leur désir leur disait que dans ses profondeurs, tous leurs maux s'anéantiraient. Baldomera était la reine, ils étaient son trône, les sujets de son plaisir. Ils étaient deux, et cependant c'étaient eux les dominés. Ils haletaient tandis qu'elle observait le plafond de la grotte, dont les dernières travées avaient été récemment étayées par Inocencio. Elle les laissait faire, elle les laissait la fouiller profondément, et elle leur en demandait encore, encore un peu. Pas encore. Elle voulait que ça dure.

Mais le moment arriva où Policarpo et Cesarín se retrouvèrent à l'intérieur d'elle, frères jusque dans le plaisir, abîmant leurs orgasmes respectifs dans ses douces, chaudes et accueillantes profondeurs. Baldomera sourit en les sentant au paroxysme de la jouissance. Elle sourit en entendant l'écho de leurs cris d'extase se répercuter parmi les pierres de lave. Elle sourit, car elle jouissait de la pleine possession de ses terres et de son royaume : le plan de la souveraine fonctionnait à merveille.

Mais dans une telle confusion des sentiments et au milieu d'émotions si puissantes, rien n'est prévisible, ni même logique. Quand les corps se séparèrent, la distance s'amplifia, dressant entre eux des murs infranchissables, creusant des vallées impénétrables, élevant des montagnes inaccessibles. Comme s'ils ne se voyaient pas les uns les autres tout en étant si proches, à la simple distance d'une caresse. Et les mots ne leur étaient d'aucun secours, ils ne savaient pas s'en servir. Seuls leurs corps savaient se parler et se comprendre. C'est pourquoi le silence s'épaissit, s'alourdit tandis que Policarpo et Cesarín se rhabillaient, ce dernier cachant de nouveau cet objet étrange sous sa chemise. Pourquoi ?

C'est alors que Baldomera ouvrit la bouche pour demander :

— Et l'argent ?

— C'est la seule chose qui t'intéresse. Il me semblait aussi que cette petite bouche experte tardait beaucoup à le demander, répondit Policarpo, heureux de constater qu'il n'avait pas eu tort de nourrir des soupçons, que ses prémonitions étaient fondées, heureux de se sentir un homme fait, préparé à affronter l'autre sexe.

— Oui, c'est cela que j'aime.

— Eh bien je n'ai pas d'argent, lui répondit Policarpo, non sans se sentir profondément blessé.

— Mais moi j'en ai, intervint contre toute attente Cesarín qui exhiba alors un petit sac qu'il avait sorti de sous sa chemise, et qu'il garda en l'air comme s'il contenait les clés de l'univers.

— D'où tu sors ça ? C'est l'argent de papa ? Tu ne vas pas le lui donner, tu es devenu fou, ne sois pas stupide, lui cria Policarpo, inquiet.

— Elle le mérite, je vais le lui donner parce qu'elle le mérite. Tu ne vas pas être radin comme notre père, lui lança Cesarín avec un petit sourire sarcastique.

D'un geste vif il lança la bourse à Baldomera, qui, agile et impatiente, l'attrapa en plein vol, beaucoup plus rapide que Policarpo malgré sa tentative maladroite.

C'est mieux que ce que à quoi je m'attendais, se félicita Baldomera.

— Tu es fou, Cesarín, quel abruti tu es !

— Compte bien, Baldomera, je crois qu'il y en a assez, lui dit Cesarín d'un ton légèrement amusé.

Baldomera recula de quelques pas et ouvrit la bourse.

— Fais-moi confiance, frère, murmura Cesarín à Policarpo.

Le rouge de la colère monta au beau visage de Baldomera. Elle hurla, et lança furieusement le sac à la tête de Policarpo.

— Prends ça, mon salaud !

Policarpo, saisissant la bourse au vol, en vit tomber des coquillages et des cailloux. Il y plongea la main et en sortit, perplexe, des coquilles et des pierres dont l'agréable tintement évoquait des pièces de monnaie. Il regarda alors son frère Cesarín, et tous deux éclatèrent d'un rire énorme qui les plia en deux.

— Je ne suis pas si stupide, frangin, lui répliqua Cesarín.

Mais tout occupés à leur plaisanterie, ils ne se préoccupent pas des manœuvres de Baldomera qui a décidé impulsivement de se venger de son humiliation. Elle s'y prépare. Elle prend une pierre et vise Policarpo en pleine tête en criant : Espèces de salauds ! Et Policarpo n'a pas le temps de se protéger. Une seconde pierre vient frapper Cesarín en plein visage. Policarpo tombe, il est au bord de l'évanouissement, sa vision se trouble et une nausée lui soulève le cœur. Il voit trente-six chandelles. Il ne s'y attendait pas. Son crâne est en sang, ainsi que son oreille droite. Le sang coule aussi à flots du nez, de la bouche et des lèvres de Cesarín, que les bords aiguisés de la pierre ont fendues.

Baldomera, après son geste, s'enfuit dans le tunnel vers la sortie qui débouche dans sa propre maison. Elle court, court à toute vitesse dans ce dédale qu'elle connaît par cœur pour l'avoir tant de fois parcouru. Cesarín réagit, fou de se voir, lui et son frère, blessés par elle, il bondit tel un loup à la poursuite de sa proie, espèce de femme de tous les diables, tu ne t'en tireras pas comme ça, j'aime autant te le dire, c'est la deuxième fois que je suis en sang à cause de toi. Ainsi pense-t-il dans sa colère, et il se souvient de la rossée qu'il a prise, de cet affront encore présent dans son esprit, affront qui n'a toujours pas été vengé.

Cesarín l'a presque rattrapée, elle est à quelques mètres de lui. Il voit son dos, ses fesses qui tressautent dans la course. A cette distance, Cesarín ne la manquera pas, impossible, il n'en doute pas une seconde. Dans sa course il lance la pierre, avec toute la sauvagerie de ses forces réunies. La pierre vole vers son but, vers la proie qui court, nue.

Choc.

En plein dans le dos.

Baldomera trébuche, déséquilibrée, s'effondre sur le sol, blessée. Cesarín observe la chute de la femme. Il a le geste sûr. Depuis tout petit il est entraîné à lapider des animaux, des oiseaux, surtout, des moineaux et des colombes qui sautillaient de branche en branche pour essayer d'échapper à son tir. Policarpo arrive alors, sorti de son évanouissement, haletant, ensanglanté ; le sang coule de son crâne, tache sa chemise. Il fait peur, son visage est décomposé. Baldomera ne bouge plus. Elle a dû se cogner la tête en tombant. On entend le craquement des poutres et des étais qui se fragmentent, c'est un bruit qui parcourt très nettement la pénombre, le labyrinthe qui les enferme. Et voici que le malheur arrive, que l'accident se produit avant même que Policarpo ne pense à lâcher la pierre qu'il a dans la main.

Les pierres, comme vivantes, se mettent à tomber en pluie du plafond et des murs de la grotte. A pleuvoir sur Baldomera. Elles tombent comme de leur propre initiative. Ils reculent. De quelques pas. Elle est vivante, elle a bougé une petite seconde pour essayer de se protéger, juste le temps d'apercevoir la pieuvre : les pierres se sont détachées, elles ont croulé sur son corps contusionné, lâchant de la poussière, des étincelles, des éclats, les pierres l'ont ensevelie sous cette terre d'amour. Un tremblement de terre. Une secousse sismique. Pieuvre de mauvais augure, parce que Baldomera, en recevant la pierre de Cesarín, est tombée, entraînant l'une des planches dont Inocencio s'était servi pour consolider le plafond et les murs qui présentaient des risques d'effondrement à cet endroit. Le coffrage de bois explose. La torsion des planches est maximale, elles cèdent, craquent les unes après les autres, entraînant l'ensemble du cuvelage. Irrémédiablement les murs s'effondrent et les pierres s'abattent. Elles pleuvent sur elle, l'écrasent, la broient. Son corps nu disparaît, lapidé. Les pierres tombent, voraces, vivantes, la déchirent, l'écrasent, l'anéantissent, comme si elles profitaient de cette circonstance pour sortir de leur immobilité millénaire. Stupéfiés, épouvantés, Policarpo et Cesarín contemplent l'éboulement, les tympans blessés par le vacarme de l'avalanche. Les roches sans âme la broient. Les plus grandes sont tombées en premier, les petites tombent encore maintenant, comblant les creux, l'emprisonnant.

Baldomera lapidée par sa grotte volcanique.

Quand le silence revient, car lui aussi avait fui l'horreur du désastre, les frères s'approchent prudemment, surveillant du regard les quelques rares étais restés encore en place, et se mettent à retirer doucement les nombreuses pierres écroulées sur son corps, au cas où, dessous, palpiterait encore la vie.

Mais non.

Baldomera n'est plus qu'un cadavre déformé et défiguré. Tant de pierres sont tombées sur elle. La seule chose qui semble vivante à la surface de ce corps torturé est le sang, qui jaillit à flots, comme voulant s'échapper de ce réceptacle désormais inutile, à jamais perdu. Policarpo et Cesarín se regardent horrifiés, ils ne savent quoi faire, ni quoi dire. En constatant qu'elle est morte, bel et bien morte, ils se convainquent maintenant de la laisser là, car ils ont peur, et, pris d'une profonde panique, ils courent vers la sortie opposée, celle qui donne dans le puits à sec, là-bas tout en bas dans la pénombre. Ils veulent sortir, retourner à la maison, se sentir en lieu sûr, retrouver la lumière, ils parleront avec leur père ou bien non, ils ne lui parleront pas, ils décideront quoi faire, ils trouveront une solution... Mais ils sont incapables de penser, la terreur embrume l'esprit. Ils ne font que courir, avalent le chemin devenu plus ardu, le tunnel n'est plus qu'un labyrinthe ténébreux, ils ont perdu les lampes à huile qui les avaient éclairés au début, ils trébuchent, ils rampent, ils pleurent...

Ils ne virent pas Eliana, la tante Eliana, personnage secondaire mais non moins capital, cachée de l'autre côté de la grotte. Elle avait eu assez de temps, bien assez de temps pour mettre au point le plan qu'elle avait concocté auparavant avec Baldomera. Baldomera avait fort bien su les distraire en faisant l'amour avec eux. Eliana était revenue de chez Inocencio et attendait depuis un moment devant l'autre sortie du tunnel, celle qui débouche sur sa propre demeure. Elle attendait Baldomera pour fermer l'accès et les enfermer comme des rats dans le tunnel, lorsqu'elle entendit le bruit, mauvaise prémonition : quelque chose d'imprévu était arrivé. Le torrent de pierres homicides. Son cœur s'emballa, une nausée de peur lui monta à la bouche. Ce bruit était un avertissement de l'enfer. Aussi se décida-t-elle à entrer dans le tunnel, pour vérifier, mon Dieu, mon Dieu, que s'était-il passé. Elle avança à pas lents, silencieux et précautionneux, ouvrant grands les yeux pour discerner quelque chose dans la pénombre. Elle arriva juste à temps pour voir Policarpo et Cesarín, les yeux exorbités, qui contemplaient la morte, sa nièce ensevelie sous une montagne de pierres. Elle retint un cri de panique instinctif, elle le fit parce qu'ils la tueraient peut-être elle aussi, s'ils la découvraient, ces deux assassins avaient déjà les mains pleines de sang, tuer de nouveau ne leur coûterait rien, le mal engendre le mal. Elle ressortit par l'ouverture par laquelle elle était entrée, en referma l'accès, les emprisonnant tous deux, les condamnant à errer dans le labyrinthe. Puis elle courut en direction de la caserne, elle avait les idées très claires, il fallait qu'elle revienne accompagnée de la moitié du bataillon de la garde civile, fusils chargés prêts à tirer, Tejera et Ferinto en tête, prêts à vérifier ce qui se cachait derrière toutes ces histoires d'amours souterraines, et si les fils d'Inocencio étaient vraiment des assassins terroristes, comme le soutenait cette femme dans tous ses états. Eliana ne cesse de les accuser, Je les ai vus de mes yeux vus, comme je vous vois, répète-t-elle, je les ai vus, ces meurtriers, près du cadavre de ma nièce. Eliana raconte et accuse. D'où lui vient donc toute cette haine ? Oui ces sauvages l'ont lapidée, après l'avoir enlevée et violée parce qu'elle leur avait dit non, ma nièce a toujours été pure et chaste, oui ces deux canailles, ces deux porcs ne cessaient de la poursuivre, de la harceler, tel père tel fils, leur père est pareil, mauvais sang et sale engeance. Tejera la laissait ainsi parler pour qu'elle se soulage, tandis que son détachement marchait à bon pas. Dans quelques minutes ils arriveraient sur la scène du crime.

Policarpo et Cesarín sont toujours dans la grotte volcanique. Piégés. Pris comme des rats. Pas la peine de se croire si malins, si perspicaces, pour tomber dans un piège aussi grossier. Eliana avait eu tout son temps pendant qu'ils forniquaient, assez de temps pour s'introduire en cachette dans la demeure d'Inocencio, pour déchirer non seulement l'oreiller mais aussi l'édredon de plumes, et dérober le butin. Assez de temps aussi pour reposer ensuite le couvercle de bois sur la bouche du puits et le bloquer solidement au moyen d'un double nœud qu'elle fait avec une corde qu'elle attache sur le côté de la margelle, de sorte qu'on ne puisse pas ouvrir la plaque de l'intérieur du puits.

Policarpo et Cesarín cognent et cognent désespérément sur la plaque de laiton, pris d'une angoisse claustrophobique, glacés de peur. Ils veulent sortir, voir la lumière, fuir, mais le plan que Baldomera et Eliana avaient concerté fonctionnait presque à merveille, si ce n'est que la figure de la pieuvre, symbole de la mauvaise fortune, animal de mauvais augure, aurait dû les mettre en garde. Policarpo et Cesarín entendent des voix qui viennent du fond de la grotte, ils retournent sur leurs pas et ne voient autour d'eux que les insondables ténèbres de la terreur. Ils gémissent de peur. Ils croient voir des fantômes, peut-être Baldomera revient-elle pour se venger. Ils ne se trompent pas, la voici entre Tejera, Ferinto et quatre gardes civils qui viennent à leur rencontre pour les acculer. Ils sont entrés par l'autre côté de la grotte, celle qu'Eliana leur a indiquée. Ils passent à côté du cadavre de Baldomera, ils le voient et certains d'entre eux ont des haut-le-cœur, tandis qu'Eliana, à leurs côtés, le visage noyé de larmes, enlève quelques pierres et embrasse le visage de la jeune fille. Elle prend un drap pour en recouvrir son corps nu mutilé, méconnaissable, défiguré, quelle tristesse.

— Arrêtez une fois pour toutes ces assassins terroristes ! leur hurle, de l'autre côté du tunnel, le sergent-major Tejera.

Le sergent-major n'en peut plus, il en a assez de tout ce désordre. Policarpo et Cesarín, pris au piège, savent qu'ils vont le payer très cher, et c'est peu de le dire ; ils savent, quand ils s'entendent accuser d'« assassins terroristes », que cette fois, il n'y aura pas de miracle pour eux. Cette fois, aucune amende ne les sauvera du mur des exécutions. C'en est fini pour eux de cette vie de torture. Ils essaient de résister à l'autorité, de s'échapper, pure folie, mais à peine en esquissent-ils le geste que les crosses des fusils s'abattent sur leurs têtes, et ils tombent raides par terre, vivants mais inconscients. Quelle brutalité. Les gardes civils, bien entraînés, savent qu'ils ne peuvent tirer dans la grotte volcanique : ils pourraient causer de nouveaux éboulements. Et le bruit leur briserait les tympans.

A cette heure, à ce moment du drame, le village d'El Pinar dans sa quasi-totalité commente les funestes événements. Il paraît qu'ils ont découvert les terroristes ! Les Noirs, les Maures, Fatahye et son fils Manuel dans les bras, étaient même sortis dans les rues, eux aussi en quête d'informations, au cas où l'affaire les concernerait. Ils sont perdus, ne comprennent rien, car personne ne leur parle. Colaso, le patron du bar du Casino, avait déjà enfourché son cheval et avait piqué ses flancs de ses éperons pour le faire galoper à la rencontre d'Inocencio :

— Camarade, descends au village, il y a un grave problème avec tes fils, lui avait-il asséné sans précautions oratoires.

Inocencio, comme toujours, s'était rendu ce jour-là aux fermes de la région de La Dehesa, située de l'autre côté de l'île, là où la Vierge des Rois a son ermitage, pour faire tranquillement paître son troupeau de chèvres dans les riches prairies. Il tombe sous le sens que les événements ne sont pas arrivés ce jour-là par hasard : le plan élaboré par Eliana et Baldomera avait pris en compte cette circonstance propice, la tante devant disposer de tout son temps et ne pas craindre d'être surprise par des ingérences inopportunes pour pouvoir tranquillement voler l'argent destiné à leur assurer à toutes deux une belle vie à Tenerife.

Inocencio fouette son âne, le fait courir, mais Negrito ne ressemble pas à Pandero. Inocencio se souvient de son âne aveugle, il lève les yeux vers le ciel mais n'y rencontre que des corbeaux qui tournoient en se croisant. Pour ces oiseaux noirs aussi, l'heure de la vengeance était arrivée. Inocencio a la peur au ventre ; la tête lui tourne, quel nouveau délit ont bien pu commettre ces garnements que m'a désigné le sort, quelle souffrance nouvelle me réserve-t-il encore. La peur grandit en lui, des soupçons se forment. Colaso n'est plus qu'un point à l'horizon, il retourne au grand galop à son bar du Casino. Avec les événements qui se sont précipités ce soir, il aura beaucoup de travail, les villageois se presseront autour du bar pour commenter le drame et se repaître de chaque détail. Inocencio avait deviné que Colaso en savait plus, il le lisait sur son visage décomposé et en avait l'intuition, mais Colaso ne voulut pas lui en dire davantage. Il est sur des charbons ardents, il a les nerfs à vif, il presse son âne et le pauvre Negrito n'en peut plus. Que lui importe qu'il braie à fendre l'âme. Inocencio n'en fait pas cas. Eliana hurlait à tous les villageois que les fils d'Inocencio étaient des barbares, des vandales, des violeurs, des assassins et des terroristes qui avaient lapidé sa nièce Baldomera, tant et si bien qu'on la crut devenue folle, ce qui n'était pas loin de la vérité. Car arrivée sur les lieux du crime accompagnée de la garde civile, elle poursuivait toujours, malgré sa souffrance, le plan de sa vengeance. Elle en jouissait. Son heure était venue, enfin, après toutes ces années de tourment.

Les gardes transportent en toute hâte Policarpo et Cesarín, encore inconscients, à la caserne de Masilva, celle-là même dont la façade a été éborgnée par les bidons de fleurs, celle-là même qu'ils ont aidée à remettre en état en échange d'un misérable salaire d'ouvriers du conseil municipal. Le village au complet est sorti dans les rues pour observer le cortège. Les gens murmurent. Même les Noirs et les Maures, les mal-aimés de la communauté, ont interrompu leurs diverses besognes pour contempler la scène, bien qu'ils ne comprennent pas vraiment ce qui se passe. Les agents de l'ordre, vêtus de vert, transportent ces deux jeunes comme des paquets. Ils remarquent qu'ils ne sont pas noirs et se sentent soulagés, car ces deux-là paraissent bien morts. Tejera tire orgueil de ce défilé, il avance crânement, arborant ses galons, bombant le torse, étirant le cou. Il ajuste son tricorne. Il frime. Comme il est bon d'accomplir son devoir. Des deux côtés de la rue les villageois s'attroupent, curieux, se parlent à l'oreille, se demandent si Policarpo et Cesarín sont morts. On dirait bien que oui. Tejera, en bon sergent-major qu'il est, marche en tête, ouvrant le chemin de la justice.

L'instant où Inocencio arrive chez lui et laisse l'âne Negrito, épuisé, dans l'écurie, et celui où les gardes civils abandonnent les corps ensanglantés de ses fils dans la prison, coïncident à son insu, caprice du destin. La première chose que voit Inocencio, en entrant dans sa chambre, est l'oreiller et l'édredon éventrés. Il cherche désespérément la cassette en bois qui contenait ses économies secrètes, son vrai trésor, celui qu'il avait hérité de Casilda, qu'elle-même avait hérité de ses parents. Il devrait être dans l'édredon or il n'y est pas, plus une trace. Il continue à chercher parmi les restes de l'oreiller la bourse de toile où il cachait une petite partie de son argent, ses petites économies à lui. Elles n'y sont pas non plus. Les grandes et les petites, néant. On les lui a volées. Il se glisse sous le lit à la recherche d'indices, de traces, de pistes. Il arpente la chambre sans rien comprendre, sans savoir quoi penser. Il sort de la chambre, traverse le patio où se trouvent les deux puits, celui qui contient de l'eau et celui qui n'en contient pas, et s'aperçoit que les deux sont fermés, que le couvercle du puits est attaché à la margelle par un double nœud. Il s'apprête alors à sortir de la maison à la recherche de ses fils quand il voit don Nicasio de Jesús, toujours à mettre son nez partout celui-là, toujours fourré là où on ne l'attend pas. Il vient d'arriver et attend Inocencio. Il l'avait vu descendre le chemin, de retour de La Dehesa, monté sur son âne : il le guettait. Inocencio ne vit pas la silhouette d'un curé, mais la figure d'un corbeau, d'un énorme oiseau noir. Les plis de sa soutane s'envolaient telles des ailes dépliées.

— Tes fils sont en prison.

— En prison ? Encore ?

— Oui.

— Et pourquoi ? Qu'est-ce qu'ils vous ont fait, cette fois ?

— On les a arrêtés pour assassinat, viol et acte de terrorisme. J'avais des soupçons.

— Quoi ? Que dites-vous ? Vous êtes tous devenus fous ?

— Ils ont tué et violé Baldomera.

C'est ce qui s'appelle parler à brûle-pourpoint, ou

tirer à bout portant. Le cœur d'Inocencio, sur le point d'exploser, s'abîme dans un marécage, chavire dans des eaux noires. Il n'a pas de mots pour continuer à poser des questions. L'air commence à lui manquer, il ne parvient pas à articuler le moindre son compréhensible. En revanche, pour parler, don Nicasio de Jesús, lui, est toujours prêt, toujours prêt à décocher des balles.

— Ils les ont pris la main dans le sac, ils les ont piégés dans la grotte où ils ont assassiné la femme. Eliana les a vus, ajoute le curé d'un ton péremptoire.

Inocencio ne peut plus respirer. Détresse. Il se courbe en deux pour vomir. Le reflux et l'air se catapultent dans sa gorge, s'entravent, se contrarient. Il émet des sifflements rauques et inintelligibles.

— Ils veillent le corps de Baldomera, dans sa maison. J'en viens. Ils vont fusiller tes fils à l'aube, énonce don Nicasio de Jesús, convaincu qu'il fait le bien, incapable de miséricorde, certain qu'il est en train de gagner une grande bataille contre l'armée du mal, contre cette légion de conspirateurs, ces soldats du démon en lutte contre l'ordre établi. Il faut être implacable contre le mal, se débarrasser des pommes pourries. Il faut extirper la semence du diable à la racine.

Son obsession commande chacun de ses actes. Il en est l'incarnation vivante. La foi donne à don Nicasio de Jesús la force et le pouvoir d'affronter cette nouvelle croisade.

Inocencio, en face de lui, ne peut s'empêcher de vomir. Comme un possédé, ses yeux exorbités roulent dans ses orbites. Un possédé : c'est précisément ce que croit don Nicasio de Jesús, qui, ressentant enfin quelque chose qui ressemble à la pitié, éructe :

— Vomis-le, crache-le, sors-le de ton âme, vomis tout le mal que tu portes à l'intérieur de toi. C'est le démon qui se manifeste, c'est Dieu qui lutte contre l'enfer. Crache, crache pour échapper à la damnation !

Et crachant, courant, Inocencio sort de sa maison, bousculant l'homme d'Eglise. Pousse-toi ou je t'écrase. Perdu, décomposé, anéanti, consumé d'une douleur immense qui lui étreint, lui écrase la poitrine, l'empêchant de respirer, Inocencio court. Qu'est-il arrivé à sa Baldomera. C'est ici, tout près, il suffit de traverser la rue et de grimper quelques mètres jusqu'à la ruelle où se trouve la maison de Baldomera, là où se célèbre la veillée funèbre, c'est ce qu'a dit ce satané curé, mais cela ne peut être, cela ne peut pas être, il faut qu'il le voie pour le croire. La nuit tombe, funèbre. Funèbres sont aussi les pâles lueurs qui éclairent la demeure. Inocencio s'arrête, tente de reprendre son souffle, de penser. Il n'est jamais entré dans cette maison. La porte est ouverte, comme si on l'attendait. Il se penche. Dès l'entrée, il voit que la maison est pleine. Ce sont les matrones du village, la plupart accompagnées de leur fille. Visages joufflus, silhouettes engoncées dans des vêtements de deuil. Spectres vêtus de noir. Jeux d'ombre et de lumière. Mais l'une des femmes le reconnaît et lui indique un couloir. Il s'y engage, avec la sensation que ce couloir n'est pas seulement un couloir, mais un passage vers une autre dimension. Il se dirige vers le fond de la demeure, le cœur glacé de peur. Il devine deux luminaires à côté d'un cercueil en sapin, au milieu de la pièce, posé sur le sol. Autour, des fleurs qui s'étiolent, peut-être à cause de l'odeur de pourriture qui règne. Il est entouré de femmes qui pleurent doucement et reniflent de compassion, assises sur des chaises disposées autour des murs de la chambre. Femmes murmurantes, qui se regardent les unes les autres, clouent sur lui leur regard froid. La puanteur de la pièce s'intensifie parce que lui, Eliana et les fleurs se décomposent ensemble. Jusqu'à la nausée.

Il se penche sur le cercueil. Encore une fois cette sensation de passage dans un autre monde, de traversée du miroir. Baldomera a le visage meurtri, enflé, méconnaissable, barré d'un rictus pétrifié, figé dans la stupéfaction. Ses yeux sont fermés, mais Inocencio sent qu'elle le regarde. Un fin tissu noir recouvre son corps de la naissance de son cou à ses pieds. Elle exhale une odeur pestilentielle. La douleur qui étreint Inocencio est si grande que ses nerfs ne peuvent en supporter davantage. De loin, il a l'air d'un homme presque tranquille, de quelqu'un qui veut seulement exprimer ses condoléances. Impression fausse, mal fondée, qui change si on le regarde dans les yeux : dans ses iris brille une lueur de folie ; si on le regarde d'un peu plus près, on voit une écume blanchâtre poindre à la commissure de ses lèvres ; si l'on regarde ses mains, elles sont crispées. Inocencio pleure des larmes intérieures. Blessé, déchiré, anéanti, il est un corps sans âme. Trop vulnérable, debout au pied du cercueil, il reçoit maintenant de nombreuses gifles de colère : Eliana, les yeux gonflés de larmes, le frappe de toutes ses forces. Lui ne sent rien, il est comme absent. Il continue à regarder, comme aimanté, impassible, le visage de Baldomera tandis qu'Eliana le provoque, frappe son visage hiératique, mort lui aussi. Sa peau, toutes ses fibres sont traversées d'une telle souffrance qu'elles sont insensibles aux nouvelles douleurs infligées de l'extérieur. Eliana pourrait approcher la flamme de l'un des cierges pour le brûler sans qu'il réagisse. Cet instant est hors du temps.

Soudain, Inocencio revient de ces contrées perdues et calcinées et jette un regard effrayé à la femme. Eliana suspend le geste de sa main qui allait de nouveau s'abattre sur la joue de l'homme. Elle a peur. Elle se sent traversée par cette douleur, par ces yeux injectés de sang, elle sent la chaleur de la flamme. Inocencio observe une seconde Eliana. Lentement, il bouge la tête d'un côté et de l'autre, la flairant comme un animal. Il sent son haleine putréfiée, l'exhalaison de la vieille rancœur qu'elle porte à l'intérieur d'elle-même. Il sent son souffle en même temps que s'agite à l'intérieur de lui quelque fantôme du passé, une ombre prémonitoire : il voit, derrière le visage d'Eliana vieilli par la haine, un visage jeune et parfait qui lui rappelle quelque chose qu'il n'arrive pas à distinguer nettement, qu'il ne sait pas interpréter. Il fuit, comme s'il avait vu le visage du démon qui le possède. Il court, exsudant sa douleur, il court comme poursuivi par des morts, des cadavres aux visages blêmes et rongés par les vers. Il court vers la prison de Masilva, à la recherche de ses fils, à la recherche d'explications. Mes fils ne sont pas des assassins, mes fils ne sont pas des terroristes, mes fils ne sont pas des violeurs, on ne va pas tuer mes fils, se dit-il mille fois, ce n'est pas possible, ce n'est pas vrai, il veut une explication logique.

Les gardes civils l'attendent aux portes de la caserne : c'est un détachement complet fraîchement arrivé de Tenerife grâce à l'opération Liberté justicière, six agents commandés par Tejera et Ferinto, accompagnés par don Nicasio de Jesús et Teófilo Padrón, président du conseil municipal insulaire de l'île de Fer. Inocencio, qui court à perdre haleine, s'arrête brusquement pour leur crier, à une distance imprudente :

— Je ne veux qu'une chose : voir mes fils. Je veux les voir !

Il attend la réponse, mais Tejera, sans un mot, fait un geste de la tête : les gardes civils se déploient, entourent Inocencio. Ils sont efficaces et bien entraînés, ils ne sont pas encore accablés par la stupeur insulaire. Inocencio flaire leur haleine, leur souffle saccadé. Il n'est pas conscient que sa silhouette impose le respect. Tejera, cherchant ses mots, lui dit :

— Il a été démontré grâce à notre enquête que tes fils ont violé et tué Baldomera à coups de pierre. Nous avons la certitude que ce sont des agitateurs qui font partie d'une cellule terroriste.

Tejera se complaisait à utiliser la terminologie qu'il avait apprise du curé don Nicasio de Jesús. Il aime les grands mots et les belles phrases, bien qu'il n'ait pas pu faire d'études. Mais il sait les distinguer, les apprécier.

— Bande d'enculés ! hurle alors Inocencio, préférant un terme beaucoup plus vulgaire mais tellement plus en rapport avec la situation tragique, au regard de la sémantique.

Les agents se jettent sur lui et le neutralisent. Ils le bâillonnent, lui attachent les pieds et les mains et le transportent à l'intérieur de la caserne. Tout va bien. Les gardes sont efficaces. Inocencio se débat, lutte en vain jusqu'au moment où ils le laissent devant la cellule où sont enfermés Policarpo et Cesarín, ses fils, la chair de sa chair et le sang de son sang, condamnés à mort. A leur vue, il se fige de terreur : leurs vêtements sont imbibés de sang, il y en a aussi sur leurs visages, qui portent l'expression de la peur la plus atroce.

— Père, nous sommes innocents, nous courions et le toit de la grotte lui est tombé dessus, c'était un accident, père, s'écrie Policarpo.

Cesarín gémit, renifle, le visage cramoisi. Inocencio voudrait parler, mais le bâillon l'en empêche. Il émet des bruits gutturaux incompréhensibles. Les gardes le saisissent alors séance tenante et l'enferment dans la cellule voisine. La cruauté n'a pas de limites. Policarpo et Cesarín continuent de crier leur innocence ; ils décident alors de les bâillonner eux aussi. Nulle place pour la compassion : Eliana les a vus assassiner Baldomera, Eliana a bloqué la sortie du puits, Baldomera est morte dans la grotte, et dans la grotte il n'y avait qu'eux, Policarpo et Cesarín, ces terroristes roublards. Évidences justifiées, preuves irréfutables.

Le curé venait juste de leur rendre visite, s'était entretenu avec eux. Comment avaient-ils pu faire confiance, comment, à don Nicasio de Jesús. Comment, après l'avoir tant haï. Comment avaient-ils pu s'en remettre à lui après lui avoir transformé le derrière en pelote d'épingles ? Pourquoi portait-il ce rabat blanc et cette soutane, pourquoi affichait-il cet air de bonté dégoulinante ? En réalité il les avait trompés en se présentant à eux comme leur rédempteur, leur intermédiaire miraculeux, en leur affirmant qu'il pouvait les sauver d'une mort certaine contre le mur des exécutions s'ils avouaient leur crime. Il avait daigné les écouter, leur prêter une oreille compréhensive alors que personne ne s'occupait d'eux et qu'ils étaient au fond de la solitude et du désespoir. Un jour même, leur père lui avait acquitté une amende ecclésiastique et lui, dans sa toute-puissance, leur avait fait grâce d'une grande partie de la peine qu'ils devaient purger pour la mauvaise farce, le coup pendable du puits noir, et puis, dans le fond, il avait toujours été bon avec eux, il leur avait appris les mathématiques, le latin et même le français, finalement, après tout...

Ce qui est sûr en tout cas, c'est qu'ils lui firent confiance. Policarpo et Cesarín se donnèrent à eux-mêmes le coup de grâce, si toutefois il leur restait le moindre espoir, quand ils se confessèrent au curé. Cesarín ne cessa de répéter qu'ils étaient innocents, qu'ils se trouvaient dans la grotte parce que Baldomera y avait fait l'amour avec eux, mais ils tombèrent dans le traquenard du curé, dans la ruse du démon, quand il leur demanda s'ils n'étaient pas des terroristes.

— Des terroristes ?

— La garde civile sait que vous êtes des terroristes. Ils en ont la preuve.

— Terroristes, non, nous ne sommes pas des terroristes ! s'exclama Cesarín avant d'ajouter, pour leur perte : Bon, si on nous considère comme des terroristes à cause de l'histoire des bidons !

Parce qu'il ne voyait plus qu'un confident en don Nicasio de Jesús – curé, homme d'Église certes –, mais aussi un homme bon qui saurait les comprendre.

Ils avaient donné tête baissée dans le piège le plus éculé.

— Ah, je le savais, je le savais, que vous étiez des terroristes ! Je suis sûr que vous êtes d'accord avec Manuel le Fuyard, que vous êtes les complices des rouges. J'en suis sûr. Sûr.

— De quoi parlez-vous, vieux cinglé ?

Et c'est ainsi qu'ils se condamnèrent définitivement, car dans le cachot voisin, le sergent Tejera et le président du conseil insulaire Teófilo Padrón écoutaient eux aussi leur confession. Si bien que lorsque don Nicasio de Jesús sortit de la cellule et que les gardes civils en refermèrent les grilles, Tejera pencha son visage rondouillard entre les barreaux de leur cellule pour leur lancer, d'un ton pompeux et péremptoire, une insulte bien sentie :

— Espèces de salauds ! Les mensonges finissent toujours par être découverts et c'est ainsi que la vérité éclate au grand jour !

— Ah comme ça, je suis un vieux cinglé ! Dieu a toujours le dernier mot, ajouta don Nicasio de Jesús, convaincu qu'après l'exécution sommaire de Policarpo et de Cesarín, la paix reviendrait enfin dans l'île de Fer.

Les frères s'embrassent, ils ne voient plus à l'horizon de leur vie le moindre espoir ni la moindre échappatoire possible. Dans la cellule adjacente, leur père a cessé de pleurer. Bien que vivant, il est mort dans son âme. Il n'y a plus rien à faire. Tejera et don Nicasio de Jesús lui ont annoncé que ses fils ont avoué être les auteurs de l'attentat contre la caserne de la garde civile. La mort a figé ses équations, a évalué le cœur de sa cible et lui n'a pas su déchiffrer le calcul machiavélique de la camarde. La nuit vole à tire d'aile vers l'aube, indifférente au fait que pour cette famille, elle ne viendra que trop vite, et que le passage dans l'autre monde est imminent. Le temps est court, bien que les gardes civils qui les surveillent piquent du nez, avec l'envie évidente de s'en aller dormir. Mais les ordres sont les ordres. Après avoir accompli les formalités, ils feront leur devoir, puis se mettront au lit et trouveront le sommeil. Le remords ne leur déchirera pas le cœur le moins du monde.

Le mur des exécutions s'étend derrière l'édifice de la caserne. C'est le mur latéral des écuries qui abritent les montures des agents de l'ordre. Le périmètre est entouré d'une enceinte, depuis hier envahie par des corbeaux qui se sont posés dessus. Cela fait longtemps que ce mur n'a pas servi, aucune exécution ou presque n'a eu lieu après la guerre dans l'île Mineure. Les Noirs, on ne les fusille pas. Ce n'est pas utile, ils meurent tout seuls dans de simples accidents, peu habitués qu'ils sont à marcher au bord des falaises à pic de l'île.

L'aube point, splendide, s'ouvrant une voie parmi les ombres. Inocencio ni ses fils ne peuvent la voir : ils contemplent la pâle lueur qui s'encadre dans la petite lucarne de leurs cellules. Inocencio n'a jamais eu autant envie de parler. Il veut dire quelque chose à ses fils, mais il ne sait quoi. Qu'il les aime, qu'il leur pardonne, qu'ils iront au ciel, qu'ils rejoindront les nuages où ils retrouveront leur mère Casilda et Pandero, l'âne-licorne. Qu'ils l'attendent, il les rejoindra bientôt, il les aime, il sait qu'ils sont innocents, il les aime tant. C'est tout cela que signifient ses gémissements, ses sons gutturaux, sa tentative désespérée d'articuler des mots derrière le bâillon de fer qui l'étouffe.

Policarpo et Cesarín se sont parlé durant la nuit mais seulement avec les yeux, leurs corps collés l'un contre l'autre, et se sont réconfortés en se caressant le visage. Ils sont engourdis à cause des liens qui les attachent et de leur bâillon de fer. Mais ils se comprennent, ils se sont toujours compris, ils sont de si bons frères. Du regard ils se disent je t'aime, du regard ils unissent leurs cœurs pour se donner du courage, pour assumer la mort qui guette, proche, immédiate. Cette lueur l'annonce.

— Debout, crétins ! Maintenant nous allons vous trouer de balles comme vous avez troué notre caserne.

Impeccable, l'uniforme fraîchement repassé, Tejera parle sans état d'âme. Son épouse s'est levée de bon matin et elle est montée, encore somnolente, lui préparer son petit déjeuner pendant qu'il se rasait. Elle a sorti de l'armoire son second uniforme, celui que son mari revêt lors des occasions spéciales, et l'a repassé amoureusement. Ensuite elle est retournée nonchalamment au lit, et comme elle n'y comprenait rien en affaire de justice ni de politique, il n'y avait aucune raison qu'elle s'en fasse.

Inocencio, en entendant Tejera, se met à pousser des cris profonds, caverneux. Il crie, hurle comme un chien blessé à mort. Dehors, le jour naissant combat les ombres, inonde la caserne d'une lumière faible. Plusieurs agents poussent les condamnés. Policarpo et Cesarín marchent à petits pas à cause des liens qui entravent leurs pieds. Inocencio semble s'être transformé en une sorte d'animal étrange, dirait-on, à en juger par les bruits qu'il émet, remous de douleur et d'impuissance qui s'agitent dans son cœur et dans son âme.

On les fait sortir, contourner la caserne et on leur colle le dos au mur de la mort. Gelé, le mur, suintant le froid de la nuit qui vient de s'écouler. Le jour se lève. Des corbeaux sont perchés sur le mur d'enceinte. Ils s'y tiennent, depuis hier, immobiles. Tout est si rapide. Le soleil commence à blanchir l'horizon. Le peloton se forme, à quelques mètres. Don Nicasio de Jesús et Teófilo Padrón sont présents. Tout le village de Masilva attend, chacun dans son foyer, le bruit des détonations. Ce n'est pas une exécution publique, bien qu'il y ait une invitée d'exception : Eliana, qui a insisté pour voir de ses propres yeux la mort méritée de ces canailles et de ces assassins. A midi, on enterrera leur victime, la pauvre Baldomera.

Les garçons sont encore attachés. On va les fusiller. Tejera se prépare, la moustache en bataille, à donner l'ordre de tirer.

— En joue !

Policarpo et Cesarín se regardent. Ils veulent s'embrasser mais ne le peuvent pas. Leurs mains sont liées derrière leur dos. Une corde attache aussi leurs jambes au niveau des chevilles. Ils ont peur. Ils tremblent. Face à eux, les trous noirs et béants des sept fusils. Ils sont bâillonnés, ils ne peuvent pas parler, mais cela n'a plus d'importance. Non qu'ils n'aient rien à se dire, mais ils se sont déjà tout dit avec les yeux. Hormis le désir de s'étreindre, de se toucher, aucun des deux ne conçoit la moindre pensée. Leur esprit est vide, déjà mort. Ces secondes sont éternelles. Ils se souviennent des châtiments de don

Nicasio de Jesús, quand ils étaient petits et que leurs mains se touchaient pour se sentir, sur la route, bras en croix, sous le soleil. Ils pensent à leur mère Casilda. Les gardes attendent, les tiennent en joue, mais la plupart fermeront les yeux au moment d'appuyer sur la détente. Ce doigt, cet index contracté commence à transpirer, quand soudain, quelqu'un crie :

— Halte !

A l'intérieur de la caserne, anéanti, dans un coin au fond de sa cellule, qui est la plus proche du mur des exécutions, Inocencio est recroquevillé sur lui-même. La douleur est dans sa tête, elle seule est vivante. Lui est au plus mal. Il ne respire presque pas. C'est comme si sa vie était entrecoupée de brefs instants de mort, et ce va-et-vient déchirant morcelle son esprit. Quelque chose de semblable était arrivé à son épouse Casilda. Quelque chose à l'intérieur de son cerveau est en train de se rompre. La douleur est à son paroxysme, sa raison vacille, son cerveau explose.

Dehors, Teófilo Padrón ordonne de suspendre l'exécution. Il demande à Tejera de les détacher et de les débâillonner. Don Nicasio de Jesús s'associe à cette demande, en toute miséricorde. Ils ont remarqué que les frères veulent s'embrasser. Hargneuse, Eliana s'y oppose, mais Tejera n'en fait pas cas.

— D'accord, mais seulement les mains et le bâillon, accorde-t-il.

Il ordonne à Ferinto de les détacher. Ce dernier n'hésite pas une seconde et s'approche des condamnés. Il s'applique, il a fait et défait tant de ces nœuds. Il retourne à son poste, près du sergent-major, évitant de croiser le regard de Policarpo et de Cesarín. Il a enfoncé la main dans leurs bouches pour en extraire l'étouffoir, après avoir retiré la lanière de fer du bâillon. Il y a quelques années, il a brûlé des chats avec eux, sans pour autant être leur ami. Ferinto a bien fait, tant mieux pour lui. S'il avait agi autrement, les yeux des jeunes gens l'auraient poursuivi jusque dans ses rêves.

— En joue !

Policarpo et Cesarín s'embrassent fort, s'étreignent intensément, comme si le nœud de leurs bras et l'étreinte de leurs torses étaient capables d'épouvanter la mort, d'arrêter les balles. Ils ont le temps de se murmurer à l'oreille : Je t'aime frère, je t'aime.

— Feu !

La lumière de l'aube blêmit. Le bruit terrible des sept tirs rompt le silence du matin, résonne de gouffre en gouffre, se précipite au fond des ravins, et son écho fait trembler les animaux, les gens, les plantes, et les poissons dans les abysses de la mer. Mais le coup le plus fort, c'est Inocencio qui le reçoit. Le souffle de l'impact fracasse ses tympans, perfore son crâne, se loge dans les circonvolutions de son cerveau, ricoche de lobe en lobe, causant certains dégâts, d'irréparables désordres. Inocencio ne saura dire ce qui s'est brisé, quoi, mais ce qui est sûr c'est qu'il cessa soudain de souffrir.

La douleur disparaît. Son âme lui est arrachée.

Les corbeaux s'élèvent dans le ciel, retournent vers leur falaise. Quelques gouttes de pluie tombent sur les cadavres encore enlacés. Inocencio jurerait qu'il voit Casilda et Pandero, éplorés, inconsolables, dans les nuages. Casilda agite les rênes, Pandero brait en pointant sa corne magique. Ils commencent à chercher Policarpo et Cesarín dans l'infini du ciel.

Malgré la pluie, ils les cherchent. Ils les cherchent désespérément.

L'amour procède de l'amour. Il a ses raisons que la raison ne connaît pas. Il va de par le monde, nouant et dénouant les liens à sa fantaisie. Parfois il surgit, même avec un être que nous connaissons à peine, avec celle qui prépare un café dans sa cuisine, ou celui dont nous croisons le regard dans la rue. C'est le coup de foudre, qui restera à jamais gravé dans nos esprits. Par ailleurs, il existe un amour qui se révèle au fil du temps, qui apparaît jour après jour, effet d'une complicité quotidienne partagée, antidote contre la solitude redoutée. Cet amour-là est un sentiment durable et complice, il n'est ni volage ni versatile.

D'innombrables et indéchiffrables hasards participent à l'avènement de ce phénomène tant désiré, pour lequel nous existons. Peu d'êtres dans le monde, du moins dans le monde de l'île Mineure, lequel monde est beaucoup plus grand qu'on peut l'imaginer à première vue, ont la chance de se trouver dans cette conjoncture propice. La majorité des êtres humains sont en quête d'un amour qui les comble, dussent-ils y consacrer leur vie sans jamais y renoncer, conscients que cet heureux hasard pourrait ne pas se produire et qu'ils ne feront peut-être jamais partie des élus. Ils peuvent approcher de très près la perfection, ils peuvent même connaître un amour profond, mais ils restent incapables de s'accomplir, de s'épanouir, cherchant toujours leur alter ego, la moitié qui les complète. C'est ainsi que l'équation de l'amour est facile à résoudre : chacun cherche sa moitié. Beaucoup rencontrent l'amour de leur vie, encore faut-il être deux à le ressentir en même temps et dans la même circonstance : deux âmes qui croisent leurs routes quels que soient les océans qui les séparent. Là réside la plus grande difficulté de l'amour et sa quasi-impossibilité : deux cœurs doivent se rencontrer et battre à l'unisson. Trouver la moitié qui nous complète est une tâche pour ainsi dire vaine. C'est un devoir et une émotion qui nous habite depuis le commencement du monde, mais que la réalité de ce monde rend trop difficile. Certaines odeurs, certaines sécrétions, certaines substances chimiques nous orientent dans la nuit de notre quête mais contribuent tout autant à notre confusion. Tel fut le cas de Policarpo et de Cesarín, de Baldomera et d'Inocencio.

Rosa et Manuel, eux, se sont rencontrés au lieu et au moment où il fallait. Ils étaient l'un à l'autre leur cible, leur but. C'est pour cela qu'elle lui écrit avec tant d'empressement et d'émotion. Elle lui a déjà relaté la mort de Policarpo et de Cesarín, le trépas de Baldomera, afin que Manuel l'apprenne de sa main, même s'il a forcément entendu le bruit des détonations. Il était caché tout près, dans le cimetière, prêt à revenir cette nuit-là rendre visite à son aimée, à traverser le petit tunnel, le tunnel de l'amour – et non celui de la mort –, à ouvrir la petite trappe et à se jeter dans les tendres bras pétales de sa rose.

Et Rosa continuait à lui décrire les événements du village, même si ce n'était pas nécessaire puisque Manuel se glissait dans sa chambre de plus en plus assidûment. Elle continuait à écrire, habituée depuis tout ce temps à raconter ces chapitres de la vie de l'île Mineure à son fiancé. Elle décrivait à Manuel les dernières morts, inventait les détails, enfilait les épisodes tragiques, parfois même se mettait à méditer sur l'amour, sur la vie et sur la mort, poussée par elle ne savait quelle force irrésistible. Peut-être parce que toute cette correspondance finissait par devenir un vrai récit. Elle écrivait, sans pouvoir arrêter sa main, même si cette nuit-là elle allait pouvoir parler à Manuel, et tout lui raconter de vive voix, Manuel son jardinier qui, elle le savait, allait bientôt toquer, à cette heure matinale, à la petite trappe.

Mais cette nuit ne sera pas comme les autres. Ce sera la dernière. Trop d'années à survivre la peur au ventre. L'exécution de Policarpo et de Cesarín avait précipité les plans. La garde civile, forte de son succès dans sa lutte contre le terrorisme grâce à l'opération Liberté justicière, avait augmenté ses effectifs pour trouver Manuel le Fuyard, le chaînon manquant du commando qui troublait la tranquillité de l'île de Fer. Maintenant il ne fallait plus attendre, ne plus tenter le sort. Le père de Rosa, au mépris des risques, avait passé un accord avec Campiro, un pêcheur de La Restinga. Le marché était déjà conclu, et l'argent de la traversée pour le Venezuela était prêt.

Rosa mon aimée,

Nous avons de la chance. L'amour nous a bénis, nous a arrosés de sa magie, parce que tu es une fleur. Juste au moment où notre attente devenait intolérable, la trappe de l'apaisement s'est ouverte. Quel bonheur. J'ai tant besoin de toi. Tu es mon jardin, et mon jardin n'a qu'une rose, toi, tu es ma rose, ma Rosa, je vais être ton jardinier pour toujours, par-delà même la mort. Maintenant tu vas fleurir et te couvrir de bourgeons, ma beauté, est-ce bien vrai que tu es enceinte ? Je ne peux y croire. Je suis l'homme le plus heureux du monde, je pleure de bonheur. Grâce à toi je vais devenir père et la vie se teint de la couleur ardente de l'amour. Notre fils naîtra libre, là-bas au Venezuela. Je fais mille rêves, mille projets. Nous nous établirons à Barquisimeto, une ville à l'intérieur des terres où sont déjà installés beaucoup d'agriculteurs natifs de l'île de Fer, parmi lesquels la plupart de ceux qui ont émigré pendant l'année de la sécheresse. Nous serons comme chez nous ; que dis-je, nous serons beaucoup mieux que chez nous. Pour commencer, nous pourrons nous promener à la vue de tous, main dans la main, fiers de notre union. Nous nous marierons tout de suite. Tu seras vêtue de blanc, je t'emmènerai dans la plus belle église, un chœur chantera des hymnes à notre gloire, et nous ferons plein de photos, tout un album. Je t'achèterai un bikini et nous irons pour notre lune de miel à Choroní boire du lait de coco, nous étendre sur une plage de sable blanc, plonger dans la mer chaude et nous baigner dans les cascades à l'intérieur du pays. Nous mangerons des cachapas, les galettes de maïs vénézuéliennes. Mais là-bas, mon ange, nous devrons aussi beaucoup travailler. Il nous faut rendre avec les intérêts l'argent qu'ont réuni ta famille et la mienne pour nous envoyer en Amérique. Je sais que ce sera un gros effort qui impliquera de nombreuses peines et maintes privations. Comme il est difficile de sortir de ces îles-prisons, cela devient de moins en moins possible, surtout depuis l'interdiction de l'émigration par cette ordure de Franco. Quel dommage, ces îles pourraient être un paradis, redevenir les îles du Bonheur, les îles des Bienheureux, comme on les appelait dans l'Antiquité. Bon, comme tu le vois, je n'ai plus de papier, ma jolie, mais je te raconterai la suite après-demain soir, quand tu ouvriras la trappe de l'amour. Dieu veuille que nous partions bientôt. Le plus vite possible. Immédiatement. Pour rattraper tout ce passé, tout ce temps perdu. Tu me diras comment avancent tes préparatifs.

Je t'aime
Ton Manuel

La barque de Campiro, les *Marées sorcières,* fend les flots vers l'embouchure du port de La Restinga. Campiro pense souvent à sa chienne Trapisonda, qu'elle repose en paix, dont la compagnie lui manque, surtout lors de ses épuisantes journées de pêche, seul face à la solitude de la haute mer. Le vent fait friser aujourd'hui la surface des eaux, hérisse de froid la peau de la mer. Campiro sait que, dans quinze minutes, dès qu'il aura dépassé la pointe de Puerto Naos, là où commence la mer de Las Calmas, le vent tombera. La géographie de l'île est contrastée et torturée : un vaste océan qui s'étend de Puerto Naos jusqu'au pied de la falaise de Orchillas ne connaît pas la malédiction du vent. Le relief et la disposition spéciale de l'île sur l'Atlantique produisent cette particularité : le vent souffle directement sur la mer, creusant des courants qui s'abattent en ressac sur ses flancs. Au large, le silence n'est rompu que par les galets polis et roulés par les vagues, et par le bruit du moteur des *Marées sorcières*. Campiro navigue, plongé dans ses pensées, vers la plage de Los Moles. Aujourd'hui il ne pêche pas. Il va avoir de la compagnie. L'après-midi se termine, la lumière décline. Cela fait longtemps que Campiro caresse lui aussi l'idée d'émigrer, mais il se sent attaché à l'île et à la mer qui l'enserre. Il a peur de sortir de ces étroites limites, bien qu'il soit un homme jeune, d'une trentaine d'années. Il se console en faisant porter la faute à sa mère, Cecilia, veuve depuis le jour où son père, Isidel, a disparu une nuit de pêche. Les gens, médisants comme il se doit, murmurent qu'en réalité il a émigré, qu'il a abandonné femme et enfant en quête d'horizons meilleurs et plus salubres. C'est pourquoi, à cette époque de sa vie, peu de choses importent à Campiro, en fait rien n'a d'importance pour lui. Mort ou émigré, il s'en fout. Seule lui pèse sa solitude à l'heure qu'il est : ce qu'il veut, c'est rencontrer une femme belle et gentille, c'est-à-dire sa moitié. Ces pensées occupent son esprit tandis qu'il navigue. Il tient le timon dans sa main droite, et de la main gauche, il fume une cigarette. La navigation est monotone. Il connaît par cœur toutes les pointes et toutes les plages du littoral de la mer de Las Calmas, les noms de chaque repli de la côte, de chaque aspérité, les meilleurs coins de pêche, les rochers préférés des coquillages. Il sait prédire les marées, si elles seront bonnes ou mauvaises, hautes ou basses, sait détecter les mauvais courants qui perturbent la pêche, étourdissent les poissons. Il sait même mesurer la force des tourbillons dans certains becs, leur profondeur, leur direction et leur vitesse, s'ils vont entraîner son filet ou s'il va résister. Il connaît aussi les fonds marins par cœur : sablonneux ici, rocailleux là-bas, plus loin il y a des accores, petites falaises sous-marines idéales pour la pêche à la morue et au mérou. Il sait quelle espèce de poisson nage ou s'alimente dans chaque recoin de cette côte où il est né et de laquelle il n'est encore jamais sorti : dans cette crique abondent le poisson blanc, les dunettes, les sargues, les oblades, les perches ; dans ces anses se repaissent les poissons-perroquets, faciles à attraper avec les crabes-araignées ou les petits crustacés qu'on accroche à l'hameçon ; derrière tel écueil se rencontrent des bancs de serrans-chevrettes ; quant à cette calanque au nord de la grande plage de Los Moles, elle est parfaite pour accoster, descendre à terre, cacher le bateau et embarquer deux passagers. Le courant est faible, Campiro manœuvre à la rame, approche le bateau par la poupe, lentement, très lentement, la mer est d'huile, peu importe que la nuit tombe, c'est mieux ainsi, qu'elle les recouvre de son épais manteau noir, que personne ne voie cette femme et cet homme venus de nulle part sauter à bord, chargés de quelques effets, prêts à entreprendre un long voyage vers l'Amérique.

Campiro lit sur leur visage une expression d'anxiété mêlée de bonheur, car pour eux c'est une grande aventure qui commence. Lui-même ressent de la joie dans son cœur, à l'idée que lui revient la mission de transporter ce jeune couple jusqu'à la baie du Faro de Orchillas où stationne le *Nouvel Adam,* l'un de ces grands bateaux qui cinglent en direction de l'Amérique, un voilier qui a déjà fait la même traversée une demi-douzaine de fois. A Tenerife, il prend à son bord des émigrants clandestins, et parfois, parfois seulement, s'il y a une petite somme d'argent à récolter, il fait une courte escale à l'île de Fer qui est sur sa route, afin que ses habitants puissent eux aussi échapper à leur pauvre et oppressante condition. Cela fait un certain temps que Campiro sert de passeur dans l'île Mineure et s'acquitte de ces dangereuses missions. Il gagne un supplément d'argent bienvenu, la pêche ne lui rapportant pas grand-chose, et en outre il se sent heureux, satisfait, gratifié aussi bien du côté du cœur que du porte-monnaie. La garde civile fait comme si elle ne voyait rien. Avec de l'argent à la clé, aucun problème : ils regardent d'un autre côté et préfèrent ne pas intervenir. C'est ainsi que les choses se passent, ici.

Campiro sort une couverture de sous le coqueron de sa barque pour en couvrir Rosa. Manuel la serre dans ses bras. Ils sont couchés sur le sol, pour qu'on ne les voie pas. Campiro dirige les *Marées sorcières* : dans une quarantaine de minutes, calcule-t-il, ils apercevront la coque du *Nouvel Adam*, enveloppée de silence. Rosa pense à sa mère, à la fois triste et heureuse ; triste à cause du départ de sa fille, heureuse parce que Rosa va de nouveau avoir une vie, un avenir devant elle, parce qu'elle va enfin pouvoir voler de ses propres ailes. Elle ne sera plus le petit oiseau malade qu'elle était. La mère et la fille se sont étreintes pendant des heures. Elle ne cessait de lui répéter, pendant qu'elle préparait une petite valise avec quelques vêtements et assez de nourriture pour le voyage :

— Écris-moi tous les jours. Écris-moi. Ne l'oublie pas.

Son père, Atilano, plus circonspect, l'avait accompagnée jusqu'à la côte. Beaucoup de choses indésirables pouvaient encore arriver. Il avait caché la valise de Rosa dans son sac de pêche, et à l'aube ils étaient sortis par la même trappe à laquelle Manuel frappait pour entrer dans la demeure de Rosa. Ensuite ils avaient passé la journée cachés dans la grotte que Manuel leur avait décrite, et, quand le jour était tombé, tous trois s'étaient retrouvés devant la mer, au lieu choisi par Campiro, sur la pointe nord de la grande plage de Los Moles, embarcadère propice à la fuite. Les hommes s'étaient embrassés en pleurant. Nous nous reverrons bientôt, Atilano, très bientôt, dès que cette foutue dictature prendra fin, lui avait dit Manuel. Mais celui-ci emportait sa fille chérie, il l'emportait si loin. Elle sera bien, elle sera très heureuse, je te le promets, Atilano, je te le jure sur ce que j'ai de plus cher, je prendrai soin d'elle, lui avait-il dit pour le consoler d'une telle perte. Puis Atilano s'en était allé dès qu'il avait vu s'approcher les *Marées sorcières*. Il s'était dépêché de remonter au village pour n'être surpris par personne, et n'avait pas voulu regarder derrière lui, la douleur de la séparation s'accentuant au fur et à mesure qu'il s'éloignait dans le paysage tourmenté de pierres de lave. Ses mains ne seront plus là pour caresser mes cheveux blancs, avait-il pensé. Il portait sa canne à pêche à l'épaule, pour donner le change : il était descendu vers la mer pour pêcher et non pour dire adieu à sa fille, peut-être pour toujours.

— Je t'aime, lui avait-il dit du fond du cœur, et Rosa avait alors presque douté de l'opportunité de son acte. Faisait-elle bien ? Elle savait qu'elle allait regretter sa famille, qu'elle allait en souffrir et être submergée par la nostalgie.

Le lendemain, Atilano, aidé par ses enfants, commença à fermer le tunnel qui avait permis aux amants de se retrouver au cours de ces derniers mois et d'effacer le mauvais souvenir de leur séparation. Aucun vestige de cette trappe ne devait subsister. Il savait que bientôt, d'ici à quelques semaines, les gardes civils lui poseraient des questions sur Rosa, fouilleraient peut-être la maison, chercheraient des indices. Et c'est en effet ce qu'ils firent, mais seulement pour prendre acte de la disparition ou de la fuite de la jeune fille.

— Elle est partie pour l'Amérique, nous venons de l'apprendre par cette lettre qu'elle nous a laissée, fut la seule information qu'Atilano communiqua au sergent Tejera.

— Et Manuel ?

— Nous ne savons rien sur Manuel. Nous n'avons jamais rien su de toutes ces histoires.

— Tu sais que nous allons lire ses lettres ?

— Je le sais. Il n'y a pas de problème. A vos ordres, sergent.

Mais les lettres de Rosa ne faisaient jamais allusion

à l'existence d'un certain Manuel. Aucune mention de cet homme, célèbre terroriste de l'île Mineure. Elle l'avait nommé une seule fois, la maligne, pensa son père non sans fierté, pour demander si les gardes civils l'avaient capturé, pour savoir ce qu'on avait fait de lui, si l'opération Liberté justicière avait enfin démantelé les réseaux de la cellule terroriste. Rosa écrivait de longues lettres dans lesquelles elle se contentait d'évoquer le passé et s'exaltait au souvenir de certains épisodes de son enfance, où elle racontait dans tous les détails sa vie à Barquisimeto, relatait avec fierté chaque percée de dent de sa fille Rosaura, la moindre de ses chutes, et mentionnait de temps à autre, en passant, l'air de rien, un certain Venancio, cousin vénézuélien de la famille, amoureux d'elle et travailleur infatigable. Au bout d'un certain temps, Ferinto cessa de lire les lettres de Rosa. Il n'avait jamais adoré la lecture, or la jeune femme était en train de produire une abondante œuvre épistolaire. Toutes les semaines arrivaient trois ou quatre lettres, et souvent le même jour, à cause de la lenteur du courrier. Au début c'était le sergent Tejera qui les lisait, mais il n'avait pas tardé lui non plus à se lasser. D'autres tâches l'appelaient, plus importantes que de passer sa journée à lire et à relire des mots recherchés qu'il ne comprenait pas, aussi refila-t-il la besogne à Ferinto. Mais lire les lettres-fleuves de Rosa finit par agacer aussi le brigadier, qui, chaque fois que Tejera le sollicitait pour une mission, lui rétorquait qu'il regrettait mais qu'il était en train de lire, que les feuilles s'entassaient, que tous ces mots lui faisaient tourner la tête, sans parler de l'écriture étourdissante de Rosa, qui barbouillait tous les recoins de la feuille.

Souvent, pour arriver à comprendre quelque chose, le pauvre Ferinto devait lire ses lettres plusieurs fois, tourner et retourner la feuille dans tous les sens, ce n'était vraiment plus possible, il ne s'était quand même pas consacré à la garde civile pour passer toute la sainte journée à déchiffrer des hiéroglyphes, des phrases labyrinthiques, il se brûlait les yeux, il n'était pas un intellectuel, ça suffisait maintenant... Tejera et Ferinto n'en pouvaient plus. Si bien que le facteur, moins de quatre mois après le départ de Rosa, porta les lettres de Rosa directement chez Atilano sans passer par la caserne où s'exerçait la censure. Il n'y avait de toute façon pas d'autre solution : les autres gardes civils ne savaient pas lire.

— Je ne veux plus voir ces lettres. Remets-les désormais à Atilano, ordonna un matin Tejera au facteur.

Le jour où les lettres de Rosa commencèrent à arriver non décachetées à son domicile, Atilano s'en réjouit tout l'après-midi et une partie de la soirée. Il fêta l'événement avec quelques verres de vin qui le firent rapidement sombrer dans un sommeil réparateur, lui épargnant même la gueule de bois; la joie qui bouillonnait en lui soignait tous les maux. Atilano n'était pas peu fier d'avoir réussi à passer entre les mailles du filet de ce Régime abusif.

La traversée vers l'Amérique du *Nouvel Adam* n'avait pas été facile. Ils sortirent par belle brise de la baie du Faro de Orchillas, mais, au bout d'une semaine, alors qu'ils naviguaient en haute mer, le bateau fut immobilisé pendant une dizaine de jours. Le vent était tombé, et le navire de seize mètres de longueur chargé d'émigrants jusqu'aux agrès, avec son vieux moteur poussif, s'encalmina.

Ce calme plat se transforma d'un jour à l'autre en une tempête de pluie et de vent qui faillit expédier dans les abysses toutes ces illusions en route vers la terre promise. Rosa et Manuel n'avaient jamais vu une mer aussi démontée.

Quand il vit les vagues gonfler et s'écraser sur la grand-voile, la peur glaça le cœur de Manuel. Impuissant devant la force des éléments, il serrait Rosa dans ses bras tandis que le bateau roulait, tanguait et cabriolait sur la crête des vagues comme un jouet dans les mains d'un enfant. Il pria, pour la première et la dernière fois. Assis dans la cale, grelottant de froid et de peur, il tenait Rosa serrée contre lui pour la protéger de tout ce qui tombait et volait au-dessus de leurs têtes : matelas, sacs, vêtements, régimes de bananes, chaussures, mégots. Nous avons assez souffert comme cela, mon Dieu, je vous en supplie, laissez-nous en paix. Il priait pour Rosa et l'enfant qui allait naître : une jolie petite fille qu'ils appelleraient Rosaura, pour Rosa et parce qu'elle naquit à l'aube avec une auréole de lumière qui lui faisait comme un diadème. Elle vit le jour là-bas à Barquisimeto, deux mois après qu'il eut commencé à donner des cours dans un collège pour gagner leur vie. Mais avant ce bonheur il y eut ce terrible moment d'angoisse, ce voyage dans un voilier surchargé, la faim et la soif parce que la tempête avait entraîné à la mer presque tous les vivres qui étaient rangés sur le pont, ces deux semaines de survie avec une gorgée d'eau et quelques galettes de maïs, jusqu'au jour où se produisit le miracle alors que leurs espérances commençaient à s'évanouir.

Miracle vert, exubérant, saturé de mangroves. Miracle d'une terre argileuse aux couleurs vives, miracle de gens à la peau brune et aux yeux clairs qui les accueillirent avec leur étrange accent musical, miracle chaud et limpide comme les eaux des mers caraïbes. Un mois avant, Campiro leur souhaitait bonne chance, debout sur l'une des banquettes des *Marées sorcières,* la cigarette aux lèvres et la braise éclairant son visage, bonne chance leur avait-il crié quand ils avaient grimpé l'échelle du *Nouvel Adam* et avaient été reçus à bord par le capitaine Felipe de la Hoz. L'homme était impatient de repartir, parce que cela faisait une heure que le bateau les attendait et le premier geste de Manuel avait été de lui remettre la somme due, une vraie fortune par les temps qui couraient. Le prix de la liberté. Puis, sur le pont, ils virent s'éloigner les contours de l'île dans la nuit, cette île échouée sur la mer, comme si elle aussi partait à la dérive. Tous deux étaient silencieux, dans les bras l'un de l'autre, contemplant la terre qui les avait vus naître et grandir, jour après jour, tandis que montait en eux un sentiment de soulagement, de bonheur. Ils étaient enfin réunis et n'avaient plus à craindre que Manuel soit fusillé ; ils songeaient à leur futur mariage et à la naissance de leur premier enfant. L'horizon, au loin, déployait ses couleurs.

L'étoffe de la vie a des reflets changeants, elle peut aussi être à double face. D'un côté, l'amour vrai, l'amour accompli, l'amour heureux, l'amour que se donnaient Rosa et Manuel ; de l'autre le malheur, la tragédie, la mort. A bord du navire, l'amour était sauf, alors que dans l'île la mort rôdait, la gueule ouverte, en quête de nouvelles proies. L'amour et la mort, deux extrêmes sur la trame de l'existence. Entre les deux, les teintes plus ou moins claires, plus ou moins sombres des fils qui la composent, moirure des sentiments, écheveau confus. Si simple et si complexe.

Cher papa et chère maman,

Le temps a passé, mais c'est comme si j'étais encore dans l'île : je ne cesse de revivre les jours qui ont suivi la terrible mort des fils d'Inocencio. Certains moments ressurgissent éternellement dans nos esprits, comme s'ils n'avaient ni passé ni futur, mais étaient immuablement inscrits dans le présent. Étranges oasis de temps. Le temps a passé, en effet, et le regret que j'ai de vous ne cesse de m'accabler. La nostalgie me noue parfois la gorge. C'est un nœud très serré qui, bien que je m'efforce de pleurer, ne se défait pas. J'ai mal en avalant, je ne peux plus respirer. Quand cela m'arrive, la seule chose qui me soulage vraiment est de m'asseoir à mon bureau pour écrire. Pourtant je suis heureuse, très heureuse. La seule chose qui manque à mon bonheur et à ma paisible existence, c'est de vous avoir près de moi, vous et mes frères, de pouvoir vous toucher, comme si toutes ces mers et tous ces océans ne nous séparaient pas si cruellement. Parfois je pense à notre île comme à un point magique. J'ai une carte, ici, sur le mur du bureau, où apparaît, toute petite, l'île de Fer. Je me mets à fixer ce petit point jusqu'à ce que ma vue se trouble et qu'il m'apparaisse dans une brume. Alors je ferme les yeux et je vous vois, dans mon souvenir, j'arrive même à sentir l'odeur si particulière de l'île, mélange de mer et de montagnes, et le parfum du vent gorgé de sel. Je me promène dans les forêts de pins, sur la côte, dans le paysage de lave, je sens au creux de mes mains la texture des souvenirs, je revis d'étranges détails, le genre de choses qui, contre toute attente et contre toute logique, adhèrent à notre mémoire. Par exemple, il m'est facile de voir le rouge éclatant des grands crabes qui nagent dans les récifs de la mer de Las Calmas, leurs lents mouvements dans la Charca de Tecorón. Je suis sûre qu'à cette heure ils remuent leurs pattes. Il m'est facile aussi de voir les criques de la petite plage de La Restinga, près de celle de La Laja, où échouent les embarcations des pêcheurs. Je connais par cœur les sols rocailleux qui affleurent à marée basse, les cavités où se forment les mares où les *barrigudos* restent piégés, ces petits poissons aux yeux sauvages et saillants, les renfoncements ou les fissures de la digue de La Laja où dorment et se cachent les poulpes. Ce sont ces petites choses qui m'inspirent un grand bonheur et qui me reviennent en mémoire. Le mur de pierres du jardin, par exemple, que nous utilisions comme boîte aux lettres. Je me souviens de chaque rocher, de chaque ride de la peau de ton visage, papa, je sens les poils durs de ta barbe quand tu m'embrassais, et tes grandes mains massives et enveloppantes quand tu me caressais le visage et les cheveux. La nostalgie entraîne toujours mon esprit vers la petite enfance. C'est une cour pleine de lumière, inondée de soleil. Quand, maman, tu me baignais dans le bassin plein de l'eau réchauffée par le soleil, et que tu me faisais manger ta soupe de lentilles, profitant du fait que j'étais distraite et jouais dans l'eau. Je me souviens de cela, de ce genre de petites choses.

Maintenant que je sens briller à l'intérieur de moi la lumière de cette nouvelle grossesse (à ce propos, pourvu que ce soit un garçon, pour faire la paire), les souvenirs resplendissent, l'île tout entière est pure clarté sous un ciel d'azur et de plomb. Rosaura ressemble de plus en plus à toi, papa, j'ai peur qu'elle n'ait ton caractère ! Tous les jours je lui parle de ses grands-parents, et aussi de l'île, bien qu'elle soit encore trop petite pour comprendre. Le poupon qui s'annonce bientôt naîtra, ai-je calculé, à la fin du mois d'octobre. Cousin Venancio m'aide beaucoup, c'est un homme très bon. Le meilleur de tous les hommes. Il travaille du lever au coucher du soleil, donne des cours, et je dois reconnaître que je ne manque de rien. Le Venezuela est une terre prospère. Je suis heureuse, je vous l'ai déjà dit, mais cousin Venancio a beaucoup changé. Maintenant il pense monter un commerce, il a créé une coopérative et va acheter un camion qui transportera à Caracas les excédents des récoltes de pommes de terre pour les vendre au marché central. Il adore ce pays, il fait projet sur projet et ne cesse de répéter que cette terre est pleine de possibilités. Parfois on dirait que quelque chose le presse, il veut courir, mais ne sait pas ce qui le fait courir ainsi. De temps à autre, quand il me fait sortir de mes gonds ou quand il arrive tard à la maison à cause de son travail, nous nous disputons. Il pense trop à l'argent et j'ai peur que cela ne l'obsède, que cela finisse par créer de réels problèmes dans notre relation. Mais ne vous en faites pas. Nous sommes heureux ensemble. Je passe beaucoup de temps à la maison, à m'occuper de Rosaura et des travaux domestiques. Pendant mes heures libres je me consacre à la lecture et à l'écriture. J'ai découvert que j'adore écrire, voir courir sur le papier les mots qui expriment et fixent les sensations qui, avant d'être formulées, étaient vagues, mal définies. L'écriture est une façon de donner vie à tout ce qui est abstrait, à tout ce sur quoi nous avons du mal à mettre un nom. Quand j'écris, comme c'est curieux, je me sens grandir. Je me sens mûrir. Ecrire, pour moi, c'est accéder à mes profondeurs. Je me suis même mise, vous vous rendez compte, à écrire l'histoire de mon amour d'adolescente pour ce célèbre terroriste, Manuel le Fuyard, dont je m'étais entichée ! A ce propos, les gardes civils l'ont-ils attrapé ? Ferinto et Tejera ont toujours été, à ce sujet, fabuleusement efficaces. Cousin Venancio ne se souvient presque pas de Manuel. Je crois qu'ils se sont peu connus, qu'ils n'ont pas vraiment dû se connaître parce que maintenant tous deux sont très différents, ils s'éloignent de plus en plus l'un de l'autre. L'un était un romantique, un utopiste, tandis que l'autre a l'esprit pratique et est très attaché à l'argent. Venancio dit que la vie au Venezuela l'a changé, que ne lui restent en mémoire, de l'île de Fer, que des moments qu'il a partagés avec sa famille. Il dit qu'il veut revenir un jour la tête haute, les poches pleines de dollars et de bolivars. Parce là-bas, il a trop souffert. C'est ce qu'il dit. Peut-être est-ce pour cela qu'il dort la lumière allumée : pour chasser les cauchemars. Il déteste l'obscurité, les ténèbres où l'on se perd : des puits de mauvais souvenirs, dit-il. Il a tourné la page. Moi non. Je vis l'île tous les jours. Elle est en moi, à l'intérieur de moi, mon cœur est enraciné dans ce sol de lave. Je ne savais pas qu'on pouvait aimer une terre de façon aussi absolue, aussi constante, et tant la regretter. Les pins, la mer, les cratères éventrés par les éruptions millénaires, les lézards, le Garoé, mon cher arbre sacré, la Vierge des Rois là-bas dans son ermitage silencieux de La Dehesa, les bergers, les fromages, les pêcheurs et les dorades grillées. Ce qui semblait avant sans importance est devenu aujourd'hui une nécessité vitale ; la mémoire est impérieuse, comme c'est étrange. Maman, à nouveau le souvenir des petites choses m'assaille : je regrette ton potage de lentilles, ici les saveurs sont autres. Les fruits ont un goût différent, bien que leur aspect soit le même. L'air est différent, plus dense, peut-être à cause de la chaleur, je ne sais pas. Bref, vous me manquez beaucoup. Vous savez que, dès que possible, nous viendrons vous voir, dès que machin mourra et que la situation changera, qui sait, peut-être reviendrai-je m'établir dans l'île de Fer, peut-être cousin Venancio reviendra-t-il avec moi. Bon, j'arrive au bas de la page. Demain j'irai à la poste pour vous envoyer cette lettre, et bientôt j'en commencerai une autre. Il faut que je prépare le dîner et que je fasse manger Rosaura. Venancio, quand il arrive, est toujours mort de faim. Quand tout le monde dormira, je commencerai une nouvelle page. Le papier, les mots, c'est tout ce qui me reste.

Je vous aime tant,
Rosa

Et si, de ce côté de l'océan, une fois franchis tous les obstacles, Rosa et Manuel vivaient liés par leur amour, de l'autre côté, dans cette île définitivement présente se débattait Inocencio, brisé par la douleur, hurlant comme un loup, écumant de rage, devant le spectre déchaîné de la mort. Les trous qu'avaient faits les balles mortelles dans le mur des exécutions fumaient encore que les autorités avaient déjà enterré Policarpo et Cesarín. Ce fut un ensevelissement rapide et sans faste, agrémenté de quelques mots d'adieu prononcés par don Nicasio de Jesús au cours d'une cérémonie promptement expédiée. Un enterrement sinistre auquel seule fut présente Eliana, ne serait-ce que pour s'assurer que les assassins étaient désormais sous terre et pouvoir cracher sur leurs tombes. Les gardes civils empêchèrent Inocencio d'y assister ; ils le gardèrent enfermé dans sa cellule presque trois semaines, pour qu'il recouvre ses esprits. C'est pour ton bien, Inocencio, c'est pour te protéger, c'est mieux pour toi, Inocencio. Après le traumatisme que tu as subi, après un tel événement. Ils lui enlevèrent son bâillon et le détachèrent. Ils lui apportèrent de bons repas et même du vin, mais Inocencio resta six jours sans boire et sans manger, allongé sur son grabat, les yeux ouverts, perdus dans un néant sans fond, dans un désert hostile, éprouvant les insondables vertiges de la douleur. Cependant, le septième jour de son enfermement, tout changea. Il parut retrouver un état normal. Il se mit à manger et demanda de l'eau pour se laver. Ferinto ordonna qu'on lui apporte deux seaux dans sa cellule. Inocencio se dévêtit et se lava lentement, en prenant son temps. Il demanda un autre seau. Un garde civil se précipita chez lui pour lui rapporter des vêtements propres. Il échangea même quelques mots avec les gardes civils qui avaient exécuté ses fils, l'autre jour, il y avait à peine un mois de cela : ils n'avaient fait qu'exécuter les ordres. Aussi accepta-t-il leurs regrets.

— La semaine prochaine nous te laisserons sortir, Inocencio. Tu vas mieux maintenant, lui dit Tejera, le voyant pratiquement sorti d'affaire.

— Merci, sergent. Je vous remercie. J'aimerais rentrer pour m'occuper de mon troupeau, lui répondit seulement Inocencio.

Eliana – les sources profondes de la colère sont insondables – adresse, au même moment, une lettre, quelques lignes à Inocencio. Elle a passé plusieurs jours à y méditer, peut-être a-t-elle passé sa vie à les faire et à les défaire. Elle a déchiré plusieurs feuilles, fâchée contre elle-même. Difficile de trouver les mots qu'il faut. Maintenant, elle possède tout son argent, non seulement celui qu'il cachait dans l'oreiller mais aussi celui qu'il gardait dans l'édredon : sa fameuse cassette, son trésor, son magot. Elle a eu tout le temps de le chercher, Baldomera et elle avaient élaboré un plan pour dérober ce qui, à son avis, lui appartenait, qu'elle avait obtenu à la sueur de son front et de sa chair. Mais un grain de sable s'était glissé dans l'engrenage, ces meurtriers avaient mis à mort Baldomera, la chair de sa chair, et ils l'avaient payé de leur vie. Il y avait encore une justice en ce monde d'injustice.

Eliana écrit cette lettre, aussi, parce qu'elle s'embarque aujourd'hui pour Tenerife, en quête de sa nouvelle vie. Elle voudrait dire adieu à Inocencio, lui crier à la figure ce qu'elle lui écrit maintenant, mais elle ne peut satisfaire ce désir. Elle pense qu'il en est mieux ainsi, qu'il est préférable qu'elle s'en aille avant qu'Inocencio ne sorte de prison. Il pourrait soupçonner que je l'ai volé, que je sais tout, tout ce que lui ne sait pas encore. Eliana écrit et réécrit mille fois sa lettre avant de se diriger vers la maison d'Inocencio. Elle entre dans sa chambre et dépose la feuille de papier sur l'oreiller encore intact, celui qu'elle a épargné. Elle avait éventré l'autre, celui où avait autrefois reposé la tête de Casilda souffrante, comme elle avait crevé l'édredon, archi-sûre d'y trouver le butin. Ce fut un plaisir de lacérer l'oreiller sur lequel reposait la tête de Casilda, un vrai plaisir de déchirer l'édredon qui avait connu les ébats du couple harmonieux qu'ils avaient toujours formé depuis qu'ils étaient tout jeunes, une véritable jouissance de dévaster le lieu où Casilda et Inocencio avaient conçu leur descendance assassine. Il y a longtemps que cette femme nourrissait en son sein des rancœurs, des haines, des vengeances. Elle est pleine de serpents, de lézards, de viscosités malsaines, de sentiments moisis. Elle ne semble même pas, tant la colère la dévore, tellement affectée par la mort violente de sa nièce Baldomera. Sa fureur est ancienne, morbide.

D'ici nous ne voyons pas ce qu'elle écrit, de là non plus. Un papier jauni est posé sur un oreiller à l'attention d'Inocencio. Eliana contemple la chambre, la chambre conjugale d'Inocencio et de Casilda. Un feu dévorant brûle dans ses yeux, tandis qu'en face d'elle Casilda l'observe. C'est un vieux portrait, elle est en pied à côté d'Inocencio contre l'épaule duquel elle incline la tête, le jour de leur mariage. Inocencio est vêtu d'une chemise blanche et d'une cravate noire, Casilda porte une robe sombre décolletée ornée d'une broche à l'effigie de la Vierge des Rois. Eliana se souvient de ce jour terrible et crache sur le verre qui protège la photo. Sa salive coule lentement, lourde de sa rancœur.

— Va te faire foutre, Casilda, rira bien qui rira le dernier, salope, bêcheuse...

D'un pas décidé, elle sort de la chambre, va prendre sa valise dans le patio et s'engage sur la route qui mène au port de La Estaca où accostera dans quelques heures le petit bateau postal qui assure la liaison entre l'île de Fer et Tenerife. Elle brûle d'envie d'aller faire des courses rue del Castillo, dans les boutiques du centre commercial de l'île Majeure. Grand est son désir de devenir une dame respectable, de commencer une vie digne et tranquille, d'oublier ce passé où Baldomera avait une place fondamentale.

Inocencio ne va pas bien, en dépit des apparences. De l'extérieur, il a l'air normal, bien que le soleil, à présent, lui brûle les yeux, qui étaient habitués à la pénombre de la prison. Des villageois le saluent. Santiago le Boulanger, qui, en bon voisin, s'est occupé du troupeau d'Inocencio durant tout le temps de son incarcération, le réconforte. Inocencio marche vers sa maison. Parfois il s'arrête pour regarder le ciel avec une certaine concentration, comme s'il cherchait des signaux dans les nuages. Puis il se remet à marcher, lentement. Sur le chemin de sa maison, il s'arrête brusquement devant celle de Baldomera et d'Eliana. Il frappe à la porte. Deux fois. Toutes les fenêtres sont fermées. Il n'y a plus personne. Plus personne ne vit là, constate-t-il. Il croise un voisin qui l'informe, en le voyant arrêté devant la porte, comme s'il voulait déchiffrer un message, quelque chose :

— Elle est partie. Eliana est partie à Tenerife.

— Ah bon, je l'ignorais. Merci.

— Courage, mon ami, il faut aller de l'avant, tout n'est pas perdu.

Inocencio remercie d'un geste, hoche la tête et se dirige vers chez lui. Au moment de pénétrer à l'intérieur de sa maison, une pensée lui fait changer d'avis. Il fait demi-tour et marche en direction du cimetière. A ce moment de la matinée, il est désert : les femmes s'affairent dans leur cuisine pour préparer le déjeuner, les hommes labourent les champs, les ensemencent ou gardent les troupeaux. Mais ni les vaches ni les chèvres ne comprennent quoi que ce soit aux difficultés de la vie humaine : Inocencio ressent les tourments de la solitude. Il arrive, ouvre un petit portail de bois peint en vert. Les rayons du soleil frappent les dalles. Leur miroitement sur la pierre orchestre une danse aussi joyeuse qu'impénétrable, ils sont la seule chose vivante dans le cimetière, parce que lui, il se sait aussi mort que ses fils, aussi désolé que ces dalles. Ici reposent Policarpo et Cesarín, mes fils, dans ces deux tombes retirées dans le coin le plus triste du vieux cimetière de Masilva.

De l'autre côté, dans l'angle opposé, il lui est facile de trouver sa sépulture ornée de fleurs fraîches : Repose en paix, Baldomera. Si jeune, si belle, dans la fleur de l'âge. La vie t'a fauchée, lui dit-il, comme si elle allait lui répondre. Il prend quelques fleurs et retourne sur la tombe de ses fils. Il les dépose sur les pierres tombales. Il a envie de pleurer mais ne le peut pas. A l'intérieur de lui, tout n'est que déchirure, tout n'est que plaie : sa gorge, sa poitrine. Il embrasse la pierre froide et demande pardon à ses morts. Il y a tant de mots en lui pour eux, et tant de dialogues impossibles. Il lève de nouveau les yeux vers le ciel. Il désire que quelqu'un l'appelle, que l'un de ses morts, Casilda, Policarpo, Cesarín, Baldomera, lui parle, devise familièrement avec lui, que tout le monde fasse la paix, se pardonne. Il n'est plus qu'une terre en friche, aride, exténuée, que rien n'arrose que son sang. C'est pourquoi il a la bouche sèche. Absence de salive. Dévastation.

Avant-hier, alors qu'Inocencio était toujours en prison, Eliana lui écrivait, inquiète à l'idée que le veuf ait perdu la mémoire. Elle a rédigé une note qu'elle a laissée sur l'oreiller, quelques lignes qui l'ont fait voyager dans sa propre mémoire, dans le souvenir impérissable d'une nuit révolue, alors qu'ils étaient adolescents. Elle était amoureuse de lui et l'avait aguiché un soir où il était ivre. Ils avaient fait l'amour. Mais quelques jours plus tard Inocencio avait rencontré la jolie et audacieuse Casilda, et les cœurs des deux jeunes gens s'étaient trouvés. Coup de foudre. Et elle, Eliana, enceinte, avait dû disparaître, on l'avait emmenée à Tenerife pour cacher son état, et sa vie s'en était trouvée gâchée. Et Inocencio l'oublia parce qu'il n'avait rien à oublier. Mais elle, jamais elle ne cessa de penser à lui.

Inocencio est revenu chez lui. Il est entré dans sa chambre, a cherché, fouillé parmi les débris de son oreiller et de son édredon. Aucun vestige de ses économies, aucune trace de son secret mal gardé. Aurait-il parlé plus que nécessaire, un jour, dans les bras de Baldomera ? C'est possible. Ses fils l'auraient-ils eux-mêmes volé ? Non, bien sûr que non. Il décroche le portrait de Casilda sur le mur et, avec les pans de sa chemise, le nettoie. Il est sale, plein de poussière et de croûtes. Il faut le faire briller. Il s'acharne. Il s'assoit sur le lit, s'installe. Il n'a pas vu le message. Il serre le portrait contre son cœur et s'allonge. En posant la tête sur l'oreiller, il sent le papier. Il le prend, se redresse. C'est une feuille pliée en deux, et son nom y est écrit. Il ne reconnaît pas l'écriture. Il l'ouvre. Il le lit.

Le message est bref, mais clair. Eliana a écrit : Tout ce qui t'arrive est peu de chose, espèce de salaud. Ces lignes le crucifient, le blessent, il saigne à l'intérieur. Eliana a écrit : tu as gâché ma vie, tu ne t'en souviens même pas. Des larmes jaillissent des yeux d'Inocencio, il suffoque. Il poursuit la lecture de la lettre d'Eliana : Merci à Casilda pour son argent. Le visage d'Inocencio se décompose, se défait, il est parcouru de tics, des rictus étranges le traversent : un coin de la bouche relevé, des tremblements nerveux dans les joues, des battements de paupières rapides, accélérés, les yeux gonflés, exorbités, les sourcils arqués sans raison, incohérents. Eliana a encore écrit : Comme la vengeance est douce. Il a des nausées, mais de sa bouche ne coulent que des filets de salive, il n'arrive pas à vomir, il peut à peine respirer. Il poursuit : Ce qui t'arrive est le châtiment que tu mérites pour avoir couché avec ta propre fille, salaud. Ecume jaunâtre aux commissures de ses lèvres tordues. Eliana a encore écrit : Que les flammes de l'enfer te consument toi aussi. Ses oreilles remuent avec des crispations étranges, comme font les ânes quand ils chassent des mouches. Enfin, Eliana termine par : Adieu et a rageusement signé : A jamais, Eliana.

Cela donne froid dans le dos, cela figerait le sang de n'importe qui. Inocencio sort tant bien que mal dans le patio et lève de nouveau les yeux vers le ciel. Que cherche-t-il, que scrute-t-il dans l'azur. Il s'est pissé dessus, il a mouillé son pantalon. Il entre en titubant dans la cuisine et prend un objet qu'il met dans la poche de son pantalon. De là où nous sommes, nous ne pouvons pas voir ce qu'il a pris dans la cuisine. C'est quelque chose qui était posé sur la margelle du puits. Peut-être un couteau. Non. Il se sert d'un canif. Que veut-il faire. Il sort en chancelant de la maison, comme s'il était ivre, comme s'il avait perdu l'équilibre. Il ne reconnaît pas la réalité quotidienne qui l'entoure, il pénètre dans un autre espace. Il s'éloigne du chemin habituel, prend un raccourci qui conduit vers la forêt de pins de Masilva. Il tombe, avance en trébuchant, déséquilibré. Ses yeux sont rouges et exorbités, au bord de l'explosion. La douleur est insupportable. Il n'est plus que folie, solitude s'enfonçant dans la forêt, dérapant sur les branches de sapin. Il tombe encore, se brise quelque chose. On entend nettement le craquement d'un os. Il boite, traîne le pied droit, mais continue à avancer. Il est midi, il fait chaud, le ciel très bleu donne le vertige, le soleil resplendit sur les pins. Inocencio semble avoir un objectif. Il tombe et se relève. Il continue, avance, cherchant, au cœur de la forêt, son pin. Il aperçoit enfin son arbre, le pin qui l'a abrité toutes les années de sa vie. Il le reconnaît, il le connaît si bien : ses branches, les dessins de son écorce. Autour de lui, d'autres pins, mais celui-là est bien le sien. Il n'y en a pas d'autres semblables. Il le distinguerait entre mille, parmi des milliers de forêts. Il tombe encore. Ses forces déclinent. De ses lèvres s'écoulent des fluides, de la bile, du sang, des urines : tout ce qui à l'intérieur de lui est détruit se répand, se déverse, le tue. Il ne lui manque qu'une cinquantaine de mètres pour arriver à son pin. Il voudrait s'allonger sous son branchage, se coucher à ses pieds. Il veut rêver éveillé, dormir, rêver, à jamais.

Mais il ne parvient pas à se lever. Il respire faiblement, péniblement, de façon saccadée. Il a le nez et la bouche collés à la terre et aux branches de pin. Il fouille dans sa poche, tente de saisir l'objet qu'il a pris dans sa cuisine : c'est une boîte, petite, rectangulaire.

De près il sent la mort, dégage une odeur pourrie, nauséabonde. Inocencio empeste la mort, bien que vivant. Il tient une petite boîte dans ses mains. Elle a l'air d'être en bois. Elle est jaune et quelque chose est inscrit dessus : allumettes en bois de tremble. On en tremble. Hâte, fébrilité, peur, terreur, folie. Mais que fait-il ? de la main gauche il tient la boîte, de la droite il sort une allumette, la gratte rageusement. Elle s'enflamme. Rouge et bleue. Il n'a plus qu'à l'approcher des aiguilles de pin, des aiguilles sèches, de la couverture végétale qui tapisse la forêt. Le feu prend, vif, avide de brûler. Inocencio, en rampant, décrit un cercle. Sur son passage, il laisse une traînée de feu. L'incendie, dans son dos, fait rage. Les flammes s'élèvent, se propagent du sol aux branches. Lorsque Inocencio arrive au pied de son pin, le feu, vorace, le cerne, le dévore.

Petit à petit, par terre mais aussi de branche en branche, l'incendie progresse vers lui, l'encercle. Il regarde les flammes purificatrices, leur jeu, leur danse, leur crépitement assourdissant, leur discours dévastateur. Il s'est assis, s'est appuyé contre le tronc de son pin. Il transpire, mais ce n'est plus de la sueur, il se consume, il se dissout. Ses cheveux grésillent avant de s'enflammer. Ses yeux se plissent, bien que le feu soit à deux ou trois mètres, comme s'il voulait le défier. Souris, cancrelats, écureuils, lézards, vers de terre, hannetons, toutes sortes d'insectes et de bestioles paniquées se pressent autour de lui, parcourent son corps, lui grimpent dessus, cherchent frénétiquement un refuge. Inocencio observe le ciel. Mais il n'y a pas de ciel. Au-dessus de sa tête s'étend un toit de flammes, monstre à mille langues, souffle dévorant. Il suffoque. Il prend feu, des fumées s'échappent de son corps. Bientôt il ne sera plus qu'une boule de feu. Maintenant. Une seconde après, les flammes l'enserrent. Son sang, sa chair. Il crépite. Il adhère à l'écorce du pin. Il se consume, se fond dans le tronc de son arbre. Il se recroqueville, se met en boule, se calcine. Son corps est bientôt réduit à un petit tas que le feu lui-même commence à abandonner. Sa crinière fume. Crépitements assourdissants. De Masilva, on aperçoit la fumée. Un incendie. La forêt est en feu. Les villageois commencent à s'organiser. Heureusement qu'aujourd'hui il n'y a pas de vent, qui attise les incendies. Quand tout sera consumé, les habitants de l'île pourront éteindre les braises. On ne peut rien faire d'autre qu'installer des coupe-feu et étouffer les cendres avec des seaux d'eau. On prie aussi pour qu'il pleuve, ou pour que vienne la nuit avec son humidité, que la rosée du matin pénètre la terre et refroidisse les racines. On ne trouvera pas trace d'Inocencio, jamais on ne saura ce qu'il lui est arrivé. Il a disparu, un jour. Peut-être en mer, peut-être dans l'incendie. De lui ne resteront que ses dents enfouies sous la cendre, introuvables au milieu de cette triste dévastation d'arbres calcinés. Pas un soupçon de verdure dans cette partie de la forêt. Pas la moindre lumière, pas la moindre goutte de sang parmi les restes d'Inocencio. Destruction absolue, bien que le feu n'ait pas pu consumer ce qui, à l'intérieur de lui, l'était déjà.

Achevé d'imprimer sur les presses de

BUSSIÈRE

GROUPE CPI

à Saint-Amand-Montrond (Cher)
pour le compte des Éditions Grasset
en avril 2007

N° d'édition : 14769. — N° d'impression : 071316/4.
Dépôt légal : avril 2007.

Imprimé en France

N° d'édition : 14769. — N° d'impression : 071516/4.
Dépôt légal : avril 2007.

Imprimé en France